U0721816

本书由湖南师范大学学科经费资助

朦胧诗
从争论到经典

许永宁 ———— 著

九州出版社
JIUZHOUPRESS

图书在版编目（CIP）数据

朦胧诗：从争论到经典／许永宁著 . -- 北京：九
州出版社，2024.1
ISBN 978 - 7 - 5225 - 2551 - 8

Ⅰ.①朦… Ⅱ.①许… Ⅲ.①朦胧诗—诗歌研究—中
国—当代 Ⅳ.①I207.22

中国国家版本馆 CIP 数据核字（2024）第 033654 号

朦胧诗：从争论到经典

作　　者	许永宁　著	
责任编辑	周红斌	
出版发行	九州出版社	
地　　址	北京市西城区阜外大街甲 35 号（100037）	
发行电话	（010）68992190/3/5/6	
网　　址	www.jiuzhoupress.com	
印　　刷	唐山才智印刷有限公司	
开　　本	710 毫米×1000 毫米　16 开	
印　　张	14.5	
字　　数	237 千字	
版　　次	2024 年 1 月第 1 版	
印　　次	2024 年 1 月第 1 次印刷	
书　　号	ISBN 978 - 7 - 5225 - 2551 - 8	
定　　价	68.00 元	

★版权所有　侵权必究★

目　录
CONTENTS

绪 论

选择朦胧诗作为研究的对象，与其说是对那一段时间诗歌的迷狂与理论的激情，毋宁说是对一种早已有之的诗歌情怀的向往，当然这一向往不仅仅是对二十世纪八十年代那个风云激荡时期诗歌狂飙突进的喜爱，更多的是对自古以来的诗歌情怀在现代的一种追诉与缅怀。本书最终选择了二十世纪八十年代的"朦胧诗"的经典化历程，作为进入这一诗歌世界的一个切入点，不仅因为这一文学现象的发生时间之早、传播之广、影响之大，在新时期诗歌中有着举足轻重的地位与作用，而且因为其所具有的示范性作用：在确立了自身新诗史地位，建构了新的诗歌秩序的同时，通过"争论"的形式将诗歌创作、文学批评与社会思潮融通互动，对此后的"第三代诗"等诗歌思潮的发生以及新世纪以来的新诗发展的路径和方法，具有重要的启示。

新诗从草创到现今一百多年的时间，一百年在历史的长河中只是弹指一瞬间的光阴，更不用说作为新时期文学主潮中的朦胧诗潮，其经历的时间更是短得可怜。但历史往往并不是平均主义，只在这短短的一瞬间迸发出来的几千年文学长河中的一朵小浪花，朦胧诗不仅拓宽了其所在历史中的宽度，更难能可贵的是其参与了后来的历史创造，为现代新诗的现代化发展探寻摸索出了一套可供借鉴的范式。现代新诗在二十世纪历经草创、发展、深化、成熟与沉淀，这中间争论不休，坎坷不断。经过"文革"十年的文化控制与摧残，八十年代似乎出现文学井喷的态势，诗歌作为其中一种形式展现了独特的魅力，但是我们却能时时感受到那种来自文学以外的因素的影响与干扰，同时由于这些外在因素的作用，使得四十年之后的朦胧诗也渐渐变得朦胧起来，各种有效的研究方式也同时介入，将朦胧诗打扮成一个花枝招展的姑娘，青春靓丽但却失去了掩盖在这光鲜表面之下的那层真实的容颜。似乎越朦胧越美丽，越吸引人们的注意力，这一问题越来越成为研究的兴趣与热点。

　　我们试图通过各种方式介入其中，寻找一个合乎常理的理论支点，时时为其寻找新的闪光点，却又不甘于沉寂在平凡的旧事重提中，这种看似矛盾的心理成了我们理解朦胧诗的一个关键点，也成为我们研究发生的起点。事情往往都不是按照预设按部就班地发生，常常是理论的预设与材料的支撑形成了截然相反的局面，我们不得不一次又一次地打破常规从实际的文学活动出发，以存在的文本为基点进行整理与阐发，这就形成了现在所看到的这部文稿。

　　单从字面意思来理解，论述的题目——朦胧诗：从争论到经典——主要有三个关涉点，一是就作为主体的"朦胧诗"这一概念的指称，二是在围绕朦胧诗主体概念解释下的"争论"和"经典"，三是在解释过程中朦胧诗流变的动态变化过程。从广义上来讲，"朦胧诗"主要是指中西方诗歌创作中语义带有朦胧、晦涩等诗歌风格和诗歌理念的诗歌作品。狭义理解上的"朦胧诗"，那就是二十世纪七十年代末八十年代初在中国大陆兴起的一股新的诗歌潮流，以及与这股诗歌潮流相关的向前或向后延伸出来的文学创作活动和文学批评活动。本书所言说的主要是后者。当然对这一命名的缘由在文章的主体部分有具体的阐释，此处点到为止。

　　就"争论"和"论争"的含义上来看，两者并没有本质的差别，以往的涉及这一段时间朦胧诗的争论也大多用"论争"来指代，间或有"争论"的表述。例如，由姚家华编的《朦胧诗论争集》，孙绍振的《我与朦胧诗论争》等。扩而大之，对于中国现代文学历史上的流派纷争也多用"论争"来命名，"论争"的表述一方面是具体的客观实在状态的描述，另一方面是使其回归到"学理性"探讨轨道的一种努力。正如郑振铎在编选《新文学大系》时所言，"没有论争就不可能推动文学革命的前进"，① 但是通过对这一历史过程的梳理会发现，朦胧诗的讨论已大多超出了严格意义上的文学论争的学理性，其间除了部分就诗歌问题进行的争鸣与讨论之外，还伴随有不少的人事纷争，甚至有人身攻击的成分。田志伟在朦胧诗退潮不久的第一本研究朦胧诗专著中一针见血地指出："朦胧诗问题，是一个比较复杂的问题，涉及诗和诗以外、艺术和艺术以外的许多问题。"② 可以说，从争论的角度入手观察这一现实的文学活动也许更

---

① 　赵家璧：《编辑忆旧》，北京：中华书局，2008年，第110页。
② 　田志伟：《朦胧诗纵横谈》，沈阳：辽宁大学出版社，1987年，第179页。

能真切地反映那个时代人们内心真实的文学感受和独特的文学体验。此处选用"争论"就是为了更好地体现朦胧诗不仅有严格意义上的文学的争论和学术的争鸣，也存在超出文学的论争之外的一些生动的文学生态，反映这一时期文学的真实面貌。恰如胡适所言，"理论的发生，宣传，争执，固然是史料""小说，散文，诗，戏剧，也是同样重要的史料"。① 文学作品之于文学理论建设的重要性不言而喻，可以说"争执"更是必不可少，甚至说同等重要：一方面显示出文学理论作为史料的传统在新文学时期的重要性，另一方面展示出文学论争中的真实性、客观性，为真实提供了舞台，成为论争的起点。

关于"经典"，古今中外都有许多论述，此处也不再纠缠于莫衷一是的概念之争，而是单单将"经典"这一概念引入，做一普泛化的文学解读，换句话说，文学经典是历经时间的检验并得到普遍认同意义上的具有高度文学典范的文学文本。与此相伴生的则是"经典化"这一概念，经典是经典化的结果，经典化则是经典生成的一个动态的流变过程。本书所论述的经典化则是建立在承认朦胧诗内在的经典条件基础上进行的一种外围的解读，试图去理清朦胧诗在经典化过程中所遭遇的种种以及成为经典的可能。对于朦胧诗的经典化研究鲜有论述，这很大程度上是因为部分论者的偏见，认为朦胧诗产生的时间较短，其作品的艺术价值在当下看来值得商榷，距离进入文学经典的范畴还有一段距离。不得不说，这样的"偏见"自有其合理的缘由，但也恰恰是这种"偏见"给我们指出了理解朦胧诗经典化的理论路径。一方面，其来有自的历史基因所形成的"当代文学能不能写史"的讨论给"朦胧诗到底是不是经典"的研究提供了思路；另一方面当代文学史写作的现实路径也为朦胧诗经典化的历程提供了反思的契机。说到底，对于朦胧诗的经典化的质疑，其实是朦胧诗争论后所带有的文学研究后遗症的一种当下表现，不仅将朦胧诗这一文学经典以时间的缘由排除在门外，同时对其构成经典的条件进行深度的质疑。所以，从"争论"的角度探讨朦胧诗是不是经典以及朦胧诗能不能成为经典是朦胧诗本身发生发展过程中的一次深描，也是从文学经典生成的外在条件进入朦胧诗内部的一次有益尝试。

"争论"如何走向"经典"是本书论述的核心，其主要的论述即在于通过

---

① 胡适：《新文学的建设理论》，《中国新文学大系导论集》，长沙：岳麓书社，2011 年，第 9 页。

"争论"将朦胧诗经典化的历程展示出来，并在此基础上形成对于经典化理论的讨论。从目前所讨论形成的结果来看，"争论"与"经典"之间的关系形成了一个问题域，即两者之间的内在逻辑关系以及经典生成的可能性空间。正如研究者所指出的那样，"历史本身显然并非如此简单，一个公共性的'言论空间'以及一个成熟的'论争机制'，都不可能先在地存在于历史之中"①。所以，从"论争"入手既符合朦胧诗论争发生的历史实际，也便于从一个个争论事件中去分析经典诞生的可能，由此为后来的文学论争研究提供范例。由此而带来的另一个问题则是经典既然是经过时间检验的，那么对于当时的历史条件的分析是不是就显得有点不合时宜，但是，这种不合时宜所呈现的问题恰恰成为研究的魅力之所在。比如关于朦胧诗代表性作家的认定，经过历史沉淀之后的五人和当年票选十大青年诗人的结果有重合，也有背离。背离之处就在于朦胧诗经典化的条件发生的变化，这种变化是一种从诗歌外围社会历史认知价值向文学内部不断突进的一个过程。所以，重返历史现场，对于经典的过程性分析，不仅是对一个个问题的解释和反馈，还有拔出萝卜带出泥的附加性收获，这种附加反而从另一个维度给我们展示了文学的魅力之所在。

朦胧诗作为新生事物出现的一开始就伴随有各种评论性的文章，从公刘的《新的课题——从顾城同志的几首诗谈起》起，②　对朦胧诗的评论渐渐进入视野，大致可以分为三个阶段：第一个阶段是从 1979 年到 1984 年，第二个阶段是从 1985 年到 1999 年，第三个阶段是新世纪以来到现在。

朦胧诗研究的第一阶段主要是围绕着朦胧诗这一新生事物产生的争论，期间主要的争论围绕着朦胧诗的命名、合法性，同时还有由此而引发的关于诗学观念和诗学理论的争论，这时期的评论文章主要以后来被称为"三个崛起"的谢冕的《在新的崛起面前》③、孙绍振的《新的美学原则在崛起》④　和徐敬亚的

---

① 李哲：《作为研究范式的"论争"及其限度——以〈中国新文学大系·文学论争集〉为中心》，《汉语言文学研究》2015 年第 2 期，第 51—55 页。
② 公刘：《新的课题——从顾城同志的几首诗谈起》，《星星》1979 年复刊号，第 85—90 页。
③ 谢冕：《在新的崛起面前》，《光明日报》1980 年 5 月 7 日，第 4 页。
④ 孙绍振：《新的美学原则在崛起》，《诗刊》1981 年第 3 期，第 55 页。

《崛起的诗群》① 为代表，从一种文学现象的发生到一种美学原则的崛起再到一种流派或群体的涌现，这种概括集中展现出朦胧诗在历史发生初期所面临的现实状况，对朦胧诗的理解与阐释较为鲜活，有一种历史的在场感，浸淫其中的理论家以各种姿态投入论战，鲜明地体现出时代转型之间各种思想和观念的交锋。对于朦胧诗的批评是跟随着支持而来的，从"两代人"的诗歌观念的不同到"懂与不懂"的现实观感，从诗歌艺术形式的外在追求到诗歌之于社会的价值与贡献，这一场因"秋"而起的论争，终结在"春"，不只是因为话语权力的争夺导致新旧诗人之间的龃龉，还有对于新诗前途和命运的隐忧所生发的历史观感。从艾青的《与青年人谈诗》到《从"朦胧诗"谈起》，其涉及的不仅仅是文学上的"懂"或"朦胧"的诗学观念，更多的是从自身体验出发所生成的对于新诗前途或"崛起的一代"的忧虑，至于这个忧虑是多虑还是杞人忧天，在历史的今天似乎也已经得到答案的同时，使得我们不得不又一次反顾其身，反思艾青对于诗歌艺术的忧虑有没有道理。从章明《令人气闷的"朦胧"》到黄翔的《致中国诗坛泰斗——艾青》，从臧克家《关于"朦胧诗"》到顾城《"朦胧诗"问答》，"古怪""逆流""不正之风""火葬场""纪念堂"等语词尖锐甚至刻薄，不单是"文学为政治服务"的旧的文学观念的遗迹作祟，还有新旧思维模式之间的对决，不可谓不激烈。在不同的世代和体验中，两代人之间的裂隙越来越大，导致了一场"无物之阵"的战斗，似乎每个人都有论敌，但是论战的双方并没有真正意义上针锋相对的学理探讨，反而是一场从"蜜月期"向"白刃战"的分开旅行，所以导致的结果是这一阶段的评论和研究文章大多从一种外在的角度或者是反映论的视角对朦胧诗进行一种外围的解读。以朦胧诗为主体探讨关于新诗的现状和问题以及"评论的评论"，鲜有对其诗歌内在艺术和风格的阐述，即使偶有涉及文学性或艺术性的探讨，也不得不上升到一种文学思潮、一种社会现象，甚至一场政治运动中去，最终的结果也就不难想象。1984 年 3 月 5 日徐敬亚在《人民日报》发表《时刻牢记社会主义的文艺方向》的检讨文章，宣告朦胧诗争论正式偃旗息鼓。

随着朦胧诗争论的尘埃落定，第三代诗歌日益崛起，对朦胧诗的研究也慢

---

① 徐敬亚：《崛起的诗群——评我国诗的现代倾向》，《当代文艺思潮》1983 年第 1 期，第 14 页。

慢地进入一种学理化和体系化的阶段，大致时间从 1984 年到 1999 年。可以说这一时期的研究是一种天女散花式的状态，对朦胧诗的研究遍地开花，从不同的角度、不同的方式、不同的领域介入对朦胧诗的研究。这里主要有以下五个方面：第一，理论研究的向内转。我们看到这一时期文章渐渐转入对朦胧诗风格、语言和艺术等内在的诗歌特质的分析。如郑树森的《论"朦胧诗"》，采用中西比较的方法对朦胧诗的意象感悟和诗人内心世界的斗争进行了分析。翟大炳的《说舒婷爱情诗的"密码"》通过对舒婷、何其芳、李商隐三位诗人的比较，寻找朦胧诗合法化的内在诗歌特质。① 张同吾的《论新时期诗歌审美观念的嬗变》从诗歌的抒情特质、诗歌思想内核、诗歌的表现手法等美学意义的角度，可以说深刻展现了新时期以来的新诗潮尤其是朦胧诗的诗歌观念的流变。② 陈仲义的《现代诗的语法修辞变格》聚焦于现代诗歌修辞技法，如省略法、切断法、孤字法等，通过大量的中西方诗歌，尤其是朦胧诗诗人的例子来证实其与世界诗歌的沟通。③ 还有其从"力比多""白日梦"等角度分析顾城诗歌的精神世界。④ 谢冕等"崛起论"者持续关注，也逐步从诗歌现象过渡到诗歌内在的审美，他在《诗美的嬗替——新诗潮的一个侧影》一文中鲜明地指出"当前诗歌艺术重心的倾斜，是突出表现为意象的组合造成总体象征的效果。整个的诗歌审美追求，趋向于一种重组世界的感觉和情绪的宏大结构"，⑤ 既有理论的宏阔也有审美的内在关注。此后《反拨与突进：诗美变革的推衍——论新诗潮》《错动和飘移：诗美的动态考察——论新诗潮》《冲突与期待：加入世界的争取——论新诗潮》等系列论文发表并于 1991 年结集出版《地火依然运行——中国新诗潮论》，"新时期的诗坛是令人瞩目的，作者追踪着新诗巨变的足迹，以宽宏的胸怀去理解所有类型的诗，甚至"怪异"的诗，对新时期的诗歌作了历

① 翟大炳：《说舒婷爱情诗的"密码"——舒婷、何其芳、李商隐诗歌的一点比较》，《红岩》1986 年第 1 期，第 184 页。
② 张同吾：《论新时期诗歌审美观念的嬗变》，《文艺争鸣》1987 年第 4 期，第 37—43 页。
③ 陈仲义：《现代诗的语法修辞变格》，《天津师大学报》1987 年第 1 期，第 78—81 页。
④ 陈仲义：《论顾城的幻型世界》，《当代作家评论》1989 年第 4 期，第 32—38 页。
⑤ 谢冕：《诗美的嬗替——新诗潮的一个侧影》，《文艺研究》1985 年第 5 期，第 18—23 页。

史的、全景式的批评"①。可以说,谢冕对于朦胧诗的支持与关注,不仅是站在一个新诗潮崛起的文学现象的历史层面去解答,而且是从诗歌内在的审美特质等角度进行探索,尤其是其不断变动的观察与思考,贴近朦胧诗发展的自身,也迎合着新诗潮发生发展的实际。

第二是"诗人论"的批评文体。不满足于对诗歌本身艺术特质的探索,对于诗歌创作主体的研究也渐渐进入视野。最亮眼的应该是批评家李黎,其发表在《批评家》1986年第2期上的长文——《中国当代文坛的奇观》,副标题是"近年来新诗潮运动评述",文章从"朦胧诗"概念入手,分别就新诗潮的历史、诗歌观念以及诗歌争鸣进行了论证,重点对新诗潮以来"三个崛起"文章进行了述评,同时结合第四次文代会的现实和诗歌现状对朦胧诗进行了系统化的解读。② 李黎对于朦胧诗诗人舒婷的持续关注与评论也开启了当代诗歌批评"诗人论"的先河,先后在《文学自由谈》《批评家》《文学评论家》《当代文艺探索》《当代作家评论》等刊物上撰写了一系列有关于"舒婷诗歌研究"的论文,从中西意象的解读深入舒婷诗歌的内在艺术特质到社会、历史、时代与自我等方面,全面论述了舒婷诗歌的艺术成就,为朦胧诗"崛起"的学理化提供了有力的支持。与此同时,李黎撰写了《诗人论——对诗歌审美创造主体的考察》像是对"诗人论"这一文体的号召,从"诗歌审美创造的特殊性""诗人的创作特点与一般规律"和"作为一名诗人必要的后天修养"等三个方面系统阐释"诗人"之于诗歌的重要意义以及诗人之所以不同于其他作家的特殊性,将朦胧诗的诗歌理论向前推进与向深探索。③ 自此开始,宇峰的《杨炼论》(1986)、王干的《历史·瞬间·人——论北岛的诗》(1986)、谢冕的《在诗歌的十字架上——论舒婷》(1987)、《舒婷》(1988),张桃洲《梁小斌论》(2005),杨四平(2005)、陈超(2007)的《北岛论》,程光炜的《欧阳江河论》(2010),张立群的《舒婷论》(2011)等系统全面地梳理诗人个体之于诗歌的意味,持续

---

① 谢冕:《地火依然运行——中国新诗潮论》,上海:读书·生活·新知三联书店,1991年,"内容提要"。
② 李黎:《中国当代文坛的奇观——近年来新诗潮运动述评》,《批评家》1986年第2期,第7页。
③ 李黎:《诗人论——对诗歌审美创造主体的考察》,《当代文艺思潮》1986年第3期,第80页。

性与延展性贯穿至今，其中陈仲义的专著《中国朦胧诗人论》（1996）选取朦胧诗代表诗人北岛、顾城、舒婷、江河、杨炼进行论述，并且概括每个诗人不同的特点，如北岛的"超现实模式"、舒婷的"情感复调"、顾城的"幻型世界"、江河的"原型——个体同构境界"和杨炼的"智力空间"。从论述的思维特质来看，一方面集中展现出朦胧诗的特点，并呈现出代表性诗人的经典化历程，另一方面其所运用的理论构型完全使朦胧诗导向了现代主义诗歌研究的路径，也使朦胧诗自然地嵌入了中国现代诗歌的轨道和谱系中。作为一种批评文体，"诗人论"的写作不仅得益于读者对朦胧诗与朦胧诗人了解的渴望，得益于新诗潮对朦胧诗人的推崇，还得益于理性思维的沉淀使得有距离、有历史、全面系统地总结朦胧诗与朦胧诗人的成败得失有了可能。无疑，此时重新研究"诗人论"之于朦胧诗经典化的历程，不仅有着审视、检阅一代诗人和一代诗潮的历史价值的评判，还有着从历史中汲取教训，进而获取对朦胧诗及其之后诗歌现象反思的现实契机。

　　第三是研究的体系化。这一时期的研究文章不仅发表了对朦胧诗或"朦胧诗论争"的重点散论，还有系统地进行理论探讨的阐述。章亚昕的《论新诗潮》从"主体性"的视角论述了新诗潮"兼顾意象美原则和社会美理想，并将二者浑然融合，卓然提高到新现实主义的艺术境界"，并且对传统形成"一个超越"，"最精当地阐释着'新的美学原则'"。① 谢冕的《断裂与倾斜：蜕变期的投影——论新诗潮》，从断裂与倾斜两个方面表达出"新诗潮终于有机会迎接了中国新诗史上第三次'诗体大解放'"。② 与此同时，谢冕通过断代史的阶段性考察，系统阐释朦胧诗历史与实现、外在社会条件与内在审美特质。从《传统的变革与超越——诗歌运动十年（1976—1986）》《巨变的解释——诗歌运动十年（1976—1986）》到《空间的跨越——诗歌运动十年（1976—1986）》全面系统地梳理朦胧诗发生发展的历史与传统的蝶变、社会与时代的调和、审美意识与艺术变革等，为朦胧诗理论的发展鼓与呼，他的理论高瞻远瞩，从朦胧诗浮出地表的那一刻就给予关注到朦胧诗争论热潮时又给予支持，在朦胧诗落潮之后又掩卷深思。从诗歌创作的鼓励引导到批评话语风格的展示，体现了朦胧诗

---

① 　章亚昕：《论新诗潮》，《社会科学战线》1987 年第 1 期，第 255—261 页。

② 　谢冕：《断裂与倾斜：蜕变期的投影——论新诗潮》，《文学评论》1985 年第 5 期，第 43—51 页。

研究创作与评论的交相辉映。除了报刊论文之外，论著开始出现。1987 年田志伟主编的《朦胧诗纵横谈》第一次以专著的形式对朦胧诗进行论述，田著从朦胧诗争论的具体问题进入，引入心理学、接受美学等视角，同时与西方的意象主义、象征主义进行比较深入阐述朦胧诗。田志伟对朦胧诗的诗歌本质、诗歌美学、意象、结构等都进行了分析，最后对朦胧诗的争论进行了总括性的说明和感想，但由于结构框架的庞大，论述篇幅的狭小，免不了论有余而述不足。1993 年台湾大安出版社出版了庄玉柔的《中国当代朦胧诗人研究：从困境到求索》，此论著"以困境和求索为题，一方面就朦胧诗呈现的意识形态，包括其体现的时代精神、价值体系及意义系统等，做出宏观的分析；另一方面则就北岛、顾城、舒婷、杨炼、江河等代表诗人的作品，加以微观的研究：从他们对民族精神的挖掘和塑造、对文化信仰的批判与整合、对传统文化的继承和开拓、对人际关系的修复和发展、对内在世界的净化和深化等层面的探索，剖析他们徘徊于自我与使命之间多元多向的求索路向"。① 专著的出现，标志着朦胧诗从真正意义上进入体系化研究的实质，也预示着一个新的研究阶段的开始。

　　第四，是史料的钩沉与资料的整理研究。朦胧诗落潮以后，对于其史料的钩沉业已开始，这方面的一个表现在于对食指、多多等朦胧诗诗人的发掘，尤其是食指，被指认为"朦胧诗一个小小的传统"（林莽），从多多的《被埋葬的中国诗人（1972—1978）》到《诗探索》杂志对"食指"的指认，在打捞朦胧诗的历史遗迹，还原其发生发展的变动轨迹时，也在不断地重塑着历史。另一个表现则是对朦胧诗的"史前史"的发掘，重点是"白洋淀诗歌群落"浮出地表，代表性的论著有杨健编选朝华出版社 1993 年出版的《"文化大革命"中的地下文学》、廖亦武主编的新疆青少年出版社 1999 年出版的《沉沦的圣殿——中国 20 世纪 70 年代地下诗歌遗照》② 和刘禾编选香港牛津大学出版社 2000 年出版的《持灯的使者》。③ 这些都是一些参与或从事地下文学的活动者的回忆录或访谈录。这些资料的整理出版，为我们提供了那些不为人知的岁月背后真实

---

① 庄玉柔：《中国当代朦胧诗人研究：从困境到求索》，台北：大安出版社，1993 年，"内容简介"。

② 廖亦武：《沉沦的圣殿：中国 20 世纪 70 年代地下诗歌遗照》，乌鲁木齐：新疆青少年出版社，1999 年。

③ 刘禾：《持灯的使者》，香港：牛津大学出版社，2000 年。

生动的文学生态，为从诗歌内在，尤其是诗人内心活动进行诗歌研究提供了事实支持。编选者通过访谈、回忆、实地考察等形式，不断地对过往的历史进行总结、反思，不仅为研究者提供了大量的材料，同时进一步确立朦胧诗的诗歌谱系。当然其中也不乏一些错误，但从整体的角度来说，瑕不掩瑜，其中内容大多与前两者重复。除了整本的出版还有一些零散的回忆性文章散见报刊，如《诗探索》等。此后，王士强的博士论文《1960—70 年代"前朦胧诗"研究》（2009）将关注的重点放到"20 世纪 60、70 年代北京地区的非主流诗歌活动"上，"主要在诗歌本体意义上强调其与此后的"朦胧诗"的历史和艺术关联"。①在资料的整理方面集中在两个点，一个是对朦胧诗作品的选编，另一个是对朦胧诗争论资料的整理。对朦胧诗作品的编选代表性的主要有阎月君的《朦胧诗选》（1985），喻大翔、刘秋玲的《朦胧诗精选》（1989）和洪子诚、程光炜《朦胧诗新编》（2004）等，这些朦胧诗选集影响较大，推动了朦胧诗的传播与接受。需要提醒的是阎月君等人编选的《朦胧诗选》最早是辽宁大学中文系四位大学生从不同的公开发表的刊物上辑录的油印本，编选处于朦胧诗争论高潮时期的《朦胧诗选》一边冒着极大的政治风险，一边有力地支持了处于论争中的朦胧诗，对于朦胧诗在大中学校园和读者中的传播接受起到重要的作用。洪子诚、程光炜编选的《朦胧诗新编》在新世纪以后无疑有了文学史家的眼光，其对于朦胧诗从选本经典走向史学经典功不可没。与作品编选同时，对朦胧诗评点本的编选也在如火如荼地进行：齐峰等编的《朦胧诗名篇鉴赏辞典》（1988）、李丽中编的《朦胧诗·新生代诗百首点评》（1988）和章亚昕的《中国现代朦胧诗赏析》（1988），从不同意义上呈现出朦胧诗编选评点之于朦胧诗争论后朦胧诗发展的版图，另外还有王幅明的《中外朦胧诗赏析》（1989）、古远清的《海峡两岸朦胧诗品赏》（1991）等评点本，从中西朦胧诗学的世界角度和两岸文学复合互渗的角度评点朦胧诗的特质。在研究资料的整理方面，主要有姚家华《朦胧诗论争集》（1989）、徐敬亚《崛起的诗群》（1989）、吕周聚《朦胧诗历史档案》（2016）和李建立《朦胧诗研究资料》（2018），对朦胧诗论争资料有着较为完整的整理。姚家华的整理特点还带有时代的余温，从梳理的文献来看，论战双方你来我往平分秋色，但是从新世纪后的选本来看，无论是

---

① 王士强：《1960—70 年代"前朦胧诗"研究》，博士学位论文，首都师范大学，2009年，第 1 页。

吕周聚还是李建立主编的研究资料都已经明显地倾向于朦胧诗崛起一派的理论选取，徐敬亚的《崛起的诗群》更是自己一人对于朦胧诗从发生初期到论战高潮以及落潮之后的论文合集，完整地追踪朦胧诗争论的轨迹，呈现出崛起一派生动的生态图景。

第五，是朦胧诗的文学史书写。在文学史具有主流意识形态观念和视角的情况下，朦胧诗进入文学史视野对朦胧诗来说是一种认同和肯定，肯定了其在文学创作和新时期文学活动中的地位和作用。同时文学史对朦胧诗从外在社会思潮到内在诗歌特征都有一定的评述，虽不免由于时间的距离太近和著作者观念的不同，流露出不同的评论，但这已是很大的变化，摆脱了政治意识形态较多束缚的研究者视野和观念，使得朦胧诗的研究得以改观。从最早的 1985 年由中国科学院文学研究所当代文学教研室编的《新时期文学六年（1976.10—1982.9）》开始，到 2007 年由洪子诚编著的《中国当代文学史》（修订版），在文学史上，对朦胧诗的关注上一直是一个争议不断的话题。对于朦胧诗冯牧在 1981 年的《新时期文学主流》中已经有所关注，虽然此书不能称之为文学史尤其是不能作为教材，但是作为对朦胧诗关注最早的专著，其表现出的观念具有时代性，一个是乍暖还寒时期观念的转变过程中那种欲语还休，政治思维习惯并没有完全退出文学评论的机制；另一个是冯牧作为新时期文学领域的掌门人之一，其所发表的言论具有一定的政治导向，所以他认为"新人所取得的成就，还不能说已经出现了新的高峰""新诗尚未出现具有划时代意义的成就"。①可以说，冯牧的论辩，典型地体现出当代文学史写作的一般特性，那就是文学史距离文学现场之近使得没办法拉开距离远视阈地去观察文学发生发展的现状，导致的结果就是评判的失衡。但是，我们也不得不承认，洪子诚在《中国当代新诗史》中所指出的，"我们还是明知不可而为之，目的不仅为'当代人'立一块碑碣，还希望给后来者提供一份同代人的一种认识的参照。"②所以，此后的文学史写作就有了可能和缘由。在朦胧诗刚刚落潮的 1985 年，《新时期文学六年》的出版，既有了对新诗潮进行总结的意味，也有了代表当时主流文学史

---

① 冯牧：《漫话新诗创作》，《新时期文学的主流》，北京：人民文学出版社，1981 年，第 174 页。

② 洪子诚、刘登翰：《后记》，《中国当代新诗史》，北京：人民文学出版社，1993 年，第 549 页。

家对于朦胧诗的一般看法，给我们提供了历史的浮标。相较于争论中主流对于朦胧诗一味的批驳，《新时期文学六年》所表现出来的各打五十大板的做法似乎显得比较客观，但是在五十大板的轻重上，明显地呈现出对朦胧诗的批评大于支持。"我们并不一概地谴责'朦胧'或是不加区别地一律嘲讽艺术形式上的'古怪'。只要是内容健康能比较正确地反映现实，那么，就应当让明朗与朦胧、豪放与婉约、'芙蓉出水'与'流风回雪'并存，让百花获得各自存在的价值让群众去检验与选择"，所以他得出的结论是"不可一味的'棒杀'，但也不能一味的迎合与盲目吹捧""对于目前正在成长中的青年诗人，须有正确的引导"。① 随着时间的变动，1987 年宋耀良的《十年文学主潮》已经表现出明显的转向，"可以再一次说，新时期文学的新思潮发端于朦胧诗。尽管这个诗派有许多缺陷、不足、失误，至今似乎也已完成其历史作用，但是其在艺术思潮发展历史范畴中的重要地位，应予以承认"。② 虽然只是短短的两年，历史的评价竟发生如此大的转折，不乏有朦胧诗落潮、第三代诗歌已经崛起，对于朦胧诗的关注热度下降使得距离拉开的同时有了较为精准的判断，但是更多的还是思想已经流变，那种一元论主导的文学思维模式已经渐行渐远。此后，张钟、洪子诚等编著的《中国当代文学概观》（修订版）相比较于 1980 年版对于"朦胧诗"付之阙如到 1986 年版增添了两节的"新时期的诗歌创作"再到修订版对舒婷、北岛作为专节论述，其针对性增强，而且对崛起论的支持已经成为主流。"重写文学史"思潮伊始，原有的历史表述已经无法满足历史扩张的表现，并且，随着观念的变化，从文学主体性本身出发重写文学的要求有了并进一步拓展与实现的可能。洪子诚的《中国新诗史》和《中国当代文学史》两本文学史著作的四个版本就明显地体现出了这种流变，为研究朦胧诗在当代文学史书写中的变迁提供了一个典范。

　　第三个阶段则是新世纪以来的二十年，这一阶段的研究由于论辩激情的消退和市场经济大潮背景的冲击，对于朦胧诗的关注已经从全民追逐时代退回到研究院所等科研单位的内在挖掘阶段。这一时期最突出的一个研究表现莫过于高校博士学位论文对朦胧诗的关注。从 2001 年武汉大学李润霞博士学位论文

---

① 中国社会科学院文学研究所、当代文学研究室：《新时期文学六年（1976.10—1982.9）》，北京：中国社会科学出版社，1985 年，第 133—135 页。

② 宋耀良：《十年文学主潮》，上海：上海文艺出版社，1988 年，第 79 页。

《从潜流到激流：中国当代新诗潮研究》起，博士学位论文直接关注《今天》与朦胧诗的不下十篇，2004 年台北文史哲出版社出版了徐国源的博士学位论文《中国朦胧诗派研究》，同年，苏州大学秦艳真的博士学位论文《朦胧诗与西方现代主义诗歌比较研究》，此后，暨南大学张志国博士学位论文《〈今天〉与朦胧诗的发生》（2009），首都师范大学王士强博士学位论文《1960—70 年代"前朦胧诗"研究》（2009），华东师范大学梁艳博士学位论文《〈今天〉（1978—1980 年）研究》（2010），武汉大学陈昶博士学位论文《寻找民间：〈今天〉知识分子研究（1978—2012）》（2013）、山东大学崔春的博士学位论文《论北岛及〈今天〉的文学流变》（2014）以及湖南大学邓忠的博士学位论文《朦胧诗文学性的认知研究》（2020）等，这还不包括涉及朦胧诗进行专章专节论述的博士学位论文和一些硕士学位论文。这些研究综合凸显了新世纪以来研究方法和研究视野的更新，其中有以下两个方面的研究视角和研究观念比较突出：其一，基于报纸杂志研究的视角，这一研究方法具有现代文学研究的特质，将朦胧诗纳入到文学场域中，一方面从流派的基本概念出发，报刊是流派形成最基本的一个支撑。另一方面，现代文学研究方法的借鉴与引入使得朦胧诗研究越来越学理化，呈现出学术研究的稳定性的评价。那么像梁艳的《〈今天〉（1978—1980 年）研究》、张志国的《〈今天〉与朦胧诗的发生》、陈昶的《寻找民间：〈今天〉知识分子研究（1978—2012）》、崔春的《论北岛及〈今天〉的文学流变》等都是主要从报刊杂志的角度去分析论争的形成与流变，其他的虽然并不都是直接研究朦胧诗，但是在论述中涉及的一些学位论文和单篇论文也多是从这个角度出发，比如钱继云的《〈诗刊〉与 1980 年代的诗歌创作》，段宏鸣的《〈当代文艺思潮〉与"朦胧诗论争"》、欧娟的《〈人民文学〉杂志与中国当代文学》、霍俊明的《〈诗探索〉与"朦胧诗"》、张桃洲《〈诗探索〉与中国当代诗歌理论批评的进展》等先后从《诗刊》《当代文艺思潮》《人民文学》《诗探索》等方面给予朦胧诗重点讨论，呈现出流派化研究的倾向，从某种程度上，推动了朦胧诗的影响与接受。其二，朦胧诗研究的问题意识凸显。通过梳理可以发现，对于朦胧诗的关注，在新世纪以来不再单纯地停留在作家作品的品评，即使涉及作家作品也是将其放在一定的场域里进行研究。比如李润霞和王士强的博士论文集中展现朦胧诗的诗歌谱系，从史前史的角度将朦胧诗进行挖掘与打捞，为人们呈现浮冰一角之下的整座冰山。陈昶从民间角度分析《今天》派知识分子群体观念的流变，崔春则是以北岛作为个案分析其内在的精神成长与思想裂变，还有邓忠从认知语言学研究的理论视阈阐释朦胧诗文学性的新意蕴，等等。当然，还有一系列的论文从"经典化"的角度去理解与评价朦胧诗，此处也正是本书关注与研究的重点

新世纪以来，朦胧诗的经典化渐渐进入视野。这不仅得益于 2006 年 4 月，2006 年 10 月和 2007 年 10 月的三次关于文学经典的国际学术会议的进行，更得益于与之相伴生的文学观念的转换。张志国暨南大学博士学位论文《〈今天〉与朦胧诗的发生》首先进行"朦胧诗的经典化"专章论述，他从"诗歌合法化"的角度进入，带出了朦胧诗在合法化过程中所伴随的一些经典的生成因素，同时引入传播学视野，从传播主体、媒介和受众三个代表性的角度进行论述。当然这一论述不是其首创，当归功于对其他文学类经典的解读阐释基础上形成的一般的经典立论的方法，但是他开了对于朦胧诗经典化研究的先河。梁艳博士学位论文将《今天》杂志作为独立研究，研究其在 1978—1980 年的活动状态，这是第一次将与朦胧诗产生密切关系的《今天》提升到与其他正规出版物研究一样的地位，换句话说，为研究朦胧诗经典化打通了一个重要关节，那就是非正式出版物在文学创作和文学思潮中的担当和意义。王文静在博士论文中用一章从"新诗评论机制"的角度讨论"朦胧诗"的经典化生成，他从朦胧诗的命名、经典诗人的遴选以及刊物推介等方面体现当代文学史中朦胧诗作为其中一环对于新诗经典生成的功用。

当然，本书所讨论的经典化就是在前人研究基础之上的进一步深化，以问题为导向，着力解决朦胧诗争论中有关于争论理论的发生以及经典如何生成等问题，并在此前提下以顾城作为个案来分析，讨论朦胧诗是如何从争论走向经典。其一主要是进行朦胧诗研究的查漏补缺。朦胧诗经典化研究中将"文学的评奖制度"纳入研究范围成为一个普遍范例，但是普遍范例主要集中在作品的评奖上，以此来探讨朦胧诗的经典化，可以说缺失了对文本背后人的力量的关注，所以本书在研究中开始将以评选诗人的机制也纳入到评奖机制中。也因此，"青春诗会"进入研究视阈成为必然，这好比是"茅盾文学奖"和"诺贝尔文学奖"的评选，前者是以作品为评判标准，后者是以文学创作者的文学活动为评判标准，当然这都是建立在一定文学文本创作基础之上的。二十世纪八十年代的"文学评奖制度"正是以文学作品为评判标准，将影响并延续至今的"青

春诗会"纳入，无疑免除了遗珠之憾，弥补了在文学活动方面的遗漏，可以说"文学评奖制度"和"青春诗会"在选作品和选作家上达成了一定的默契，相映成趣。与"青春诗会"对于青年诗人的奖掖扶持一样，文学选本中对于朦胧诗代表诗人的评选也呈现出经典化的趋势，还有文学活动中票选"十大诗人""年度诗人"等此类文学评选活动，直接将诗人作为遴选的对象，无形中促成了朦胧诗人的经典化的流变。其二，朦胧诗经典化研究的进一步学理化。从朦胧诗命名开始的约定俗成到朦胧诗作为一种诗学理论的建构，从诗会的举办、诗集的出版作为一种文学活动到文学活动作为一种文学研究机制，其间不仅仅是西方思想和观念的引入对于朦胧诗研究的推动，更重要的是距离四十年后反观自身的现实所需形成的对于朦胧诗研究的学理化思考。举例来说，余秀华诗歌现象在朋友圈和诗坛的争论热度不减，不仅仅是因为诗学观念的不同所导致的对待诗歌艺术审美的分歧，更重要的是在什么是诗以及诗歌的评价标准等基本问题上产生的隔阂使得我们不得不回顾四十年前那一场轰动全国的诗学大讨论，这不单单是希望从中能获得经验和教训，还有更为关切的问题是我们似乎已经丧失了对于一些问题最基本的共同性认识，这个认识有现实社会的因素的左右，还有来自自我内心深处对于感性认识的理论缺失的探讨，所以研究朦胧诗争论及其经典化就有了为我们当下解惑和恢复为什么读诗写诗最初的情感知觉的意义。另外的学理化表现并非朦胧诗自身所具有的那种理性属性，朦胧诗其实从一开始的感动常常为后来者所忽略，这种忽略一方面表现出时过境迁之后沉默无语，对于当年的文学只字不提，人到中年甚至老年更有一种"一生负气成今日，四海无人对夕阳"的沧桑之感；另一方面表现为随着研究的深入，"借他人酒杯，浇自己块垒"的移情作用加到朦胧诗身上，使得朦胧诗承担了本来没有或本不该承担的东西，诸如理论的植入、思想的灌注，当下意义上的朦胧诗已经远超其本身。当然，这并非一件坏事，而是在历史的层累地造中叠加的赋予的，也成为确立朦胧诗的合法性地位以及为后来者提供借鉴之境的理论源泉。正如程光炜所言，我们重返八十年代并不是怀旧式的追溯，而是"如何将熟悉的'80年代'重新'陌生化'和'问题化'。另一个问题是，如何让清晰有力和不容分说的'知识'多少带上一点点'历史的同情和理解'"。①

---

① 程光炜：《文学讲稿："八十年代"作为方法》，北京：北京大学出版社，2009年，第2页。

　　平心而论，朦胧诗从浮出地表之日起就伴随着两种不同的遭遇，一种是国家层面的文化抑制，另一种是民间的热烈响应。与其说是自身的遭遇，不如说是外在的因素直接干预或推动。从国家文化出版等机构的抑制到前辈诗人的不认同，朦胧诗在其最为繁盛的年纪突地掉落，如一粒土归于尘埃，其后再也没有东山再起的力量，成为八十年代的绝响。除此之外，我们只能从其细微处寻找蛛丝马迹，试图寻找那个纷繁富饶的年代在朦胧诗身上所留下的种种，以便时时警醒后来诗人、诗歌等，也试图去探寻一些规律，对未来或者是当下的诗歌做一触探，进行更深入的把脉，让我们自己的生命随着诗歌、时代的脉搏一起跳动。

　　在以上的简述中，时时能感受到朦胧诗之后的诗歌在朦胧诗基础上所承受的重量，有所继承，有所突破，但更多的是面对朦胧诗所进行的一系列的反叛，这也形成了延续朦胧诗"自我"为主体的思想之后进一步对这一"自我"的一种深化和强化，这与八十年代"现代性主体"以及"人性复归"共生，共同构成了八十年代的社会文化主潮，并且影响至今。在此意义上可以说，朦胧诗之于中国当代新诗传统的建构做出了从文学实绩到理论创新的特殊贡献，值得大书一笔。

第一章

《今天》与朦胧诗的发生

　　1977 年 8 月 12 日，中国共产党第十一次全国代表大会宣告了"文革"的结束，也标志着一个新的时期的到来。在"文革"中惨遭迫害的诗人及诗歌也迎来了春天，尽管这春天依然有些乍暖还寒，但毕竟春天已经来了。在这一时期，诗歌开始悄悄地从地下浮出地表并出现了狂热的"新诗潮"，这一现象既属于文学现象，也带有浓浓的政治意味。朦胧诗从这一时刻起，开始为人们所注目、争论并接受，这在一定程度上是文学的多重性功能在社会的映射，更多的则是社会对这一看似新生事物的一种否定、怀疑、批评、接受的心理过程。但由于政治的阴影在空气中依然弥漫，这一文学现象的脉络就显得不那么的清晰，甚至有些复杂。

第一节　结束或开始：1976—1978

　　以 1978 年为界，中国文艺界和政治界前后出现了很多历史性事件，而 1978年，更是意识形态和作家内心诉求达到一个"和谐"并进的历史年代，因此1978 年成为了一个特殊的时间标志，受到学术界的注意。在中共中央党史研究室编著的《中国共产党历史》中"1976—1978"年被称为"在徘徊中前进的两年和实现伟大的历史转折。"那么这个时间段是徘徊还是准备？是结束还是开始呢？对此学界莫衷一是，各执一词。流行的观点认为，这一历史时期就是徘徊，即使前进，也是在"文革"延长线上的前进，总体的态势是"徘徊"。吴俊认为，"1976—1978 年，国家政治转型，改革开放和新时期文学开启，成为迄今文学史面貌的承传近因和直接来源"。① 蔡翔也认为，"1980 年代要回应的，实际上是"前三年"（1976—1979）提出来的叙事主题和叙事方式"。② 但就这一段文学和历史事件来看，这一期间文学似乎和政治进入了一个"蜜月期"，但究其本质而言，却如作家们所说的仍是"早春天气""乍暖还寒"。

一

1976 年周恩来、毛泽东、朱德等几位中央高层领导人相继离世，10 月江青等"四人帮"被捕，1977 年 8 月中共十一大在北京召开，宣布"文化大革命"以"粉碎'四人帮'为标志而结束"。③ 中国社会各领域酝酿着一场变革，但这一切并非来得那么突然，一股股地火早在燃烧。政治领域的变动，与其紧密联系的文学艺术等领域会有怎样的变化？我们不妨通过列举 1976—1978 这一阶段发生在政治和文学领域的大事件来展示这一关系。

1976 年

1976 年 1 月蒋子龙的《机电局长的一天》在《人民文学》发表。

4 月 5 日天安门广场发生了"四五"运动。

10 月 6 日，"四人帮"被隔离审查。18 日，中共中央发出《关于王洪文、张春桥、江青、姚文元反党集团事件的通知》，粉碎了"四人帮"反革命集团。

11 月 5 日，《人民日报》发表毛泽东于 1975 年 5 月 25 日对电影《创业》的批示，并刊登任平的文章《光辉的历史文件》。

11 月 20 日，张天民执笔的电影文学剧本《创业》在《人民文学》发表。

12 月 30 日，话剧《万水千山》、歌剧《白毛女》、影片《东方红》《洪湖赤卫队》等复映上演。

1976 年，《诗刊》《人民文学》《人民戏剧》《人民电影》《人民音乐》《美术》《舞蹈》等刊物相继复刊。

---

① 吴俊：《中国当代文学史的整体性和逻辑性的建立——断代、分期、下限问题漫议》，《文艺争鸣》2021 年第 2 期，第 43 页。
② 蔡翔、罗岗、倪文尖：《文学：无能的力量如何可能？——文学这"30 年"三人谈》，《21 世纪经济报道》2009 年 2 月 16 日，第 37 版。
③ 中共中央文献研究室：《关于建国以来党的若干历史问题的决议》，《三中全会以来重要文献汇编》（下），北京：人民出版社，1982 年，第 811 页。

1977 年

5 月，为纪念《讲话》发表 35 周年，北京京剧团选演了历史京剧《逼上梁山》的三场戏：《风雪山神庙》《火烧草料场》和《造反上梁山》。这是"文化大革命"以来第一次上演古装戏。

10 月 12 日国务院批转了教育部《关于 1977 年高等学校招生工作的意见》。文件规定：凡是工人、农民、上山下乡和回乡知识青年、复员军人、干部和应届毕业生，符合条件均可报考。

11 月 20 日，刘心武的《班主任》在《人民文学》发表

10 月 21 日开始，新华社、《人民日报》、中央人民广播电台等各新闻媒体，以头号新闻形式发布了恢复高考的消息。

11 月 28 日—12 月 25 日，历时近一个月的高考落下帷幕。

1977 年，《儿童文学》《世界文学》《上海文艺》复刊。《石河子文艺》《西藏文艺》创刊。

1978 年

2 月《中国青年》2 期发表了刘心武的短篇小说《醒来吧，弟弟》。

5 月 11 日，《光明日报》发表评论员文章《实践是检验真理的唯一标准》，12 日，《人民日报》全文转载。

5 月 18 日，《人民戏剧》编辑部召开全国戏剧座谈会。曹禺在会上提出为 1962 年在广州召开的全国话剧、歌剧、儿童剧创作会议恢复名誉。

5 月 27 日至 6 月 5 日，第三次文代会扩大会议在北京召开，大会宣布中国文联、中国作协、中国剧协、中国影协、中国音协、中国舞协恢复工作。

8 月 11 日，卢新华的短篇小说《伤痕》在《文汇报》上发表。

11 月 15 日，北京市委决定：为 1976 年 4 月 5 日的"天安门事件"平反。

11 月 17 日，《人民日报》发表《天安门诗选》。

12 月 23 日，《今天》创刊。

12 月，十一届三中全会召开。

1978 年，《文艺报》《文学评论》《儿童文学》《边疆文艺》《芒种》《海燕》复刊。《钟山》《十月》《新文学史料》《外国文艺》《戏剧创作》《黑龙江戏剧》

《南京文艺》《贵阳文艺》创刊①

　　通过上述政治和文学领域事件的列举，可以明显地感受到 1976—1978 年那一段"激情岁月"，既有对新兴文学的高歌也有对既往文学的哀挽，政治的悲欢与文学的悲欢同步共振，大悲与大喜互相交织。因此，1976—1978 年既可以视作一个时期文学的结束也可以看作一个时期文学的开始。孟繁华注意到，"1978 年代的文学也是重新改变文学形象的一次悲壮的努力。社会从来没有像这一时代那样对文学情有独钟，作家成了这一时代的民族英雄，他们所拥有的礼遇和尊重几乎是空前绝后的，这也极大地满足了作家内心期待的悲壮感和使命感。同时，它也为日后文学的失落埋下了伏笔"②。1976—1978 年间，《人民文学》《诗刊》《文艺报》《文学评论》等官方刊物相继复刊，一系列展示新时期精神面貌的文学作品相继出炉，《人民文学》1977 年第 11 期发表的刘心武的《班主任》开启了一场"伤痕文学"之旅。在此期间，作家们纷纷舔舐自己的伤口，剖露内心的沉重和苦难，将精神的漂泊熔铸在作品中，无论是直视"文革"灾难的作品如卢新华的《伤痕》、冯骥才的《啊！》和宗璞的《我是谁》，还是描摹"文革"期间的日常生活，平静诉说忧伤的作品如杨绛的《干校六记》，他们多停留于伤痕的展示，并未真正意义上走向民族历史的深处，反思这种伤痛的由来。当这种感伤成为一种历史民众的"集体记忆"，进而演变为一场群体的狂欢话语之时，作家以重新归来的个人英雄主义情结抚平创伤，无疑，社会又陷进了新的"历史循环"。

　　"文革"后的文学看起来似乎悲壮大于热切的期望，文学并没有像作家们期待的那样迎来五四后的又一次启蒙，读者的阅读期待视野与作家建构的想象不仅有着天然的身份区别，还有着历史无法弥补的距离缺憾。"归来"的老一辈诗人和后起的年轻诗人们由于生存体验的不同、文学观念的差异，从合作走向对抗、从蜜月走向裂变。白桦、公刘等老诗人在重新获得话语权后仍然葆有着年轻时对共和国真挚的热爱，他们回避了政治变动带给自身的精神阵痛。而此时，新兴的青年诗人却正高喊着"我不相信！"，宛若不同的世代在同一历史情境中

---

① 孟繁华：《1978：激情岁月》，济南：山东教育出版社，1998 年，第 250—260 页。洪子诚：《中国当代文学史》，1999 年，第 413—415 页。

② 孟繁华：《1978：激情岁月》，济南：山东教育出版社，1998 年，第 3 页。

的折叠。王蒙的自白差不多代表了当时"归来者"的心声："20 年来，……我得到的仍然超过于我失去的，我得到的是大有作为的广阔天地，得到的是经风雨、见世面，得到的是 20 年的生聚和教训。"① 而当党再次把笔交给"我"时，这依然是无尚的荣耀，"我"也将继续创作出为人民所喜闻乐见的作品。然而这一"大我"的延续顶多是在自我话语体系中的一次自我表演与自我感动，并不能撼动青年一代早已现代化的心灵。所以，当艾青、臧克家等人耿耿于青年一代的"不懂"与"朦胧"时，青年诗人用"自我"的"小花"开启的新的启蒙之旅，早已与他们拉开了精神的距离，在贵州"启蒙社"和《今天》等社团和刊物的影响下，黄翔等人从贵州一路点燃到北京的启蒙火炬，"新的启蒙在崛起"。

二

1976—1978 年的中国在政治和社会各领域发生了重大的变革，当然这些变革并不是一蹴而就，而是渐进式的嬗变，同时其自身也交织着一些矛盾与错愕。此一时期正处于"文革文学"向"新时期文学"话语转变的时期，文学创作及其观念受之前文艺政策的局限和束缚，发表或上演的作品不是"文革"之前的旧作，就是还带有"文革"残留的思想印迹。1975 年还出现了重返历史的文学策略，一大批"重放的鲜花"重新登上文学舞台，如《兄妹开荒》《洪湖赤卫队》的歌舞剧在"文革"时期再度成为主旋律。

毕竟风月不同天，1976 年伊始，一批重要的文艺刊物复刊。同年围绕电影《创业》展开一系列论战，电影《创业》在得到毛泽东肯定的批示后一度成为当时文学界的正面范式而被大力推崇，"四人帮"对电影《创业》的"扼杀"则被定性为："反对毛主席及其革命路线、破坏无产阶级文艺革命，以实现其资产阶级专政的目的。"② "两个凡是"口号提出，以及文艺与政治关系的争论也更增添了许多的不确定因素，甚至出现以"文革"的方式反对"文革"，不加区别大肆批判。1976 年 10 月 6 日中央政治局对"四人帮"进行隔离审查后，随之而来的就是对"四人帮"铺天盖地的批判，拨乱反正是当时最主要的政治形势以及文学主题。

---

① 王蒙：《我在寻找什么》，《文艺报》1980 年第 10 期，第 41 页。
② 洪广思：《"四人帮"扼杀〈创业〉说明了什么？》，《解放军报》1976 年 11 月 7 日。

　　从1976—1978年的文学观念来看，民众们对"文革"的深恶痛绝似乎在"四人帮"那里找到了一个情绪的宣泄口，而文学又是最好的情绪承载物。《人民日报》曾记录过当时的场面："一个愤怒揭发、批判王张江姚'四人帮'反党集团的群众运动，正在全国范围内蓬勃兴起。"① 一时之间，敌我矛盾重新出现，"四人帮"成了新的阶级敌人，对他们的定性也是当时的一个重要话题，"极左"还是"极右"的争论盛极一时。因此，"这样的'清理'更多的是因新的政治方向转换而为之；在操作方式上，党报的文学批评仍然主要承担了'政治批评'的任务，此一时段文学批评的整体面貌也大致跟随着《人民日报》等党报的话语模式。特别是细致考察这些文学批评的文本，其中所体现出来的关于文学的观念、思维方式，以及用来讨论文学的话语资源，仍然延续着'文革'时期的风貌"。② 一直到1977年底，《人民日报》中关于文学批评的主要内容都是对"文革文艺遗产"的全方面批判，有关"四人帮"的流毒还远未肃清，这种用"文革"的方式批判"文革"虽是不合理的，但却是当时主流的方式。当时的文学批评观念是："文艺舞台从来就是两个阶级争夺的阵地，两条路线斗争的战场"。③ 此时对"文革文艺"是彻底否定的状态，并未上升到对社会的认知与反思，新的文学批评话语还在酝酿，新的文学观念尚未形成，因此这一系列现象都是处于变革时期的文学所带有的时代的痕迹。

　　同时我们也应该注意到，在这种不确定的现象之外，另一种新的因素在上升。文学新人开始出现，并且一反之前那种歌功颂德、大肆批判的文学道路，开始以关注个体生命的遭遇与时代的关系，同时将这种关系以文学叙事的方式缓缓地书写出来，虽然还有一定的时代烙印的痕迹，但这已经足够。与此同时，高考的恢复，使得一大批的学子开始进入大学接受正规的教育，虽然他们年龄差异很大，但却在接受新的思想和文化观念时表现出惊人的一致性。正是因为这一批学子的加入，为二十世纪八十年代的文学的繁荣提供了人才储备和理论支撑，尤其以诗歌领域最为显著。1977级的诗人有吉林大学中文系徐敬亚、王

----

①　北京市文化局评论组：《围绕电影〈创业〉的一场惊心动魄的阶级斗争》，《人民日报》，1976年11月5日，第3版。

②　武善增：《论"文革文学"向"新时期文学"的话语转换——以1976—1978年为考察中心》，《江苏社会科学》2015年第1期，第196—204页。

③　新华社：《扫除"四害"〈园丁之歌〉获新生》，《人民日报》，1976年11月10日，第4版。

小妮，武汉大学中文系高伐林、王家新，华东师范大学中文系赵丽宏，陕西师范大学中文系梅绍静，陕西财经学院丁当，南京大学中文系唐晓渡，山东大学中文系杨争光，河南大学中文系程光炜，重庆西南师范学院中文系钟鸣，成都电讯工程学院翟永明，浙江舟山师范专科学校孙武军；1978 级的北京广播学院文艺系文艺编辑专业叶延滨，山东大学哲学系韩东，四川西昌农业专科学校周伦佑，辽宁大学中文系马原，暨南大学中文系汪国真等，① 他们或多或少地参与或者见证了那场朦胧诗运动和之后的新生代的诗歌运动，并且为朦胧诗运动提供了一种传播空间和场域。

这批文学新人以不同于老一辈的姿态出现在新文学场域，他们没有像"归来者"一样在历史的跌宕中飘转沉浮，而是接受了新的高等教育，在思想上有着鲜明的独立性。尤其在诗歌领域内，当"文革话语"模式遭到瓦解后，各类诗歌批评话语层出不穷，以"三个崛起"为代表的朦胧诗诗歌理论的出现更是为新诗潮的发展保驾护航，诗人们将个人的人生遭遇与时代命运结合在一起，形成了文学与历史的合流。刊物的联合与互动也功不可没，《诗刊》的复刊以及《今天》的创刊促进了官方刊物与民间刊物的互动，为这批诗坛新人提供了沟通与交流的场域。各类诗歌会议和评奖制度的更新都为年轻诗人的遴选开辟了新的途径，顾城和舒婷的作品开始出现在官方刊物并崭露头角，虽然后期遭到了公刘等老诗人的质疑，但是从另一个向度上提高了朦胧诗的社会关注度，文学生态在一定程度上渐趋好转。

在许多文学史的叙述中大多把 1976 年作为一个分界点，中华人民共和国成立后到 1976 年为一个时期，1977 年到现在作为新时期。"文革"结束是这一年的标志性事件。这一明确的断代自有其道理可言，但是从另一种角度来说，政治文化干预下的文学活动，并不会因为政治生命的结束而结束，它还会继续存在一段时间，甚至永久地打上"文革"的烙印，永远无法摆脱。这种政治上的断代在文学上的表现并没有及时更新，因为此时的文学活动还残留有"文革"的影子，政治话语力量的博弈一直影响着当时文学批评话语的转向。直到 1977 年 10 月 20 日《人民文学》编辑部召开了短篇小说创作座谈会都未曾公开批判"文艺黑线专政"的论调，这就导致对"文革"并未呈现出全面否定的倾向。

---

① 姜红伟：《二十世纪八十年代大学生校园诗江湖风云人物备忘录》，姜红伟的新浪 blog：http：//blog. sina. com. cn/jhw421。

在这样一种文学氛围中，文学活动必然只能戴着镣铐跳舞，到了 1978 年末，《人民文学》《文艺报》《诗刊》共同召开了编委会联席会议，文学的禁区才算逐渐打破。即使"新时期的文学话语"正在生成，但其间矛盾的措辞还是让作家们一时噤若寒蝉，而此时的朦胧诗诗人们正以先锋的姿态探索着未来，在混乱与保守交杂的文学思潮中，诗歌领域正酝酿着新的文学风暴。

文学对政治的干预在当时是不可避免的，"用政治代替艺术"以及"用艺术图解政治"的方式在当时成为了解决文艺问题的主要方式，包括在遴选代表文学作品时也是出于政治的考虑："《班主任》和《伤痕》被'选中'成为'新时期文学'的起点，相应其他作品被'落选'淘汰，都是宏大叙事的既定思维对丰富的文学史实暴力裁夺的结果。"① 这一时期在思想上或精神上对政治的依存并没有完全消除，这种带有政治文化的痕迹依然表现在新时期的创作中，和新生的表现力量处于一种共生的状态，这并不矛盾。

三

1976—1978 年的中国是一个多事之秋，虽然还没有完全如二十世纪八十年代那样开放，但却涌动着一种追求革新、改变世界的潮流。随着拨乱反正，沉寂多年的老作家开始陆续恢复工作，虽然对于重新拿起笔杆子有些怀疑和动摇，但都步履蹒跚地开始了写作。1977 年复刊的《世界文学》再一次将目光转向世界，被人们誉为是一本"为中国文坛引来'天火'的杂志"。② 从陆陆续续的翻译作品即可看出，文学的世界性不再单纯是苏联社会主义这一种抒情风格，拉美文学和亚非拉文学齐头并进。过去的被历史淹没的九叶诗派的袁可嘉、郑敏等诗人、理论家思接四十年代现代主义文学，视通里尔克、奥登等西方诗歌大师。由此而开启的各种新兴文学潮流在中国纷纷时兴，"我们又一次进入了新潮与主义时代，在自我颠覆中，当'意识流'和'朦胧诗'尚处于'情况不明'状态时，荒诞、黑色幽默、魔幻现实主义、'后崛起''新三论'，一直到

---

① 武善增：《论"文革文学"向"新时期文学"的话语转换——以 1976—1978 年为考察中心》，《江苏社会科学》2015 年第 1 期，第 196—204 页。

② 余中先、黑丰：《〈世界文学〉：为中国文坛引来"天火"的杂志》，《文艺报》（第 7 版），2012 年 3 月 19 日。

'后现代主义',当代文坛仿佛得了'恐后症',凡是新的,便大有趋之如鹜之势"①。一时之间,各种"后"和"新"的字眼充斥着文坛,"凡是新的就是好的",追求革新的思潮成为了当时表达自我情感体验的新路径。

然而这段激情澎湃的岁月并没有留下多少文学遗产,作家们沉浸在这种文学氛围中渴望达到理想中的"自治"并建立新的文学范式,但最终还是没有到达精神的乌托邦,这种"旋生旋灭"的文学现象虽然成就了当时的新思潮,但没有得到作家们想要的文学话语,作家们在经历了短暂的狂欢之后又陷入了新的精神困境,文学内部因素与外部因素的双重挤压也让这一求新的思潮加速了落幕。② 这一潮流在自我表现、时代诉求等方面进行着潜在的变化,历史同样也为这一潮流提供契机,只是这一潮流有没有达到自我所期许的那种深度以及广度,还有待进一步考证。

应该看到的是 1976—1978 年这一时期文学上的主要贡献来自老一代的文艺工作者,他们在"文革"前经受系统训练,"文革"中经历苦难挫折,但却没有机会来展示自己的才华。"文革"后带着对国家民族和自身复杂的情感重新出现在文坛,并且这一时期的文学话语的主动权渐渐地掌握在他们手里。他们拥有国家所给予的很高的荣誉,同时拥有一大批的报纸、期刊等主流媒介的话语权。如 1977 年在《诗刊》发表诗歌的作者,大多都是老一代的文艺工作者,如艾青、田间、臧克家、严辰、徐迟等,鲜有青年一代的作品。同时在诗歌的内容上,继续以控诉批判"四人帮"对国家政治和文化的破坏、歌颂新一代国家领袖和老一辈革命家的丰功伟绩为主,由于这一时期周恩来、陈毅、郭沫若等革命家逝世的客观原因,大量的悼念性文章和诗歌出现,一方面颂扬伟大人物的丰功伟绩,另一方面批判"文艺黑专路线"所带来的对国家民族和文学事业的影响。这些内容遮蔽了新出现的青年诗人在诗歌情感表现以及文学自主性方面的追求,即使零星的个性迸发,也迅疾被淹没在主流话语的洪流之中。

不仅是话语权的掌握使得诗歌内容与情态表现出陈旧落后的情状,更重要的是从历史中走出的思维并没有完全放开,如同胡适所讲,"很像一个缠过脚后来放大了的妇人回头看他一年一年的放脚鞋样,虽然一年放大一年,年年的鞋

---

① 孟繁华:《1978:激情岁月》,济南:山东教育出版社,2002 年,第 17 页。
② 《王元华谈研究当代新思潮吸取科学新成果》,《文汇报》,1986 年 11 月 10 日。

样总还带着缠脚时代的血腥气"。① 他们一边试图恢复五四的传统，从批判"四人帮"等人的罪行中确立新时期文学的发生，一边却固化在对政治的变动带来的感恩戴德中，从创作动机到思维逻辑都呈现出对政治的图解，所以其结果必然会导致历史的断裂或是呈现不同的面相，最终的结果也必然会引发文化秩序的重定：

　　文化的位置在转型时代可能发生一系列具有连锁效应的位移，"新兴"的文化争取到领导权，成为了新的"主导"文化，导致"旧有"的文化丧失领导权，只能以"残余"的形式存在。值得注意的是，"主导"不等于全面接管，"残余"也不是都被消灭，更何况"新兴"文化上升为"主导"文化，"旧有"文化下降为"残余"文化，在两者运行轨迹的交汇处，必然伴随着激烈的冲突和摩擦，此消彼长的过程中"残余"文化不仅反复争夺"主导"地位，即使丧失了领导权，也不意味着从此退出历史舞台，"残余"文化之所以被称为"残余"，就是它在"主导"文化的宰制下，也能潜在地发挥绵长悠久的作用。②

　　有感于意识形态的松动，老一辈诗人观念的陈腐，青年诗人们以启蒙的姿态倡导人道主义的复归，改写文学的方向和历史的走向。虽然他们也叙写了一批气势恢宏的悼亡诗，如芒克的《写给珊珊的纪念册》、江河的《纪念碑》，但他们更多的还是呈现出一种对历史的反思与诘问，实践的是人道主义话语。社会发生变动时，处于学校之中的青年更为敏感，更易看到暗涌的潜流，率先响应新的文学思潮。这批接受了完整教育的青年们以冷峻的姿态承担着民族和历史的责任，在相对自由的校园环境中实践着他们的文学理想，爱情、友情、亲情在他们笔下被赋予了应有的情感力量。青年们汲取着最新的文学营养，输出着他们的价值观，以北岛《波动》为代表的一系列青年作品彰显着青年们的独立思考，呼唤着人情的回归。他们执着地探索着人格的独立，想要表达自我的情感和人生体验，将自我纳入民族与历史的反思之中，虽然这批青年的文学作品在当时并未受到主流意识形态的认可，但时代已经前进，新一代的青年已经

---

①　胡适：《尝试集·四版自序》，《胡适文集》（第9卷），欧阳哲生编，北京：北京大学出版社，1998年，第91页。
②　罗岗：《"前三年"与"后三年"——"重返八十年代"的另一种方式》，《文景》2012年第12期，第55—62页。

成长起来，他们面对这种情况并不甘于继续重蹈前人的覆辙，他们一出现就以一种凌厉的姿态超越于这些控诉和歌功颂德之上，以西方现代主义的思想席卷整个中国。1978 年的 10 月，以黄翔为首的"外省青年"用"大字报"的形式将诗歌的星星之火点燃，从贵州一路烧到北京，迅速在整个中国诗歌领域形成一场燎原大火，并且引起了当代诗歌史上第一次轰轰烈烈的诗歌浪潮。作为朦胧诗主要代表人物的北岛在后来回忆《今天》创刊时也不得不说黄翔等人所带来的影响。

> 可是到了 1978 年的时候，突然政治气候转变了。我记得一个转变的最重要的迹象，就是 1978 年 10 月 11 号，在王府井大街贴出了黄翔和几个贵州青年的诗。这段历史很容易被人遗忘，实际上他们起了很重要的作用，虽然他们的诗是很政治性的。我现在不必评论他们的作品了，就是说当时他们的这种狂妄态度，对北京人来说，可以说是呼啸而来的，所以，对我们可以说是一个很大的鼓舞。①

当代文艺思潮的变动，无一不是紧紧跟随政治活动的变动而变动。尽管政治对文学的消极影响一直为人们所诟病，但不可否认，每一次社会政治的革新，都会带来一场文学的革命。正如《今天》在《致读者》中提出的"四五"运动标志着一个新的时代的来临。诗歌在"天安门运动"中成为先锋，其短小精悍，朗朗上口的形式和韵律，表达和传递人们的思念和愤懑之情，同时也为朦胧诗浮出地表进行了先期的实验。政治领域的一系列变化像传导体一样传递给了文学，文学自身也在酝酿着一场变革，地火在运行。

正是在这种时代混合交响的复杂形势下，《今天》在 1978 年的 12 月 23 日创刊，"成为点燃数十年中国现代诗热浪的第一缕火光"。②

第二节 从"启蒙"到"崛起"的思想嬗变

在历经过"政治标准第一，艺术标准第二"的文学观念之后，中国文学迫

---

① 转引自钟鸣：《旁观者》（第二卷），海口：海南出版社，1998 年，第 769 页。
② 徐敬亚：《中国第一根火柴：纪念民间刊物〈今天〉杂志创刊三十年》，《当代作家评论》2009 年第 1 期，第 96—99 页。

切需要一种新的思想，来填补"文革"后突然倒塌的信仰与追求。然而随着华国锋的上台、"两个凡是"工作方针的提出，继续坚持毛泽东时期的思想路线使得人们再一次陷入思想的深渊。一种深深的失落感和对民族的希望胶着在一起，加剧了这种伤痕的裂度。这种新生希望的追求与青年心理落差的形成以及社会性的物质需求共同缔造了这一场新时期文学运动的滥觞。"文革"之后的1976—1978年，时间好像又一次回到五四之前面临的状况，正是在这样的一种背景下，《今天》等一系列同人杂志以及校园民刊的出现开辟了文学发展的广阔思想空间，也为朦胧诗的出现提供了土壤与温床。

一

　　在谈到《今天》之前，我们有必要介绍一下比《今天》更早出现的一个群体，那就是"启蒙社"。需要注意的是《启蒙》这一刊物的命名，对于二十世纪的中国来说，"启蒙"称得上是一个绕不开的重要语词。"启蒙"在中国也从来不是一个新鲜词，早在宋元时期就有关于"启蒙"的论述，如朱熹的《易学启蒙》等，将"启蒙"作为开启智慧的解释。然而，新时期文学所讨论的启蒙更多的是做为一种现代意义上的"启蒙"，它直追五四新文化运动时期启蒙思想，因为西方思想观念的引入，"启蒙"一词与西方的"启蒙主义"相关联，并且被当作一种文艺思潮运动阐释。

　　"五四"文学深受西方启蒙主义思潮的影响，无论是胡适的《文学改良刍议》还是陈独秀的《文学革命论》，抑或是周作人的《人的文学》，它们都将矛头对准了脱离民众的"贵族文学"，力图摆脱传统思想文化的束缚，提倡"平易的抒情的国民文学"，[1] 促进文学的现代转型。自此，白话诗和白话小说兴起，在这一"平民"形式之下，启蒙主义文学创作如火如荼地开展起来，作家们用手中的笔反对着封建礼教对人的束缚，宣扬人的个性解放思想，并且为达到"立人"的根本目的展开了对国民性的批判，体现出浓厚的人道主义关怀和平民文学之精神。二十世纪二十年代中后期，由于建立现代民族国家成为时代之主题，大力宣扬"启蒙"精神的"文学革命"逐渐转向"革命文学"，启蒙主义文学思潮开始进入低潮期。从1942年毛泽东《在延安文艺座谈会上的讲话》到

---

① 　陈独秀：《文学革命论》，《新青年》第2卷第6号，第1—4页。

新中国建国后的二三十年间，知识分子的"自我改造"又使得启蒙主义文学思潮发生断裂。因此，虽然"'五四'新文化运动为中国启蒙准备了一份不无完整的启蒙谱系版图"，① 但因与民族"救亡"发生抵牾，思想"启蒙"过早地淡出了历史的舞台。从一定程度上说，二十世纪六七十年代封建主义的"卷土重来"正是由于"启蒙"的不彻底和未完成。1978 年，十一届三中全会的召开吹来了思想解放的春风，作家们重新认识到"启蒙"的重要性之后又再次扛起"启蒙"的大旗，掀起了轰轰烈烈的"新启蒙运动"，"启蒙社"便在"新启蒙运动"中应运而生。

通过梳理中国"启蒙运动"的历史发展与流变，我们似乎可以轻松地得出这样的结论："启蒙"不单单意味着"开启民智"，它更是一股思想进步的潮流，它并不局限于文学的一方天地，而是旨在更大范围内掀起促进社会进步的运动。因此，"启蒙"不光关涉文学创作的走向和文学思潮的兴起，还关乎民族之政治和文化，更为重要的是思想观念领域发起的"除旧布新"意味着一场深层次的精神革命。在此意义上，在新时期思想解放的 1978 年发起成立"启蒙社"，其意图也就不仅仅是掀起一场关于文学的运动，更是力图对固化了几十年思想的中国，进行一场轰轰烈烈的精神洗礼。

1978 年 10 月 11 日，贵州青年方家华和莫建刚等人以"大字报"的形式在北京张贴《启蒙丛刊》创刊号，展出了政治抒情诗《火神交响曲》（组诗），以此"献给社会主义的新启蒙运动和投入对林彪、'四人帮'反动思想体系的批判"②。《火炬之歌》一诗中急切地发出了对科学、民主、人权的呼唤，成为新时期启蒙火炬的高擎者：

把真理的洪钟撞响吧
　　　　——火炬说
把科学的明灯点亮吧
　　　　——火炬说
把人的面目还给人吧
　　　　——火炬说

---

① 张光芒：《中国当代启蒙文学思潮论》，上海：上海三联书店，2006 年，第 2 页。
② 华达：《中国民办刊物汇编》，香港：《观察家》出版社，1981 年，第 577 页。

　　"启蒙社"的诗歌行动深深震撼了身处其中的北岛等诗人，在北岛看来，"启蒙社"诗人在"文革"后点燃了诗坛的"第一把火"，这把火不仅暗合了他们的心理和创作的表现，而且将文学的启蒙和思想的解放形成一种行动，给固化的文坛注入了一些新的思想和活力，当然这种活力和思想的注入不是以往添加进新的元素或素材的拓宽，进行一次机械组合那样的简单重组，而是真真实实将文学启蒙和思想启蒙的种子进行播撒，一改文学界万马齐暗的死寂局面，搅起整个新时期启蒙运动的大波。

<h2 style="text-align:center">二</h2>

　　"启蒙社"率先扛起"启蒙"的大旗，然而将"启蒙"这一思想进一步推进和巩固的则是被视为"崛起"的《今天》。

　　1978 年初秋的一天，北岛、芒克和黄锐在黄锐家聚会，几个人喝了点小酒，北岛提议说，"'我们应该办个文学杂志，现在是时候了'。他们立即响应，说干就干"。① 在选择编辑部地址上，陆焕兴主动提供他位于亮马河边的小屋子，编辑部的通讯地址则选在刘念春北京东四 14 条 76 号。活动场所有了之后开始着手准备印刷的材料，芒克和黄锐带了一些纸回来，然后用手刻蜡版的方式出版了《今天》第一期。就这样一份民刊《今天》诞生了。在 12 月 23 日《今天》的创刊号上，北岛在"致读者"中将"四五"运动做为他们发力的起点，以"五四"运动以来的文学成就为其精神依托，把个人的生存意义和精神的自由独立提到文学的制高点，从而寻求一种精神上的共鸣。把时代与个人的命运紧紧联系在一起，并且将时代的责任义无反顾地扛在自己肩上，这样他们在寻求合法化的过程中开始了新的旅程，以宣告的方式策略性地赢得自身生存的空间和场域。

　　那么，《今天》以何种方式开展思想"启蒙"，《今天》又是如何接过由"启蒙社"所点燃的"启蒙"思想火把的呢？停留于《启蒙》对《今天》的启发意义或者《今天》的创刊过程并不能寻找到问题的答案，问题的答案需要我们从《今天》杂志的内部去探寻。从《今天》发表的内容来看，其内容风格与《启蒙》表现出明显的不同，《今天》以刊载诗歌和小说为主，兼有评论、随

---

① 《南方都市报》编：《变迁：中国改革开放三十年文化生态备忘录》，广州：广东教育出版社，2008 年，第 77 页。

笔、翻译等文体类型，其中最广为人知和引人注意的还是诗歌。朦胧诗的代表作品如食指的《相信未来》《这是四点零八分的北京》、北岛的《回答》、芒克的《天空》、江河的《纪念碑》、舒婷的《致橡树》等都是最先发表于《今天》，而后才被大众熟知的。这些诗歌抒发着这群青年诗人真实的人生感悟和真挚的个体情感，他们通过诗歌的方式呈现出其成长过程中所受到的蒙骗、迷茫和感伤，呼唤着启蒙理性的复归。《今天》诗歌中尽管也隐现着对政治黑暗年代的不满，但比之"启蒙社"成员，则更为含蓄内敛。我们来看《今天》创刊号所发表的北岛的《回答》一诗：

> 告诉你吧，世界
> 我——不——相——信！
> 纵使你脚下有一千名挑战者，
> 那就把我算作第一千零一名。
> ……
> 新的转机和闪闪星斗，
> 正在缀满没有遮拦的天空。
> 那是五千年的象形文字，
> 那是未来人们凝视的眼睛。

北岛的《回答》既表达了对暴力世界的怀疑，宣告了蒙昧时代的结束，又以象征主义手法喻示了中华民族终将告别黑暗迎来光明。相较于黄翔的《野兽》来说，《回答》更为沉稳、平和，其光明式结尾一定程度上与主流意识形态相吻合，这也是《回答》在《今天》刊出后能被《诗刊》转载的原因。再比如，北岛在《宣告——献给遇罗克》（《今天》第八期）中表示"在没有英雄的年代里/我只想做一个人"。而在更为决绝和狂傲的黄翔看来，诗人必须要有勇敢抗争的精神，因此他声称："在没有英雄的年代，我就是英雄。"两句简短的话，描画出两位诗人的不同个性，无论是对于读者大众还是官方权力机构，前者相对更容易被接受。徐敬亚在回忆当时阅读《今天》诗歌的感受时表示："我至今还能清晰地记得那种精神上的震撼。它是一根最细的针，同时它又是一磅最重的锤……那样的震撼，一生只能出现一次。就这样，《今天》从我们的寝室传遍了77级，传遍了中文系。再后来，传到了东北师大。在此同时，它也传遍了中国各高等院校。"①《今天》正是在这种有态度的柔和中，突出重围，以遍布全国的影响力对一代青年进行了一场思想的启蒙与洗礼，掀起新时期诗歌的"崛起"浪潮。

《今天》从《启蒙》那里接过"启蒙"的大旗，但与《启蒙》不同的是，《今天》将"启蒙"的方式从政治民主意义上的启蒙转向文学与思想的启蒙，削弱政治性，突出人的尊严与价值。"从创刊开始，《今天》就在处理文学与政治的关系上表现出双重性，一方面不刊登任何关于政治和社会的文章，对于单纯的政治毫无兴趣；但另一方面作为'文艺从属于政治'教条的反对者，它们也不是毫不关心政治。虽然只是刊登'纯文学'的作品，却也通过强调'技巧'和'形式'，反对政治对文学的控制，若隐若现体现出'纯文学'追求的政治性。"② 这里"纯文学"所追求的政治性正是"与'过去'沉痛的历史经历剥离，追求'青春新生'"，③ 凸显"人"的尊严与价值，如舒婷的《致橡树》中所表现出的独立人格，而同样不容忽视的还有《今天》诗歌的"技巧"和"形式"。

《今天》之所以能在当代诗歌史上留下浓墨重彩的一笔，不仅仅因为《今天》通过文学的方式参与到对社会现实的思考之中，更因为《今天》诗歌注重诗艺的锤炼与打造，为我们呈现出别有一番风味的诗歌新形式。"诗歌有其自身的现实，无论诗人在多大程度上屈服于社会、道德、政治和历史现实的矫正压力，最终都要忠实于艺术活动的要求和承诺。"④ 换言之，表现社会现实与注重诗歌艺术之间并不冲突，真正重要的是如何在达到理想的诗艺水平之上承担社会现实所给予的"压力"。《今天》所刊载的诗歌常采用象征、通感、梦幻的艺术形式表达个体对于时代社会的感受，诗风朦胧，但却是对常见的、公共的感受模式的一种突破，使得诗歌创作能够在不损伤诗歌艺术的前提下，穿透具体历史事件本身，触及时代的思想命题。

---

① 《南方都市报》编：《变迁：中国改革开放三十年文化生态备忘录》，广州：广东教育出版社，2008 年，第 84 页。
② 梁艳：《〈今天〉（1978—1980）研究》，博士学位论文，华东师范大学，2010 年，第 87 页。
③ 张志国：《〈今天〉与朦胧诗的发生》，博士学位论文，暨南大学，2009 年，第 38 页。
④ ［爱尔兰］西默斯·希尼：《舌头的管辖》，《希尼诗文集》，吴德安等译，北京：作家出版社，2001 年，第 244 页。

《今天》这种思维方式不仅体现在诗歌之中，其发表的小说也表现出同样的思想倾向：不与政治做太多纠缠，既表现动乱年代人们所经历的创伤与苦痛，又不陷入"伤痕文学"的苦痛叙事之中，注意追求小说艺术的创新性和手法的多样性。《今天》成员万之曾回忆他们筛选小说的情景：

> 我还记得很清楚，礼平的中篇小说《晚霞消失的时候》最早是拿到我们的会上来讨论过的，有个别人很赞赏，但大多数人还是否决了……我无法详尽复述当时我们否决这篇作品的理由，只能简单地说，那时《今天》圈子中的人现代派和先锋性意识已经越来越明确，这篇小说那种貌似深刻的古典叙事方式，没完没了的哲理辩论，是不合我们大部分人的口味的。

> 除了礼平的《晚霞消失的时候》，我记得我们讨论过而没有在《今天》上采用的小说作品还有郑先《枫》、老鬼《血色黄昏》等，另外好像还有张承志《黑骏马》和《北方的河》……可惜，虽然这些作品后来都曾在中国文坛上留下过颇为响亮的名声，但当时却没有被我们接受。有的是因为作品的政治主题太强烈鲜明，有的是因为作品的语言风格太浪漫甚至夸张，都游离在当时的《今天》为自己划定的美学疆界之外。换句话说，《今天》自然也有过《今天》的忌讳或条条框框，要不然也一定会争取把这些作品发在《今天》上。①

从以上回忆中可以对《今天》的审美趣味做一个大致的判断：拒绝浓烈的政治说教，追求体现现代性和先锋性的"纯文学"。也就是说，《今天》对于文学有其自身的艺术追求，尤其是其诗歌创作以新奇的艺术技巧和表现形式在诗坛上引起震动，凭一己之力更新了人们陈旧的诗歌观念，实现了"新的美学原则"的崛起，这在新时期无疑是引领风气之先的。

毋庸讳言，在二十世纪七十年代末期，一种文学刊物的创刊，尤其是民刊，无论如何也都逃脱不了政治的干预。首先从民刊的身份来看，一种不被官方所承认或没经过合法途径注册的刊物，从诞生之日起就面临着这种困境。《启蒙》与《今天》只是在选择的方式上不同而已，前者在文学的创作中直面政治，并将政治的话语借来为文学做合理的注脚。这一行为看似拙劣，但实际上其对政治与文学的关系处理，尤其是对政治加在文学上的使命进行了化解，找出一个

① 万之：《也忆老〈今天〉》，刘禾：《持灯的使者》，香港：牛津大学出版社，2000年，第307—308页。

可取的途径，没想到的是反而弄巧成拙，最终被取缔。而后者以"纯文学"的观念来掩盖或逃避这种现实处境，虽得一时之存在，但也逃脱不了被停刊的命运。其次，在话语权的问题上，民刊处于弱势，话语权掌握在国家权力机关所办的刊物手中，无疑是需要对掌握话语权的官方刊物进行逆袭，才能争取其生存的空间。然而进行逆袭的方式一方面需要被官方承认其合法化，同时又要区别开与官方刊物的趣味，赢得读者，顺应时代潮流，很自然的结果是又会与官方产生某种程度或某些方面的对抗。最后在自身的办刊方针与宗旨上，既要区别于官方刊物又要区别于其他民刊，既要在文学与政治关系上表明立场，又需要依附其所给予的空间进行挣扎。北岛在后来回忆当时所面临的处境和选择时说，"我现在实际上完全谈的是《今天》的外部风景，它作为一种生存的条件，和整个政治气候是密不可分的，所以在《今天》一开始就存在一个很大的问题，即是怎么在文学和政治之间做出选择？所以在我早期的作品中带有很强的政治色彩，和当时的具体的个人经验也很有关系。"① 我们也看到后来北岛在规避政治干扰方面所做的努力，但结果还是被勒令停止活动。

　　《今天》从创刊到停刊一共出了9期，另外还有3期《今天文学研究会文学资料》。北岛、芒克、黄锐等七人任第一期编委，由于在对待政治与文学的关系方面意见不一致，第二期的编委只留下北岛和芒克，后来黄锐复来，又有一些新人加入，《今天》得以继续运行。作为一份刊物，除了编委之外还有一个重要的组成，那就是稿源。《今天》在第一期主要刊发的是作于"文革"时期的地下诗歌，也就是1978年以前的诗歌，这主要得益于赵一凡的资料保存。《今天》在诗歌的整体风貌与策略上做了相应的修改，如北岛作于1973年的《回答》修改为1976年等，同时在人民文学出版社、《诗刊》社等处和北京重点的几个大学贴出他们的"宣告"，留下联系方式，这既为《今天》试探社会风向以及赢取支持提供便利，又为其获得朋友和稿件来源争取机会。《今天》第一期发行获得了很大的成功，后来又连续刊印了8期，每期发行量在1000册以上，第5期后又加印第1期1500册，依然供不应求。《今天》的传播场域主要在青年人中间，重要的传播场所就是大学。由于与官方刊物的明显区别，《今天》在大学生中很快获得了反响，一些报纸杂志也开始转载《今天》上的诗歌。社会上开始

---

① 刘洪彬：《北岛访谈录》，《沉沦的圣殿》，乌鲁木齐：新疆青少年出版社，1999年，第339页。

形成一股浓郁的诗歌浪潮的氛围。

与编辑部同时活动的还有围绕在《今天》周围的作品讨论会、诗歌朗诵会和星星美展。《今天》的作品讨论会也就是《今天》的审稿会，通过读者与作者的直接沟通，来决定对稿件的取舍。同时也对《今天》往期发表的文章进行评论探讨，形成了一个良好的文学环境，促使《今天》面向特定读者群（主要是大学生）进行不断的艺术上的创新。同样进行读者与作者之间交流的还有诗歌朗诵会，这是一种面对更多群体的诗歌交流。1979年4月和10月间，《今天》一共搞了两次诗歌朗诵会，地点都选在玉渊潭八一湖松林小广场。参加活动的有近千人，很快引起有关部门的注意，最后停止了活动。《今天》除了发表诗歌等文学作品以外，还附带有画稿。1979年9月和1980年8月《今天》在中国美术馆旁边先后举行了"星星美展"，也是第一次运用西方现代主义的风格进行创作和宣传。与作品讨论会的小范围相比，诗歌朗诵会和星星美展是一次集体的公众见面会，其中星星美展的参观者竟达到上万人次，这就形成了一种广场效应，《今天》文学的影响迅速传播开来。将诉之于文字传递思想的一般方式转换为用简单的声音和图画借助广场效应的立体、感性模式表达出来，传递出一种新的思想，从而也将《今天》向前推进了一大步。

三

《今天》在迎接黄翔的"启蒙"所带来的"火种"之后实现了自身的"遍地开花"，无论其所宣扬的"纯文学"领域的诗歌、小说还是逾越纯文学这一范畴的画展和朗诵活动都产生了很大的影响，评论界将此概括为"崛起"。这里的"崛起"并不单单指新的观念的崛起，还是一种理论意义上的"崛起"。

"崛起"首先表现为一种新的诗歌观念的崛起。《今天》所标举的诗歌观念正是对长久以来的陈旧的诗歌观念的反拨。过去的诗歌观念往往强调诗的社会功能，诗歌这一艺术形式的独特性容易被忽视。而《今天》诗人们目睹了"非诗"的诗歌观念对于诗歌发展的阻碍，力图恢复诗歌的本来面目和应有的活力，纷纷公开表达自己的诗歌观："诗首先是诗。诗作为直接的政治宣传品的厄运早该结束了！"（杨炼）"诗是诗人心灵的历史。"（芒克）"诗必须从自我开始。"（北岛）"新诗之所以新，是因为它出现了'自我'，出现了具有现代青年特点的'自我'。"（顾城）"要向人的内心进军。"（梁小斌）"诗，是生命力的强烈表现"。（江河）从这群青年诗人的呼声中我们可以看到，他们所要恢复的实际上是诗歌的抒情特性，他们认为诗人应表达自我内心的情感，诗歌并不是一种宣传的工具。诗人们以诗歌为媒介抒发着积压已久的情感或者转瞬即逝的情绪，他们并不直抒胸臆，而是选择借助朦胧的意象或灵活的表达技巧。如北岛的《星光》（载于《今天》第二期）一诗：

> 分手的时候
> 你对我说
> 我们还年轻
> 生活的路正长
>
> 你转身走去
> 牵去了一盏星光
> 星光伴着你
> 消失在地平线上
> ……
> 在一个深秋的黄昏
> 我坐在分手的地方
> 朝你走去的路
> 风带回丧钟的闷响
>
> 拾起遗忘的湿手帕
> 托付给早来的风霜
> 朝你走去的路
> 我牵去了一盏星光

北岛这首诗写给一个牺牲在边境的同学，表达了自己对故友真挚的思念之情。诗歌并没有将思念直接诉说出来，而是通过"星光""黄昏""丧钟""湿手帕""风霜"等意象委婉地传达着内心的崇敬、伤感与怀念。再如芒克的《海风·海岸·船》（载于《今天》第八期）：

> 在波涛的上面
> 我竖起胳膊的桅杆
> 我是被海浪抛起的孩子

遥望着寂静的海岸

只是一片黑暗

只是那合上的眼睑

一只肉体的锚

我把它沉在漆黑的深渊

我的躯体

在海的腹部蠕动

我的泪水

含着苦涩的盐

我的喉管

发出海的呼喊

我的心上

跳动着一片孤独的帆

初读诗歌，我们无法体悟诗人所要传达的思想感情，只能从诗歌的意象和其营造的氛围入手去感受诗人的内心世界。诗歌中"寂静的海岸""漆黑的深渊""孤独的帆"等意象渲染了一种静谧凄清的氛围，诗人所要表达的情感也就因此浮出水面：诗人表面上写的是一艘漂浮在海面的船，实际写的则是漂浮于孤独与寂寞的大海中的自己。《今天》上如此类不直接言明自身思想感情的诗歌不在少数，这还招致了一些评论者"看不懂"的质疑之声。在此意义上，比之诗歌观念的崛起，诗歌理论的崛起显得更为迫切。

不得不说，《今天》诗歌的出现不仅更新着诗歌观念，它对文学批评和理论的崛起是起了很大的推动作用的。以《今天》诗歌为代表的朦胧诗在1980年代的诗坛受到褒贬不一的评价，因为无论是诗歌的思想内容还是艺术手法都体现出对"十七年"诗歌的颠覆和反叛。关于朦胧诗的评价问题，实际上影响着我国新时期诗歌的未来走向。有些评论者认为朦胧诗诗风晦涩、感伤，脱离了为人民歌唱的创作原则；还有一些评论者则认为朦胧诗运用象征等艺术手法营造了独特的诗境，但需要对其进行引导，使之在健康的发展轨道上运行。总体而言，很少有评论者对朦胧诗内在的思想和艺术特征进行系统性的评价，打破这一僵局的是后来被我们称为"三个崛起"的三篇理论文章，即谢冕的《在新的崛起面前》、孙绍振的《新的美学原则在崛起》和徐敬亚的《崛起的诗群》。这三篇文章虽无法以数量优势形成"集束手榴弹"般的威力，但足以撑起新时期文学批评和理论的"崛起"。

1980年5月7日，谢冕在《光明日报》发表了《在新的崛起面前》，文章将诗坛上出现的青年一代的诗歌创作称之为"崛起"。该文以"新诗人的崛起"肯定了青年诗人的艺术探索，通过梳理新诗发展史、总结历史经验提出对朦胧诗适当容忍和宽宏的建议。谢冕以平和、平静的语气为朦胧诗发声，力图做到客观、公正，避免了论争陷入不必要的意气之争。如果说谢冕在此对青年一代的诗歌现象还没有深刻的理解或把握，只是从诗歌的发展的角度提出对青年一代诗歌创作的宽容，并将之作为新的诗歌的崛起，那么在孙绍振的《新的美学原则在崛起》则将之进一步概括，并提升到一种理论、一种美学的思想的高度，他指出，"与其说是新人的崛起，不如说是一种新的美学原则的崛起"，青年人"不屑于做时代的传声筒"而是直取生命的内核。这样，"崛起"就有了一定坚实的理论为其摇旗呐喊助威，为其鸣锣敲鼓开道。孙文不仅对新的诗歌创作现象进行了包容和理解，同时是站在理论的高度鼓励青年一代诗歌崛起，可以说孙文比谢文又进了一步。1983年《当代文艺思潮》发表了徐敬亚的《崛起的诗群》，其副标题是"评我国诗歌的现代倾向"，徐敬亚在1980年的《今天》就已经发表了对朦胧诗赞许的《奇异的光》的评论文章，这一次不仅把以《今天》为代表的青年一代的诗歌创作进行理论性的概括评论，同时将之纳入到正在进行的关于"现代和现代化"的讨论当中，也就是说把对青年一代诗人的"崛起"，汇入时代大潮，进行全面的分析和评价，他把青年一代称之为"崛起的诗群"，明显地形成了一股强有力的文学运动的势力，同时又和时代大潮所涌起的思潮归结为对现代的一种理解，代表了二十世纪八十年代整个文学领域甚至是社会领域的思想观念。

"三个崛起"所探讨的对象不仅仅是以《今天》诗歌为代表的朦胧诗，还面向整个新诗的发展，其探讨的范围涉及诗歌的写作手法、服务对象、发展道路等有关诗歌发展的本质问题。当朦胧诗遭受"读不懂"的质疑之时，"三个崛起"纷纷做出回应，致力于扫清朦胧诗发展的障碍。谢冕在《在新的崛起面前》中指出，"我们读得不很懂的诗，未必就是坏诗。我也是不赞成诗不让人懂的，但我主张应当允许有一部分诗让人读不太懂。世界是多样的，艺术世界更是复杂的。"① 谢冕主张对令人读不懂的朦胧诗持一种宽容的态度。孙绍振则揭示了朦胧诗令人"读不懂"的合理性，他表明"美的法则，是主观的，虽然它可以是客观事实的某种反映，但又是心灵创造的规律的体现"。② 徐敬亚的《崛起的诗群》则直指"读不懂"问题的靶心，即朦胧诗在艺术形式方面采取的表现手法。徐敬亚在这篇文章中通过列举大量诗作分析和总结了朦胧诗的艺术特点：一、象征、视角变幻、变形、通感、虚实结合等手法；二、跳跃性情绪节奏及多层次的空间结构；三、新诗自由化的新尝试；四、韵律、节奏及标点的新处理。值得注意的是，徐敬亚并不单单以北岛、舒婷、梁小斌等《今天》诗人的诗作为例，还引用了蔡其矫、李瑛、孙静轩等老诗人的诗歌，说明了诗歌创作运用这些艺术手法的普遍性。

"三个崛起"主要是对朦胧诗进行辩护，但不可避免地涉及了诗歌为谁而写的问题。诗歌为谁而写这个问题潜在地规定了诗歌的服务对象，进而制约着诗歌的写作方式和思想感情的表达。1942 年毛泽东在《在延安文艺座谈会上的讲话》中提出解放区文艺工作应为工农兵服务，文艺工作者要密切联系群众，认真学习群众的语言，这规定了新中国文艺的发展方向。在诗歌领域，抒发"大我"情感的政治抒情诗成为主流。然而，抒发个体情感与抒发人民之情在政治要求的裹挟下形成一种对立关系，同时"代人民立言"的思维模式使得批评者自觉或不自觉地以此为标尺衡量新诗创作，"朦胧诗"所招致的批评大多来源于此。孙绍振毫不避讳地表明，"在传统的诗歌理论中，'抒人民之情'得到高度的赞扬，而诗人的'自我表现'则被视为离经叛道，革新者要把这二者之间人为的鸿沟填平。"③ 也就是说，"抒人民之情"与"自我表现"之间并不是一种二元对立、非此即彼的关系，朦胧诗人选择表现自我情感世界而非直接描写社会生活，不仅不应被否定，反而这是有利于矫正过去诗歌创作中偏颇的一面的。"孙绍振的这篇'崛起'，带有鲜明的思想解放运动以来'反思哲学'的色彩，这种反思哲学，恰是以发现人、注重人和重新审理人性、人的价值、人道主义

---

① 谢冕：《在新的崛起面前》，《光明日报》，1980 年 5 月 7 日，第 4 版。
② 孙绍振：《新的美学原则在崛起》，《诗刊》1981 年第 3 期，第 55 页。
③ 孙绍振：《新的美学原则在崛起》，《诗刊》1981 年第 3 期，第 55 页。

等问题为重要标志的。"① 徐敬亚也一针见血地指出了朦胧诗人"表现自我"的本质意义，"他们坚信'人的权利，人的意志，人的一切正常要求'；主张'诗人首先是人'——人，这个包罗万象的字，成了相当多中、青年诗人的主题宗旨"。② 徐敬亚在这里已经触及到了朦胧诗的核心问题，那就是诗歌主体由群体意义的个体向个体意义上的"个人"的转换，这正是朦胧诗相较于以往新诗的进步之处，也是新时期诗歌注定要踏入的旅程。"三个崛起"文章的发表实际上体现了新时期"'人的文学'观念突破过去单一的'人民的文学'观念，确立自身合法性的艰难历程"。③ 在"三个崛起"的强势支援下，不仅朦胧诗的"自我"理念得到张扬，新时期诗歌也获得了自由发展的动力。

　　"三个崛起"还不约而同地触及到新时期诗歌的发展道路问题。发展道路问题一直是"朦胧诗论争"的焦点之一，论争的一方坚持民族化、大众化的"社会主义文艺"诗学理念，认为诗歌的发展应该建立在古典诗歌和民歌基础之上；而另一方在思想解放的潮流下认识到诗歌要走向世界，学习外国有益手法，肯定朦胧诗所体现的现代主义倾向。"崛起"论者意识到要想推动新时期诗歌向前发展，必须妥善解决这一问题的分歧，因此纷纷就此发表自己的看法。谢冕在《在新的崛起面前》中谈到，我国新诗受"左"的思想制约而走向越来越狭窄的道路，忽视了向优秀外国诗歌学习，只顾片面地强调民族化和群众化。而诗歌的发展演变需要不断吸收其他民族的营养，并将之融入我国的诗歌传统之中，在此意义上，青年诗人向西方学习的艺术探索是可贵的，不应急于否定。孙绍振则认为"新的习惯必须向旧的习惯借用酵母。不是借用本民族的酵母的一部分，就是借用他民族的酵母的一部分"。④ 他肯定了通过吸收借鉴他民族有益经验来形成一种新的审美习惯的合理性。徐敬亚更是直接点明了中国新诗应走的发展道路："中国新诗的未来主流，是'五四'新诗的传统（主要指四十年代以前的）加现代表现手法，并注重与外国现代诗歌的交流，顺这个基础上建立

---

① 李黎：《中国当代文坛的奇观——近年来新诗潮运动述评》，《批评家》1986 年第 2 期，第 7 页。
② 徐敬亚：《崛起的诗群——评我国诗的现代倾向》，《当代文艺思潮》1983 年第 1 期，第 14 页。
③ 钟义荣、张慎：《朦胧诗论争与"新时期"诗论观念的转型》，《现代中国文化与文学》2019 年第 3 期，第 303—314 页。
④ 孙绍振：《新的美学原则在崛起》，《诗刊》1981 年第 3 期，第 55 页。

多元化的新诗总体结构。"① 这个问题实质上是两种诗学传统的较量,"一种是从左翼文学、延安文艺开始,直到 20 世纪 50—70 年代的文艺的大众化、民族化传统,一种是回归'五四'文学革命所开创的现代性、世界性文学传统②"。"崛起"论者对该问题的关注表现出他们向"五四"文学传统的回归以及对艺术真理的执着追寻。

对诗歌写作方式、服务对象、发展道路等关乎诗歌发展的问题的共同探讨,一定意义上使"崛起"论者建构起一个较为完整的理论体系。尽管"三个崛起"的立论点各不相同,以及谢冕们并没有提出什么明确的理论概念或主张,但这并不影响"崛起"理论力量的形成,因为理论的建构是通过对传统诗歌观念的反拨与更新实现的,更不用说"三个崛起"在诗坛引起的轰动效应使很多诗歌评论者开始深入思考新诗发展的诸多问题,"已经形成了一股值得重视的文艺潮流"。③ 与此同时,"三个崛起"还"埋下了 1980 年代中后期先锋文学批评走向高潮的火种",④ 推动着诗歌批评与诗歌理论建设"崛起"的完成。

"三个崛起"完成了朦胧诗从诗歌现象的初步认识到诗歌理论的升华总结再到对社会思潮的清醒把握。同时在这个转变过程中,朦胧诗也就逐步实现了从"启蒙"到"崛起"的思想嬗变。"启蒙社"将"启蒙"的星星之火点燃之后,将这一火把传递给以《今天》为代表的朦胧诗人,完成了燎原大火的燃烧。1980 年 9 月《今天》出完第 9 期后停刊,后又以《今天文学研究会文学资料》的形式出了 3 期,最终还是没有逃脱停刊的命运。徐敬亚发表《崛起的诗群》之后也遭受到批判,1984 年在《人民日报》公开检讨,朦胧诗运动就此沉寂了下去。后来"清除精神污染"运动结束,1985 年朦胧诗有所恢复,但已经大不如从前,随之而来的则是"第三代"诗歌的崛起,朦胧诗被裹挟,再无昔日的辉煌。然而,当年的探索者所带来的新鲜的诗歌气息,已经融入新时期诗坛的

---

① 徐敬亚:《崛起的诗群——评我国诗的现代倾向》,《当代文艺思潮》1983 年第 1 期,第 14 页。

② 南志刚:《从思想解放和新启蒙运动关系中重温朦胧诗论争》,《宁波大学学报》(人文科学版)2021 年第 5 期,第 58—68 页。

③ 郑伯农:《在"崛起"的声浪面前——对一种文艺思潮的剖析》,《诗刊》1983 年第 12 期,第 36 页。

④ 崔庆蕾:《1980 年代先锋文学批评研究》,博士学位论文,山东师范大学,2019 年,第 24 页。

空气之中，为后来的诗歌写作者以及诗歌评论者所吸收，为我国新诗发展提供着源源不断的精神动力。

第三节　"三个崛起"与朦胧诗诗歌理论的现代性指向

朦胧诗人的创作本质上是一种溢出历史河床、越出时代的冲动，在对"文革"的反思批判中，在对未来走向的想象中，一种关于"时间"内涵的诉求，一条"我们不能再等待了，等待就是倒退，因为历史已经前进了"①　的抗争与宿命之路。1980 年代，政治与文化渐行渐远的现代性追求将"文革"后的时代诉求纳入到一个笼统的"现代化"程式框架之内去解释，朦胧诗所追求与倡导的精神内核被批评家及诗人自身指认为是一种有关于诗歌现代化的"新"的"现代倾向"。以"三个崛起"为理论号角的朦胧诗诗歌理论正是抓住了"现代"这一关键词，力图为朦胧诗的发展鸣锣开道，理论家通过对"现代"的诸多阐释，对"现代性"的体验来建构自身的理论图景，内含着他们对"现代性"的追求愿景，进而与朦胧诗诗歌创作一起，生发出朦胧诗诗歌理论"现代性"的三种指向，即诗歌观念的青年性、诗歌意识的自我性与诗歌批评的学理性。

一、诗歌观念的青年性

"现代"首先是一个时间概念，它强调自身与古典的本质区别即在于时间的优越性，而新时期这一优越性又集中体现在"新"这一关键词上。时间的优越性与中国历史的特殊性又同时将"新"与"青年"一词紧紧联系在一起。自梁启超以"新民"论中国近代的学术与文学后，青年文化作为一种社会现象在时代的诉求与历史的土壤中逐渐生根发芽。五四以降，青年的社会作用凸显，这一群体对历史民族的自我观察与自我承担意识在各种场域中（既包括物理空间，如大学、各种组织、党派；也包括想象的空间，如报刊等）被强化，这种自我认同形成的结果直接作用于文学中。二十世纪的中国常常被认为是革命的中国，

---

①　《今天》编辑部：《致读者》,《今天》创刊号。

社会的变革似乎总是由思想的变革而起，而思想变革的急先锋又似乎总是由带着新的观念和思想的青年人所担任。在这一思想的艺术载体中，诗歌无疑首当其冲，承担着各类文体的"投枪"与"匕首"。无论是新文化运动中胡适的《尝试集》、郭沫若的《女神》，还是抗战时期的街头诗，抑或是"四五"运动中出现的《天安门诗抄》，都给青年人带来了某种革新的动力。所以王富仁认为，"从年龄文化的角度上看，中国现代文学生存发展的背景是一个以老年文化为主导的社会向着一个老、中、青兼备的多元社会作巨大的转换。"① 青年文化对于整个二十世纪中国而言，带来的活力与思想变动不言而喻，而在青年文化的范畴中，更为深层次的则是青年思维的养成。李怡在研究四川作家何以在中国现代文学史上独树一帜时，除了地域的文化熏陶、自然的风景浸染之外，他更强调"他们常常富有青年式的思维、情感和心理"。②

正是在这一意义上，谢冕将朦胧诗的出现与五四时期的新诗运动相类比，两场诗歌运动本质上体现的都是青年对时代的认识与介入，他认为，"新诗目前的变革是受到变革时代的鼓励并促成的。我们生活在世界进行对话和交流的时代"，③ 而青年人生逢其时，也恰如其分。"有一大批诗人（其中更多的是青年人），开始在更广泛的道路上探索……这种情况之所以让人兴奋，因为在某些方面它的气氛与五四当年的气氛酷似"，④ 他认为正是这批"年轻人'首先对束缚人的精神枷锁提出了疑问'，他们的诗'思想上反叛了现代迷信，抛弃了诗歌为政治服务的狭隘见解'，在艺术上调动了各种艺术手段，并使之得到充分的发挥"。⑤ 孙绍振更进一步，在谢冕提出的"新人的崛起"的基础上提出"新的美学原则在崛起"，⑥ 在这里，对青年人行动的强调转变为对青年人提出的美学观念的强调。徐敬亚说，"青年——这就是几乎全部青年诗的主题指向"，⑦ 他对

---

① 王富仁：《创造社与中国现代社会的青年文化》，《创造社丛书·理论研究卷》，北京：学苑出版社，1992年，第31页。
② 李怡：《跨越时空的自由·郭沫若研究论文集》，北京：东方出版社，2008年，第73页。
③ 谢冕：《诗美的嬗替——新诗潮的一个侧影》，《文艺研究》1985年第5期，第6页。
④ 谢冕：《在新的崛起面前》，《诗探索》1980年第1期，第11页。
⑤ 吴嘉，先树：《一次热烈而冷静的交锋——诗刊社举办的"诗歌理论座谈会"简记》，《诗刊》1980年第12期，第3页。
⑥ 孙绍振：《新的美学原则在崛起》，《诗刊》1981年第3期，第55页。
⑦ 徐敬亚：《崛起的诗群——评我国诗的现代倾向》，《当代文艺思潮》1983年第1期，第14页。

这一新的文学潮流艺术主张、思想内容以及艺术手法的全面分析似乎表明他对这些"新人"寄予了形成流派的厚望。诗人王小妮则说，"我把青年与农民作为我的诗的主题。"① 这些都表明，理论家与诗人对青年的强调绝不仅限于年轻诗人们的生理特征，他们想要强调的，是一代青年人的价值追求，是更新诗歌观念的诉求——形成寓含青年性的诗歌观念。

首先，诗歌观念的青年性体现为诗歌文体形式与精神内涵中的青年性诉求。诗歌最先成为一代青年人发出声音的文学形式并非偶然。从文体形式来说，诗歌篇幅短小，创作时间短，既能有效地抒发青年人充沛的情感，又能使阅读者快速地接收到诗人传达的意思，这就决定了诗歌——也只能是诗歌成为当时青年人传递思想和情感的首要选择。当然这里存在一个内在的前提，即诗歌写作必须是新诗，必须是继承五四以来的诗体解放，张扬个性精神，蕴含现代思想的新诗，而非囿于格律的枷锁之中，"旧瓶装新酒"或"添酒回灯重开宴"式的传统诗歌观念的轮回。诗歌理论家们突出强调朦胧诗对五四的诗体解放的继承，"三个崛起"中都提到诗人们"背离"了新民歌的"诗歌传统"。青年诗人也夫子自道，"我不懂格律，喜欢自由体。因为自由体空间大，有利于思想情感的奔腾"，② 集中体现了诗人与理论家们对艺术自由的追求。这种对作为精神内涵的自由的追求，通过朦胧诗的创作一方面体现为对自由形式的追求，另一方面体现为对自由求真的追求。朦胧诗人普遍认为诗歌当求真，梁小斌说，"诗的力量是哪里来的？我认为力量在于历史的真实。"③ 他对于诗歌的本质力量的"真"的强调，是基于历史宿命的形成而言；江河说，"诗要讲真话，那是做人起码的准则。"④ 这一认识直接来源于对"文革"经验的反思，反映的是这一代青年人在沉沦中对于作为一个人最基本的价值诉求。由于朦胧诗精神内涵中的青年性诉求使得朦胧诗一出场即"暴得大名"，"当八十年代大学中的第一批青年诗人出笼后，在各大学迅速形成了写诗扬名的示范效应。随着诗歌热潮不间断地滚动演进，'大学生诗人'这个词组，从八十年代一直到九十年代……甚至

---

① 王小妮：《请听听我们的声音》，《诗探索》1980年第1期，第54页。
② 张学梦：《请听听我们的声音》，《诗探索》1980年第1期，第46页。
③ 梁小斌：《我的看法》，《朦胧诗研究资料》，李建立编，南昌：百花洲文艺出版社，2017年，第111页。
④ 江河：《请听听我们的声音》，《诗探索》1980年第1期，第57页。

直至今日，一直都成为中国一个特殊的、人人皆知的社会角色"。① 诗歌、时代、青年三种合力的作用，将朦胧诗的"奇异的光"投向更深邃的时空。

其次，诗歌观念的青年性体现在理论言说者青春气息与诗歌青春气质的双向互动上。从诗歌创作者来说（诗人对自己的诗歌同样有理论阐释），北岛生于1949年，舒婷生于1952年，顾城生于1956年，江河生于1949年，杨炼生于1955年，梁小斌生于1954年，他们的平均年龄不超过30岁，谢冕在回忆青春诗会时说，"那时参加诗会的多在20岁上下，大的也不过30出头。"② 从诗歌理论家来说，谢冕生于1932年，孙绍振生于1936年，刘登翰生于1937年，徐敬亚生于1949年，他们处于批评的黄金年龄，尤其"谢冕当时是中国诗坛上著名的青年评论家，而且是党培养的青年评论家"。③ 当然，更能体现青春气息的还不在于生理的年龄，重要的是他们常常富有青年式的思维、情感和心理。在北岛的回忆中，"芒克一高兴，就把少男少女拉出去喝酒"。④ 舒婷在回忆"青春诗会"时说，"那真是青春鼎沸的夏天。几乎所有人都待在沙滩上，彻夜不眠。礁石上溅泼的磷光，飞鱼掠过海面的水花，月亮在幽蓝的天幕上，很是清凉洁净。我抱膝坐在一条大浴巾上，江河顾城则半卧半坐着"。⑤ 在鲍昌口中，"谢冕永远是个儿童团长。"⑥ 在陈希我眼中，孙绍振的"语言如子弹，他的思想锋芒更是咄咄逼人"，他"敢于质疑，不信权威"，⑦ 确有青年人的血性。对他们而言，身体上的年轻与革新的精神是同一的，这种同一性既是生理上的自然体现，又是中国五四以来的青年文化的塑造结果，李大钊对青年"冲决过去历史之网罗，破坏陈腐学说之图圈，勿令僵尸枯骨，束缚现在活泼泼地之我，进而

---

① 姜红伟，徐敬亚：《八十年代，被诗浸泡的青春——徐敬亚访谈录》，《诗探索》2016年第1期，第88—101页。
② 谢冕：《青春如此美好·序〈"青春诗会"三十年诗选〉》，《诗刊》2014年第23期，第76—78页。
③ 孙绍振口述，见王尧：《"三个崛起"前后——新时期文学口述史之二》，《文艺争鸣》2009年第6期，第101—108页。
④ 查建英、北岛：《北岛访谈：回顾八十年代》，《当代作家评论》2006年第4期，第70页。
⑤ 舒婷：《灯光转暗，你在何方？》，北岛编《鱼乐：忆顾城》，北京：中信出版社，2015年，第1页。
⑥ 孙绍振：《谢冕的书斋和童话》，《名作欣赏》2020年第10期，第67—68页。
⑦ 陈希我：《"其师"孙绍振》，《学术评论》2013年第1期，第55—58页。

纵现在青春之我，扑杀过去青春之我，促今日青春之我，禅让明日青春之我"①
的期望在几代人的努力后几乎成为他们的认知基础乃至本能反应。当新时期的
历史拉开大幕之时，从历史尘埃中走出的人们，无一不觉得有了新生，也无一
不觉得青春、诗人、评论家与一个时代、一个年轻的中国同步共振，不得不说
是"青春"给了他们聚合裂变的勇气与机遇，也使朦胧诗成为虽然幼稚却能打
动人心直入骨髓的慷慨悲歌。

　　最后，诗歌观念的青年性体现在理论创作者的青年姿态上。谢冕将朦胧诗
人对过去生活的态度概括为"我不相信"，孙绍振认为他们是"不驯服的姿态"
"他们和我们五十年代的颂歌传统和六十年代战歌传统有所不同，不是直接去赞
美生活，而是追求生活溶解在心灵的秘密"，②徐敬亚认为他们"反对原有旧秩
序的强侵入"，③钟文、吴思敬认为"这批年轻诗人的诗作不仅是'新的崛起'，
并在一定程度上是方向，是未来诗坛的希望，他们必将掀起诗歌发展的大
潮"。④几位理论家对朦胧诗人反抗姿态的赞赏表明他们与朦胧诗人的相同立
场，即朦胧诗诗歌理论同样带有反抗传统的意味。而一旦将这一青年姿态下的
反抗性放入新诗的历史中审视，我们就会发现："令人动心的不是其中的意蕴，
而是年青的心灵对于抽象人生之域的那种探究的意向本身。"⑤从五四新诗运动
对古典诗歌的反叛，到新民歌运动对五四传统的抛弃，到朦胧诗运动对新民歌
运动的否定，再到第三代诗歌对朦胧诗的反思，否定之否定的历史规律似乎都
带有某种魔咒，恰如李润霞所言，"理论所指向的对传统的反叛可以说，新诗自
身的传统之一就是'反传统'"，⑥中国新诗正是在反传统的动力下持续进
行的。

---

① 李大钊：《青春》，《新青年》（2卷1号）1916年9月1日，第11页。
② 孙绍振：《新的美学原则在崛起》，《诗刊》1981年第3期，第55页。
③ 徐敬亚：《崛起的诗群——评我国诗的现代倾向》，《当代文艺思潮》1983年第1期，第
　14页。
④ 吴嘉、先树：《一次热烈而冷静的交锋——诗刊社举办的"诗歌理论座谈会"简记》，
　《诗刊》1980年第12期，第3页。
⑤ 吴晓东：《中国现代派诗人的艺术姿态》，《思想与文化》（第十六辑）2015年第1期，
　第267—283页。
⑥ 李润霞：《新诗的"维新"与传统的"魔咒"》，《河北学刊》2005年第1期，第136—
　139页。

二、诗歌意识的自我性

在朦胧诗人的笔下，现代对前现代的超越本质体现在现代性的价值诉求上，即对"自我"的发现，他们的诉求正与哈贝马斯的观点一致：现代性最为核心的问题，是个体确认主体性的问题，也就是人认识自我与世界的问题。朦胧诗及其相关理论对"自我"的强调是诗人与批评家经历了"文革"幻灭之后的本能倾向与深刻认知，"'自我'的文学"的生成有两个重要的思想资源：一是直接针对 1942 年以来"人民的文学"的反思，一是继承五四"人的文学"之后的进一步内省。

无论是朦胧诗人还是相关批评家，他们都曾是"人民的文学"这个国家机器中的一颗螺丝钉，他们所生产的"旗帜鲜明，步伐整齐的'人民文学'"[1]的集体话语一步步规训着他们的行动与思想："历史正在急速地排除一切障碍地前进，一切'非人的文学'，不论新旧，都将扫清，而'人的自觉''人的文学'的旧口号也将全部被'人民的自觉''人民的文学'的新口号所代替"。[2]在历史的巨轮滚动中，个人的情感统统被抛去，人只是作为一种意识形态的载体而存在。在经历了时代的风云变幻、个人思想的动摇与幻灭后，朦胧诗人及理论家们开始找寻属于自己的存在，他们"不屑于做时代精神的号筒，也不屑于表现自我感情世界以外的丰功伟绩"，他们发现，"我们的新诗，60 年来不是走着越来越宽广的道路，而是走着越来越窄狭的道路""我们过去的文艺、诗，一直在宣传另一种非我的'我'，即自我取消、自我毁灭的'我'。……总之，不是一个人，不是一个会思考、怀疑、有七情六欲的人。如果硬说是，也就是个机器人，机器'我'。这种'我'，也许具有一种献身的宗教美，但由于取消了作为最具体存在的个体的人，他自己最后也不免失去了控制，走上了毁灭之路"。他们重新将目光转向"人"，要求恢复人的尊严。"人"重新被定义，也重新被推举。孙绍振说，"我当时主要的目标，就是强调个人的价值与尊严。我觉得没有个人的价值和尊严，就没有什么人民的伟大。我厌恶以抒人民之情的

---

① 袁可嘉：《人的文学与人民的文学——从分析比较寻修正，求和谐》，《大公报·星期文艺》1947 年 7 月 6 日。

② 周扬：《五四文学革命杂记》，《周扬文集》（第 1 卷），北京：人民文学出版社，1984年，第 483 页。

神圣旗帜，否定自我表现，我早就说过，小我是特殊性，大我，人民之情，是普遍性，普遍性只能是特殊的一个部分。"① 他们的心声凝聚在杨炼的那句话中，"我永远不会忘记作为民族的一员而歌唱，但我更首先记住作为一个人而歌唱。"

　　"把人作为诗歌表现的核心"使理论家们迅速将目光回望，② "重回五四的起跑线"，明确提出对五四的继承。而五四的一个重要贡献就是对个人的发现，是对"人的文学"的确立。周作人、郁达夫、茅盾等都先后有关于"人"的文学的论述，"人的发见，即发展个性，即个人主义，成为'五四'时期新文学运动的主要目标；当时的文学批评和创作都是有意识或下意识的向着这个目标。个人主义（它的较悦耳的代名词，就是人的发见，或发展个性）……成为文艺创作的主要态度和过程，正是理所必然。而'五四'新文学运动的历史的意义亦即在此。"③ 源于此，新时期的朦胧诗从历史资源上找到赖以借镜的思想之源，成为触发其内在精神裂变的地火。

　　但理论家们很快发现，单纯的强调"个人"并不意味着对五四思想资源的继承与运用。一方面，五四的"个人"是有其具体的历史环境做支撑，相隔一个甲子之后的现实已经发生了很大的变化，对于"个人"的发现不能一味地停留在历史所产生的具体环境，而应找出一个适合新时期历史更为确切的概念或语词；另一方面他们对"自我"而非"个人"的强调是在综合了历史与现实基础上的进一步反思。"个人"作为一种话语方式的表达，更多的是社会语境中的一种政治话语方式，正如"群""己"中的"己"，是相对于"群"作为一个社会概念和政治概念而产生的，所以当五四新文化运动高举"民主"与"科学"大旗之时，其实已经内置了一个政治目的。当郁达夫、周作人、茅盾等人强调"个人的发见"时，这个"个人"是相对于整个社会群体而言的，其本质属性是一种政治概念的表述，是寄希望于通过个体被发现、被理解、被张扬来表现政治意图。而无论是"人的文学"中的"人"，还是"人民的文学"中的"人

----

① 孙绍振：《孙绍振访谈：我与"朦胧诗"论争（下）》，《当代文学研究资料与信息》2010 年第 3 期，第 41—46+51 页。
② 刘登翰：《一股不可遏制的新诗潮——从舒婷的创作和争论谈起》，《福建文艺》1980 年第 12 期，第 60—65 页。
③ 茅盾：《关于"创作"》，《茅盾文艺杂论集》（上集），上海：上海文艺出版社，1981年，第 298 页。

民"，他们都是一个大写的"人"，是启蒙者或是国家话语居高临下的一种现代启蒙姿态。而朦胧诗诗歌意识的更新或是"自我的文学"的观念的表达是从文学内部生发，符合文学创作规律，具有文学属性的思想观念。可以说两者生产的理论路径是完全不同或是相反的，无论是"个人"或是"人民"其意图通过思想的输入、观念的表达来传递文学应是什么样的一种外部指导，而"自我"则是内在生成由内而外的一种情绪宣泄、情感主张和思想外化的精神图腾。

对"自我"的强调表明，朦胧诗人与理论家们通过"自我"将目光从"个人"的集体、政治内涵向内转向"自我"的原子式概念，由此形成的是"自我"美学意义的生成，进而建立起"自我"的主体性。顾城曾明确地说，"我觉得，这种新诗之所以新，是因为它出现了'自我'，出现了具有现代青年特点的'自我'……他打碎了迫使他异化的模壳，在并没有多少花香的风中伸展着自己的躯体。……他爱自己，爱成为'自我'、成为人自己，因而也就爱上了所有的人、民族、生命、大自然。（除了那些企图压抑。毁灭这一切的机械。）他需要表现。这就是具有现代特点的'我'，这就是现代新诗的内容。"① 新的"自我"强调对人内心空间的开掘，"纵贯在一代新诗人笔下作品中的主导精神是民族自强心，诗中的'自我'形象是要鞭笞黑暗！要葬埋过去！是要'重振民族'的新一代中国青年总体形象"②"这种以反古典艺术传统面目出现的新艺术，注重主观性、内在性，即注重表现人的自我心理意识，追求形式上的流动美和抽象美，主张艺术上的自由化想象，主张表现和挖掘艺术家的直觉和潜在意识。"③ 这种认同"自我"的强烈欲望通过建立起一个别样的审美空间而表现出对"自我"认识的发展性。

不同于五四时期"个人"观念生成的社会语境，"自我"的思想资源有很大一部分来自哲学，既有西方哲学体系的理性参照，又有中国古典哲学的感性参悟，所以"自我"从来不是新时期文学异军突起的空中楼阁，大有雨过天晴之后中西哲学辉映下的"海市蜃楼"。顾城在进一步对"自我"认识深化时所

---

① 顾城：《请听听我们的声音》，《诗探索》1980 年第 1 期，第 52—53 页。
② 徐敬亚：《崛起的诗群——评我国诗的现代倾向》，《当代文艺思潮》1983 年第 1 期，第 14 页。
③ 徐敬亚：《崛起的诗群——评我国诗的现代倾向》，《当代文艺思潮》1983 年第 1 期，第 14 页。

提出的"无目的的我"即是将"自我"作为一种哲学意义的存在："此后我发现寻找'我'、对抗世界都是在一个怪圈里旋转，我对文化及反文化都失去了兴趣，放弃了对'我'的追求，进入了无我状态，我开始做一种自然的诗歌，不再使用文字技巧也不再表达自己，我不再有梦，不再有希望，不再有恐惧。"①在这里"自我"已无须与我之外的集体对抗，他在自身的场域内拉出一条线，线的一端是对"自我"的极度肯定，而另一端就是"无目的的我"，在两端之间，则出现了主体的间性空间。而对应思想的发展，恰如齐格蒙·鲍曼所言，"在现代主义中，现代性反观自身并力图获得一种清晰的自我意识，即呈现出现代性的不可能性，而正是这一点为后来的后现代主义的出现铺平了道路。"② 无论是"自我"还是"无我"，都是将"我"或者是这一"个人"作为一种原子结构，不可再分，与世间万物同处一个层级，既有中国哲学中"道法自然"的老庄意味，又有西方哲学中"自我主体意识觉醒"的理趣。

需要注意的是，在新时期，虽然在客观意义上形成了"自我"与政治关系对立的论述，但是从根本意义上言，"自我"不是将目光看向眼前所存在的政治，而是将矛头直指自我内心的精神世界，主动将"自我"的观念纳入到诗歌视野中。正如孙绍振所言，"由于主体意识的觉醒，今天比昨天更加强调了排它性。不过过去的排它性主要是政治的，而今则集中在审美范畴中。"③ 所以，"自我"意识的觉醒是延续五四启蒙文学的内核，向更深处迈进的下一个阶段即"自我启蒙"的突显。遗憾的是，朦胧诗引起了很大反响的关注多停留在社会层面，其所引发的内在性的自我意识却处于被忽略被遮蔽，即使被发现也是被误读。正所谓"收之桑榆""失之东隅"。

三、诗歌批评的学理性

"文革"中非理性运动的残酷教训使得反思者们带着"极强烈的理性认知欲

---

① 顾城：《无目的的"我"：顾城访谈录》，《顾城诗全编》，上海：上海三联书店，1995年，第2页。
② Zygmunt Berman：*Modernity and Ambivalence*，Cambridge：Polity，1991年，第4页。（转引自周宪：《审美现代性批判》，北京：商务印书馆，2005，第144页）
③ 孙绍振：《关于诗歌流派嬗变过速问题》，《诗歌报》1987年第74期。

望和理想追求精神"步入现代,[①] 他们急迫地想要重建理性的秩序。某种意义上,理性被他们树立为现代性的核心法则,对理性的诉求成为当时知识分子的普遍追求。在这一背景下,朦胧诗诗歌理论表现出强烈的理性色彩,理论家们力图通过自己的声音将原本全然以政治为标准而失范的文学批评重新拉入正常的轨道之中。以"三个崛起"为代表的朦胧诗诗歌理论以对话的姿态力图营造出自由讨论的文学批评场域,以专业性的批评重塑了文学批评的独立性特质,表现出极强的学理性。

朦胧诗诗歌理论的学理性首先表现为理论的即时性。要理解这一点就必须将"三个崛起"放入整个现当代文学脉络中来审视。纵观中国现代文学的发生,不得不承认的一个事实是,先有文学理论的输入,后有文学创作的实绩支撑,这一模式常常为人所诟病,诸如中国现代新诗是中国翻译诗歌等,不一而足。在提出问题的同时,给我们提示了一个现象,那就是文学理论能指导文学创作吗?显而易见,并不能。所以导致的一个结果是,文学理论和文学创作自说自话,形成了两个不同的体系,这一现象在当代表现得更为明显。如果将时间的线再往前延伸,那么可以看到,在中国古典时期的文学创作,基本上遵循了一条文学创作—文学批评的模式,所以对于中国批评话语的研究重点落在"有的放矢",也就是说它有一个明确的对象性和指向性。但反观中国现代文学的发生期的种种表现,我们可以发现,文学理论的输入不仅在某种程度上水土不服,呈现出误读与背叛的趋向,而且在中国语境中丧失了原有的针对性,使得英雄无用武之地。而"三个崛起"对于朦胧诗的评判却并非是从高悬半空的理论出发,而是直接针对鲜活的文学文本,在文本中总结经验、提出观点。对比第三代诗歌的崛起,朦胧诗诗歌理论的这一特点就更加突出,第三代诗歌理论口号喊得震天响,但是创作实际往往跟不上,或很难实践他们的主张,呈现出一种喧哗与骚动。所以,孙绍振在第三代诗人高呼"舒婷、北岛的时代已经过去了"的时候,他又一次站出来为朦胧诗辩护,"直到今天,'后崛起'诗人还没有产生一个辉煌的代表",[②] 这种现象,从反面来讲,照见了朦胧诗崛起理论的珍贵。在某种程度上,"三个崛起"使文学批评回到了正常的批评秩序中,从文学

---

① 戈麦:《异端的火焰——北岛研究》,《新诗评论》2017 年(总第 21 期),第 117—151
 页。

② 孙绍振:《关于诗歌流派嬗变过速问题》,《诗歌报》1987 年第 74 期。

创作的实际中总结经验，给予朦胧诗人以客观公正的历史评价。

即时性的反映体现着朦胧诗理论之于时代的回应，具有现实可感的现场感，但仅仅具有即时性还不够，因为理论的争鸣不仅需要对文学现象的深入了解，还要调动蕴含其中的思想动因，那就需要逻辑性的呈现。"三个崛起"的提出表现出事物认识的逻辑性，符合认识事物的发展规律，也表现出理论不断开拓和深入的前沿性，从谢冕的《在新的崛起面前》到孙绍振的《新的美学原则在崛起》，再到徐敬亚的《崛起的诗群——评我国诗歌的现代倾向》，对朦胧诗的认识是从一个群体到一个审美观念再到一个文学思潮的层层递进过程。在谢冕那里，"崛起"指的是一批新的诗人在崛起，一批与过去"沉沦时代"不同的诗歌在崛起。他回忆说，"之所以用'崛起'这个词，是因为看过一篇地质学文章，是写李四光的。文中说亚洲大陆在地质板块运动的作用下崛起了，包括喜马拉雅山。我觉得亚洲大陆的崛起可以用来象征新的美学原则，诗歌领域中新的时代崛起。这是一个跨时代的事情"。① 孙绍振则将"崛起"的人与诗的探讨，提高到美学层面的探讨。他说，"与其说新人在崛起，不如说是一种新的美学原则的崛起。"② 他认为，在新的探索者的笔下，人的价值标准发生了巨大变化，它不完全取决于社会的政治标准，探索者们"不是直接去赞美生活，而是追求生活溶解在心灵中的秘密"。③ 总之，孙绍振是在强调美学和社会学的不同，而徐敬亚则以"崛起的诗群"将朦胧诗上升为文学思潮，这一思潮的影响显然不止于文学界，它不仅代表了一代青年人的新思想，也影响了当代青年人的行为与思考方式。

同时，也正是"三个崛起"的提出激荡了整个文学界，引起了广泛讨论，而对"三个崛起"的批判，从效果上来说，起到了一次诗歌大宣传、大普及的作用。"三个崛起"果敢地站在新一代中国青年一边，迎接新的现代艺术与生活的召唤。"'三个崛起'呼唤一种民主的、宽容的诗歌及文学艺术的生态……一

---

①　王光明、谢冕、孙绍振等：《"三个崛起"与当代诗歌的突围》，《扬子江》2018 年第 2 期，第 78—84 页。

②　孙绍振：《新的美学原则在崛起》，《诗刊》1981 年第 3 期，第 55 页。

③　徐敬亚：《崛起的诗群——评我国诗的现代倾向》，《当代文艺思潮》1983 年第 1 期，第 14 页。

句话，它所追求的，正是诗与文学的自由精神。"① 这使得它的影响一度越出了文学界。

不得不说，朦胧诗诗歌理论的学理性最后呈现为一种历史意识与反思精神的张扬。认识事物也好，总结文学现象也罢，对于现实意义中的文学不得不放置在历史的语境中去思考，从现象的分析到方法的运用，历史呈现给我们的就是它赖以生存的、不断反复被提及的思考存在。在朦胧诗初起的年代，以"三个崛起"为代表的诗歌理论在朦胧诗争论中给予朦胧诗人以热情鼓励，从历史中走来的一代理论家表现出对新中国建立后诗歌发展的历史反思。从"扣帽子""揪辫子""打棍子"的历史教训的反思中，这些理论家要求对新生的事物应该用发展的眼光，看到他们存在的希望与力量。在当时，面对一些人对朦胧诗的批评，谢冕说，"我却主张听听、看看、想想，不要急于'采取行动'"，因为"我们有太多的把不同风格、不同流派、不同创作方法的诗歌视为异端、判为毒草而把它们斩尽杀绝的教训。而那样做的结果，则是中国诗歌自五四以来没有再现过五四那种自由的、充满创造精神的繁荣"。② 从历史中走出的理论家们，一边谨小慎微地试探着春江水暖，一边热情鼓励着自由与创造的时代精神。在张扬个性的年代，他们的出路无疑为整个当代文学提供了精神的风向标。

在梳理朦胧诗的生长、发展以及消亡时，谢冕等理论家们更突出了历史性的目光。在思考朦胧诗的产生时，谢冕等人不止于将其看作针对"文革"的时代产物，而是直接将朦胧诗与五四新诗运动类比进而指出了朦胧诗的思想诉求，并且他进一步指出朦胧诗"最具本质的是这种从内在精神上向着东方哲学的自觉意识的逼近与复归"。③ 在反思朦胧诗的解体时，徐敬亚并未将之归因于强大的政治性力量的横加干预，他一针见血地指出，"'朦胧诗'还是老得太快了"，而"朦胧诗人多半已成了完美的古董"。④ 或许朦胧诗的迅速解体正是体现了它

---

① 王光明、谢冕、孙绍振等：《"三个崛起"与当代诗歌的突围》，《扬子江》2018年第2期，第78—84页。

② 谢冕：《新诗发展问题探讨：在新的崛起面前》，《诗探索》1980年第1期，第11页。

③ 谢冕：《断裂与倾斜：蜕变期的投影——论新诗潮》，《文学评论》1985年第5期，第43—51页。

④ 徐敬亚：《圭臬之死》，《崛起的诗群》，上海：同济大学出版社，1989年，第174页。

的现代性本质，"现代性就是过渡、短暂、偶然"。①

第四节　朦胧诗与中国当代诗歌新传统的形成

中华人民共和国成立以后，关于新诗传统问题的讨论在"古典与民歌基础上发展新诗"的指导下又一次成为关注的重点，不同的是，有关新诗的讨论多为政治话语所裹挟，甚至成为政治舞台展演的先锋，并没有留下太多有价值的思想。随着"文化大革命"结束，1978 年，诗歌领域开始出现一种新的诗潮，这就是朦胧诗的崛起。

朦胧诗从开始到式微的过程带来的不仅是一种新的诗歌潮流的涌现，更重要的是其内在所蕴藏的文学观念和精神思想成为自此之后众多诗歌现象的圭臬。在争论中，这种新的文学观念和精神思想逐渐清晰化、明确化，也渐渐蹚出一条中国当代诗歌发生发展的脉络和理路，呈现为新时期诗歌新的传统。恰如竹内好对鲁迅传统的形成所解释的那样，"为什么会这样呢？那是因为他通过论争把自己从中国文学中推举出来，他自己也因此形成了中国文学的传统。"② 朦胧诗亦是如此，通过争论，将自己从新时期文学中"推举"出来，形成了中国当代诗歌的新传统。一种新传统的确立，不仅需要在文学的创作实践中得到检验，获得广泛意义上的认同，同时还需要一定的理论的支持，借助理论的宣传，为文学的创作与接受鸣锣开道，扫清障碍，更需要其可复制性的传播生成路径，为此后新诗的发生发展提供可参考的经验和思考。

一、谱系建构与新传统的精神内核的生成

在中国古典诗歌研究中，传统向来作为诗歌合法性的来源成为被讨论对象，也作为精神流脉的闪光而为人所津津乐道。然而对于新诗传统的讨论从来都是奢谈，不仅在于它与古典诗歌从内容到形式方面的区隔太大，难以把握其中的

---

① ［法］波德莱尔：《波德莱尔美学论文选》，郭宏安译，北京：人民文学出版社，1987年，第 485 页。

② ［日］竹内好：《鲁迅》，李心峰译，杭州：浙江文艺出版社，1986 年，第 7 页。

精神内核，还在于它距离我们太近，它的流动不居、多副面孔的难以摹写都让人望而生畏。但是，难并不代表不能，难也恰恰显示了问题的重要性。奚密认为，"相对于悠久辉煌的古典诗，现代汉诗还是一个芽苗"，但"就其内在发展来看，现代汉诗却已开创了一个新的诗歌传统，至少汉诗传统的一个小传统"。① 现代汉诗如此，朦胧诗自然也不例外。

从最基本的层面讲起，作为中国当代新诗传统的朦胧诗，对于它的传统的认定首先是建立在对其基本事实的厘清上，从这个角度来说，谱系的梳理与建构就成为"道夫先路"。在此基础上，对诗歌异质性精神的发掘才有了可能，循其精神所思的后来者才可能形成清晰的脉络，一个新传统才可能形成。

事实的打捞与清理是中国当代文学发展到现在必须具备的最基本的素养，不仅得益于当代不断丰富发展的技术、日臻完善的图书资料保存整理方法，而且还获益于不断深化的中国现代文学文献学的学科意识与学术思想，才使得当代文学研究有了更绵密细致、扎实稳定的发展。对朦胧诗作为新传统的认知，也正是建立在这种历史背景与学科发展的基础之上。谱系的梳理与建构，是朦胧诗研究的重要基础，也是理解与认知其成为新传统最为基础、最为关键的一步。正如洪子诚所言，"朦胧诗在传播、论争中确立其地位，也同时建构自身的'秩序'。"② 围绕朦胧诗发生发展的经历，从 1978 年《今天》的诞生到 1980 年《今天》的停刊，最为核心的历史史实是清晰明确的，但是对于《今天》的来龙与去脉的了解则显得模糊不清。当然，原因是复杂的，其一，历史的久远，资料保存的困难，当事人记忆的不确定性等导致谱系的驳杂与混乱。其二，非文学因素充斥其间是文学研究的常态，而且非文学因素对于理解文学有着重要的作用，但是由于其与文学的距离，常常被当事人忽视，也为研究者所轻视，所以带来的困难不可避免。其三，文学观念的迭代与冲突是导致谱系梳理最为困难的一环。因为一切历史都是当代史，所以观念的先入为主往往使得资料的整理与搜集出现遗漏，即使重新梳理与整理，在某种程度上也是一种观念史的重构，所以，秉笔直书、力求客观真实的探讨只是一种理想，而我们所能做的

① ［美］奚密：《现代汉诗：1917 年以来的理论与实践》，上海：上海三联书店，2008 年第 202 页。

② 洪子诚：《朦胧诗新编·序》，《朦胧诗新编》，洪子诚、程光炜编，武汉：长江文艺出版社，2004 年，第 7 页。

也只是一种近乎理性的探索。无论何种缘由，事实的清理、谱系的建构都成为其重要的基础。以对朦胧诗诗人认定的流变为例即可反映出一般现象。最早引发朦胧诗争论的诗人是《夜》的作者李小雨，还有写作《将军，你不能这样做》的叶文福，以及当年《诗刊》以改稿形式组织的青年诗人中的张学梦、杨牧、叶延滨、陈所巨、才树莲和参加第一届青春诗会的徐国静、孙武军、常荣等，但这些诗人都淡出了文学史的视野。不是说这些诗人都不算朦胧诗诗人，只是随着文学观念的流变、朦胧诗内在核心精神的确立，在历史事实上所产生的朦胧诗诗人随着观念的变化而增减。不能说这是文学史对"失踪者"的忽略，而是别有意味的"遗漏"。为什么？这就是朦胧诗核心精神确立之后的必然结果，为朦胧诗成为新传统所做的必要的筛选。正如张志国在《今天》研究中对朦胧诗外围人员的肯定，"上有文坛元老艾青、牛汉、冯亦代、蔡其矫、黄永玉等的关怀与引介，中有诗人公刘、邵燕祥及《诗刊》《安徽文学》等官方机构的引导与支持，更有广大青年读者，尤其是高校师生这一阅读群体的声援与传播以及《今天》周围年轻'志愿者'的无私奉献。"① 在某种程度上，文学史研究观念的迭代促成了某些朦胧诗诗人的淡出，也促进了一些处于朦胧诗外围的人员的进入。因为，文学从来不是在单纯的精神世界里故步自封，而是有关社会历史和个人相激荡的精神互动的结晶。

不仅如此，朦胧诗新传统的发掘不仅需要通过谱系的梳理与建构，来重构关于朦胧诗以及当代诗歌的秩序，而且还必须落实到具体的诗歌实践中，以显示其强大的生命力和持久的延续性。李怡从新诗传统角度曾指出，"实际上，关于新诗存在的合法性，我们既不需要以古典诗歌'传统'的存在来加以'证明'，也不能以这一'传统'的丧失来'证伪'，这就好像西方诗歌的艺术经验之于我们的关系一样。中国新诗的合法性只能由它自己的艺术实践来自我表达。"② 进而言之，朦胧诗之于新诗传统的生成，必须建立在新诗创作中，通过新诗创作来建立谱系结构，指出精神方向和生成路径。不必说1990年代以后海外复刊的《今天》在精神脉络上对于新时期初期朦胧诗精神传统的沿袭，"编委

---

① 张志国：《〈今天〉与朦胧诗的发生》，博士学位论文，暨南大学，2009年，第294—295页。
② 李怡：《中国现代新诗与古典诗歌传统》，北京：北京大学出版社，2008年，第16页。

会确认第三种主张，秉承早期《今天》的宗旨与方向，作为先锋的汉语文学刊
物"①。从北岛、芒克到欧阳江河等诗人的接力即可照见这种精神的延续在重构
秩序、建立谱系。单就文学创作而言，《今天》从 1978 年创刊到 1980 年停刊的
9 期杂志和 3 期《今天文学会内部研究资料》，共发表诗歌 132 首、小说 37 篇，
翻译外国作品 7 篇，散见美术插画、文学评论和随笔多篇。同时《今天》在杂
志发行时还另发行有《今天》文学丛书四种：芒克的《心事》诗集，北岛的
《陌生的海滩》诗集，江河的《从这里开始》诗集和北岛署名艾珊的中篇小说
《波动》。《今天》在文学领域可以说是遍地开花，尤其以诗歌最为出众。舒婷、
顾城和江河应邀参加了 1980 年诗刊社举办的第一届"青春诗会"，舒婷、顾城
和北岛等人的诗歌集也开始出版发行，1982 年上海文艺出版社出版了舒婷的诗
集《双桅船》，同年福建人民出版社出版了顾城和舒婷的诗歌合集《舒婷、顾城
抒情诗选》。1986 年新世纪出版社出版了北岛的诗选《北岛诗选》。众多数据的
列举仅仅是为了证明，在信仰缺失的年代，《今天》在短短的两年时间内，从文
学的角度点燃了思想的燎原之火，迅疾蔓延全国。从作者的遴选到读者的审美
趣味的养成，《今天》虽然停刊，但是精神的火种保留下来。当第三代诗人打出
"打倒北岛""Pass 舒婷"的口号之时，当江河、杨炼的诗歌转向文化史诗之
际，当朦胧诗的理论旗手徐敬亚亲自掌舵、第三代诗人横空出世之时，显而易
见，朦胧诗作为第三代诗人崛起的基础是不可绕开的存在，这种存在实实在在
影响着作为第三代诗人的精神资源，也构成了他们"影响的焦虑"，所以，他们
的反叛，一方面是继承朦胧诗诗人对第一代诗人的反叛性血液，另一方面希图
通过反叛来建立自己的诗歌阵地，而这一最核心最直接的方式莫过于诗歌创作。
因此，在韩东的《有关大雁塔》中我们可以看到杨炼《大雁塔》的精神指向，
在伊沙的《车过黄河》中我们也可以看到对第一代诗人公刘《夜半车过黄河》
的反叛。但是，无论你承认与否，这种精神的维系是通过诗歌的创作来完成的，
也无论第三代诗人的口号是什么，所有的理论主张、诗学观念必须落到扎扎实
实的诗歌创作中才能得到彰显，否则就变成无病呻吟。正如第三代诗歌最开始
用"后朦胧诗"的名称来指称一样，通过第三代诗人的诗歌创作，完整地展现
自我诗学理想的同时，切切实实地证明了，也完成了朦胧诗新诗传统的形成，

---

① 北岛：《今天的寓言》，https://www.jgdq.org/jingdianwenzhang/20901.html.

这种谱系性的建构得以完整的延续。

　　进而言之，只有梳理清楚朦胧诗的谱系建构，才能理解朦胧诗的主体性精神与中国当代新诗传统生成的内核。反过来讲，对于朦胧诗作为传统的精神内核的确认，有助于进一步廓清源流，明确边界，确立主旨。只有将朦胧诗及其史前谱系纳入到传统这个整体的谱系中，才能完成真正意义上的新传统的建立。新传统确立的"新"表明的是这一传统与以往传统的标新立异，但是新传统的建立并不是完全否定和断裂与其相联系的旧传统的关系，相反，却是建立在对旧传统的认知渠道上所获得的对新传统的确认。一方面我们需要将其与旧传统的关系连接起来，形成一条清晰可见的脉络；另一方面，在与旧传统的联系中将其区别于旧传统的因子割裂开来或是凸显出来，彰显其"新"的精神价值。在继承中国现代新诗"革命"的传统基础上，朦胧诗所指出的新传统既有勇于反叛的血液，"历次决绝的'反传统'革命姿态和挑战精神显示了新诗的活力，可以说，新诗自身的传统之一就是'反传统'"，① 又有不同于现代时期新诗诞生的传统根基，那就是勇于向自己开刀的勇气和魄力。如果说，中国新诗诞生初期，他们的革命指向了中国古典诗歌，那么朦胧诗则指向了新诗自身。正如谢冕在《朦胧诗论争集序》中所认识到的："刚刚过去的这场论战同样拥有一个大的对立物。这对立物与'五四'不同，它不是旧诗，而是新诗自身。新诗的严重异化引发了一场巨大的反抗。"② 也就是说，朦胧诗在一出现就必须应对一个延续了数千年文化的旧体诗的同时，还要应对新诗自身所带来的困境，这一困境也许正是其突破口，这个问题解决了，那么也就是找到了朦胧诗在这一传统的构建中所做到的新传统的独特价值。从"懂"与"不懂"的认知之争到"朦胧""晦涩"的美学之论最后直指朦胧诗与当时政治的关系之辩，可以说在一次次的争论中，真理越辩越明，朦胧诗自身的边界也越来越清晰，对其作为中国当代诗歌的主潮之一的文学本质的认识也愈发显现。所以，朦胧诗代表诗人不同时期的流变以及对朦胧诗史前史的追溯都是建立在这一现实的基础之上。二十世纪八十年代后期多多和"白洋淀诗群"的发掘，九十年代食指的出现都是在这一精神的召唤下出现的。1988 年"今天诗歌奖"的颁布与多多《被埋葬

---

① 李润霞：《新诗的"维新"与传统的"魔咒"》，《河北学刊》2005 年第 1 期，第 136—139 页。

② 谢冕：《序》，《朦胧诗论争集》，姚家华编，北京：学苑出版社，1989 年，第 1 页。

的中国诗人》的发表才清晰地表明了朦胧诗对自身谱系建构的欲望，其间寓含的不止于朦胧诗人对自身业已盖棺的创作的历史地位的渴求，"我所经历的一个时代的精英已被埋入历史，倒是一些孱弱者在今日飞上天空"，① 更重要的是他们想通过历史的回溯建构一个整体性的、开启了新时期的精神来源而使自身变成一个开端甚至一个传统，这一点典型地体现在多多的《被埋葬的中国诗人》中对 1970 年到 1978 年时间历程的强调。多多引起了大家对地下诗坛的关注，发掘出被埋葬的诗人食指，自此之后多篇文章或回忆录将食指认为"朦胧诗一个小小的传统"，同时被发掘的还有地下诗坛曾经在白洋淀活动或生活所形成的"白洋淀诗群"或"白洋淀部落"。进而随着"地下诗坛"的发掘，"地下沙龙"也渐渐浮出地表，张朗朗的"太阳纵队"、郭世英的"X诗社"、徐浩渊的文学沙龙等也被指认为是比"白洋淀诗群"更早的地下诗坛活动，并将这一时间延伸到"文革"前。这一文化和地理学意义上的发掘，将朦胧诗史前谱系迅速建构起来形成一个完整的框架。这一精神也只有勾连到沉痛且持久的地下写作时才表现出沉思的特质以及深远的意味来。

二、理论争鸣与新传统的理性寻踪

如果说谱系的建构之于朦胧诗新传统的形成是诗歌本质性的归因，那么理论的争鸣之于朦胧诗新传统的形成则是舆论的助推。细察下来，理论的争鸣在朦胧诗新传统的形成过程中不仅通过争论这一方式，将朦胧诗的影响力传播与拓展，还为此后第三代诗歌及其后起的诗歌提供了发生的方式，而且，通过理论的争鸣，理性的因子在文学中逐渐根植，抛却意气之争和发生策略的因素，争鸣使得诗歌在此后的发展道路中更加稳健，渐趋学理性。正如温儒敏对"现代文学传统"的体认，"所谓现代文学的传统，不是虚玄的东西，它主要指近百年来那些已经逐步积淀下来，成为某种常识，或某种普遍性的思维与审美的方式，并在现实的文学/文化生活中起作用的规范性力量。"② 他所称道的"现代文学传统"说到底，就是一种理性精神的彰显。

朦胧诗的合法性是在朦胧诗争论中确认的，虽然最终朦胧诗的价值得到了

① 多多：《被埋葬的中国诗人（1970—1978）》，《开拓》1988 年第 3 期，第 166—169 页。
② 温儒敏：《现代文学新传统及其当代阐释》，上海：复旦大学出版社，2009 年，第 471 页。

肯定，但由于朦胧诗人的创作尚在进行时态，其作为新传统的"起点"地位尚未形成而被表述为新诗发展的可能路径。1980 年《今天》第 9 期发表了被认为是《今天》理论家的徐敬亚的评论文章《奇异的光》，文章连用三个"奇特"来概括这一时期新出现的诗歌现象，提请人们加以关注，开始了朦胧诗新传统理论上的建构。随之而来的则是"三个崛起"的理论支持。1980 年《光明日报》发表谢冕的《在新的崛起面前》，谢冕对"朦胧诗"给予了肯定，他将朦胧诗类比于五四新诗运动，其间已经蕴含了对朦胧诗开拓作用的肯定。1980 年孙绍振在《诗刊》发表《新的美学原则在崛起》，将朦胧诗纳入到"一种新的美学原则的崛起"。① 1983 年徐敬亚在《当代文艺思潮》发表《崛起的诗群》，更是将"朦胧诗"作为一个群体，认为"朦胧诗"是代表着时代、未来发展方向的一种新的诗歌潮流。全国范围内也掀起朦胧诗讨论热潮，《福建文艺》《上海文学》《诗刊》《安徽文学》等刊物开辟专栏发表诗歌或进行讨论。朦胧诗人也在不同的场合发表自己关于朦胧诗或诗歌的看法或主张。如《上海文学》开辟的"百家诗会"专栏，《诗探索》开辟的"请听听我们的声音"专栏，《福建文学》在更名后的第一期开辟了"青春诗论"的专栏，这些不同的声音从不同的阶层传递出来，交汇响应，百家争鸣，共同将朦胧诗的理论论争推向高潮。朦胧诗实现了从自身向外围理论宣传的过程，也同步达到了用外围理论来证实自身的目的。

"三个崛起"作为争论中朦胧诗核心理论，主要是针对朦胧诗的合法性进行论辩，而对朦胧诗新传统地位的建构必然是在其合法性建构完成之后的指认。"传统"一词本身就带有后设的意味，那么朦胧诗作为一种新传统被认识必然是在理论论争中不断被指认的结果。二十世纪八十年代中期，"第四次作代会上谢冕、舒婷、杨炼当选中国作协理事，彻底改变了朦胧诗在主流文坛的被动形势，也代表着主流文坛对朦胧诗的接受"，② 自此以后，朦胧诗的合法性得到确认。

1985 年以后，朦胧诗主要代表诗人的创作基本停止，理论界自然要对其进行历史地位的重新指认，那么其中需要被辨认的就包括朦胧诗与新时期文学之间的关系。新时期文学之"新"显然是针对"文革"时期而言的，这一名称带

---

① 孙绍振：《新的美学原则在崛起》，《诗刊》1981 年第 3 期，第 55 页。
② 万水、包妍：《朦胧诗"起点论"考察兼谈其经典化问题》，《当代作家评论》2018 年第 1 期，第 43—49 页。

有的政治意义，某种意义上正与朦胧诗对"文革"的反抗一致。这种特殊的一致性可以在官方对待朦胧诗与黄翔的不同态度上加以认识，在1980年的全国诗歌讨论会上，公刘将黄翔的诗歌定为"完全反对社会主义，反对共产党的领导，反对无产阶级专政这样一种社会，反对我们整个体制"的一类，并说"这样的诗我没看见"，① 而朦胧诗被定位为现代派，是应当被引导的一翼。这一区别主要因为朦胧诗的反思蕴含着食指"相信未来"的深情与北岛"走吧"中对新秩序的相信，而黄翔"即使我仅仅剩下一根骨头/我也要哽住我的可憎年代的喉咙"（《野兽》）所表现的主要是一种斗争，且黄翔后来发表的檄文《致中国诗坛泰斗——艾青》也表明了这一点。所以朦胧诗从其进入地表之初就与当时的政治方向具有某些一致性与同构性，而随着政治方向明确转向现代化建设时，朦胧诗与政治方向的同构性就进一步加强。当整体的社会氛围都强调现代化建设时，朦胧诗与"文革"的关系在总任务转变为建设现代化文学的新时期文学②时就显得尤为突出。在这里，朦胧诗不仅表现出反叛中的自由精神，而且被赋予了关联五四知识分子的启蒙精神，其对"文革"的反叛既符合主流意识形态的叙述、知识分子的启蒙话语也符合人民的实际心理，再加上朦胧诗史前谱系的建构使朦胧诗的时间得以往前延伸，这就很容易得出"新时期文学的新思潮发端于朦胧诗"③ 的结论。

借此，回顾第三代诗歌的发生发展，从1986年两报大联展开始，第三代诗歌的发生在某种程度上复制着朦胧诗崛起的发生路径，从自办刊物、发表宣言、理论争鸣到转向现实，争论的方式在扩展第三代诗歌影响力的同时，一方面从形式上证明了朦胧诗新传统的形成，另一方面也在第三代诗歌内部发生裂变，将争论的形式，从中国新诗诞生、面向古典诗歌的反叛到朦胧诗在中国新诗内部的变革进一步深入再到正在发生、尚未完成的第三代诗歌内在，这一变链体仍在继续。

与新传统的不断复制和裂变发生的同时，新的理性也开始根植，尤其是当1990年代，后现代主义突袭之时，理论界开始借用"现代性"来思考新时期文

① 张志国：《〈今天〉与朦胧诗的发生》，博士论文，暨南大学，第168页。
② 黄平：《"新时期文学"起源考释》，《文学评论》2016年第1期，第78—87页。
③ 宋耀良：《十年文学主潮》，上海：上海文艺出版社，1988年，第79页。

学，"基本建构了一个整体的现代性文学史观"，① 朦胧诗之现代性进一步被研究者追认。

在这一背景下，现代性成为研究新诗史的一个重要范式，这一范式的有效性持续至今，它在尝试包括社会性的"现代化"论题之后将重点转移至文学内部的精神论题，其中一个核心点就是关于人的主体性的问题。事实上，自从理论界强调对纯文学的关注并提出文学主体性的论题之后，朦胧诗最先凸显的"自我"观念就开始被辨认为新时期文学中主体性的最先爆发，这一认识随着现代性研究范式的引入愈发明确。面临"文革"后的文化废墟，一代青年人用文学的力量证明了"自我"的生命力，在废墟上站立起了一个强大的"自我"。朦胧诗的理论家徐敬亚在评论中指出："诗中出现了'自我'""他们坚信'人的权利，人的意志，人的一切正常要求'。主张'诗人首先是人'并且相信自己应作为自己的主人走来走去——人，这个包罗万象的字，成了相当多数青年诗人的主题磁场。"② 可以说，朦胧诗群体本身就是由一个个独立的个体，一个个自由的"自我"所建立的，在所展现出来的艺术风格和思想追求方面也就表现得"百花齐放"。在朦胧诗代表人物中，北岛所展现的自我就成了一个"悲壮的英雄"，虽然其强调"只想做一个人"，但在朦胧诗的标杆上却是被赋予了这样的意义。顾城努力塑造"自我"的一个童话世界，这种理解虽有所偏颇，但也不失为一种解读，同时舒婷将新诗从为政治服务、"诗歌合为时而做"的政治和道德的枷锁中解脱出来，她所反映的则是一个真正的人，尤其是一个女人内心的真实情感，"与其在悬崖上展览千年，不如靠在爱人的肩头痛哭一晚"，《神女峰》展现了一个女人在被道德所裹挟下的自我意识的苏醒。正是这种"自我"的苏醒和崛起，真正意义上实现了新诗以来所张扬的自由的精神，它不再是一种高蹈的理论宣言，而是在切切实实诗歌实践过程中走出的一条新路，一条在新诗发轫期开辟的渐行渐远，并且不断拓宽的新的诗歌道路。

在现代性的范式中，朦胧诗的现代主体性、启蒙现代性、审美现代性……被不断指认，作为新时期文学中最早出现的诗歌思潮，其历史地位在这种指认中被不断提高。从新诗现代性的范畴来看，显然朦胧诗于新时期文学的意义就

---

① 张武军：《大文学：正名的再正名》，《当代文坛》2017年第4期，第39—40页。
② 徐敬亚：《崛起的诗群——评我国诗的现代倾向》，《当代文艺思潮》1983年第1期，第14页。

不再只是彰显了一个偶然性的方向，而是朦胧诗表现了新诗内部的历史发展要求，其作为新传统的意义与起点的地位则更加突出，故而"被称作中国的'文艺复兴'的新时期文化及其文学的崛起，在某种意义上是对现代转型过程中所形成的历史现代性和文学现代性的一种复归、矫正和重建，而朦胧诗作为新时期文学第一只报春的燕子或精神原型，其所承续或开启的现代精神在 20 世纪中国文学史上均具有某种经典和范式效应"。①

三、传播接受与新传统的影响脉络

一种传统的形成必然清晰地表现为脉络的延续，最终还要落脚到对朦胧诗的接受与影响，只有朦胧诗内部的诗歌精神产生的影响作为事实得以辨认，我们才能说朦胧诗真正成为了一个传统。在希尔斯看来，"传统至少需要三代人的两次延传"，在传承中，"它的基本因素保存了下来，并与其他起了变化的因素相结合，但是，使其成为传统的是，被认为是基本因素的东西"。因为"传统不仅仅是沿袭物，而且是新行为的出发点，是这些新行为的组成成分"。② 所以，通过诗歌的影响接受我们可以看到，不仅朦胧诗在传播过程中保留其较为现代性的因素，影响第三代诗歌、九十年代诗歌以及新世纪诗歌，而且，在某种程度上，此后诗歌与诗人在此基础上不断地复写与创新，形成了朦胧诗之于中国当代诗歌新传统的影响脉络。

在朦胧诗的接受上，二十世纪八十年代各大高校大学生传读抄写朦胧诗，诗歌选集连续出版。"以发行量最大、最权威的官方年度诗选《诗选》（诗刊社编）与《青年诗选》（中国青年出版社编）为例：《1949—1979 诗选》（三册）1980 年版和 1981 年版，分别初印 4 万册和 2 万册，《1979—1980 诗选》1982 年版，印 1.49 万册，《1981 年诗选》1983 年版，印 3.53 万册，《1982 年诗选》1983 年版，印 3.36 万册，《1983 年诗选》1985 年版，印 2.87 万册，《1984 年诗选》1986 年版印 1.13 万册；而《青年诗选》1981 年版，印 3.1 万册，《青年诗选 1981—1982》1983 年版，印 10 万册，《青年诗选 1983—1984》1985 年版，印

---

① 孙基林：《朦胧诗与现代性》，《文史哲》2002 年第 6 期，第 144—148 页。
② ［美］E. 希尔斯：《论传统》，傅铿、吕乐译，上海：上海人民出版社，1991 年，第 20 页。

2.1 万册，《青年诗选 1984—1985》1988 年版，印 2.8 万册。"① 同样另一本在大学生中反应很强烈的诗歌选集《朦胧诗选》也获得了广泛的关注，《朦胧诗选》是由辽宁大学中文系 1978 届大学生编选的，初印本采用油印的方式印了600 本，结果被一抢而空，后来又油印多本到东北师大、吉林大学等高校出售，一时洛阳纸贵。直到 1985 年由春风文艺出版社正式出版，印刷 5500 册，1986年第二次印刷激增到 35500 册，后来又多次加印、再版。与诗选出版这种蓬勃发展的势头相一致的是各大报刊等主流媒体的呼应，尤其是在朦胧诗争论最为激烈的几年中，以北岛、顾城、舒婷、江河、杨炼五人为例，期刊转载或发表朦胧诗人的诗歌从 1979 年开始数量一直飙升，1979 年度为 9 人次，1980 年度为35 人次，1981 年为 47 人次，1982 年为 39 人次。各大高校也开始将朦胧诗引入大学课堂，并进入文学史。由中国社会科学院当代文学研究室 1983 年 8 月编写、1985 年 1 月出版的《新时期文学六年》，从不同的问题概括了新时期六年以来的文学状况，在谈到新诗时将朦胧诗与郭小川、贺敬之、李瑛等老一辈诗人创作联系起来，纳入到现实主义的源流，这也是国内最早的正式出版关于朦胧诗的文学史论著。1985 年 9 月江西教育出版社出版的由公仲主编的《中国当代文学史新编》用专节介绍"一批青年诗人的诗"，并且通过艺术表现手法的区分，将"舒婷、顾城、北岛、梁小斌、傅天琳、王小妮、才树莲"等青年诗人的创作归结为"朦胧诗"，这在文学史上的书写还属首次，之后的文学史也沿用了这样的方式，如洪子诚 1999 年撰写出版的《中国当代文学史》"新诗潮"一章，在总述中就将这样的观点吸收，屏蔽其他"青年诗人"的创作，重点介绍"朦胧诗"。同年由二十二院校编写、福建人民出版社出版的《中国当代文学史（三）》问世，也采用文学艺术的手法将"现实主义"与其他的创作手法区别开来，而朦胧诗则属于那一类"吸收某些现代派手法，侧重主观抒情，追求诗意的深邃，情感的含蓄，带有某种朦胧的色调"② 的艺术流派。直接一点，也就是契合了当时关于"现代主义"和"现实主义"争论的思潮，从而做出的艺术手法上"现代主义"的"朦胧诗"的论断。其后关于朦胧诗的文学史论著层

---

① 张志国：《〈今天〉与朦胧诗的发生》，博士学位论文，暨南大学，2009 年，第 294—295 页。

② 二十二院校编写组：《中国当代文学史（第三版）》，福州：福建人民出版社，1985 年，第 176 页。

出不穷，大都延续以上关于朦胧诗的判断，虽有创新，但变化不大。

在诗歌的影响上，朦胧诗明显地影响了第三代诗歌的出现，第三代诗人将朦胧诗做为反叛的对象本质体现了他们对朦胧诗新传统地位的确认。1986年徐敬亚在深圳举办诗歌大联展，正式将第三代推上历史舞台，他们标新立异的宣言大大超越了朦胧诗的"古怪"和"荒诞"，"尽量体现了它的青年性、前卫性、民间性。"① 第三代诗歌以"打倒北岛""Pass舒婷"为旗帜的"诗歌革命"使"朦胧诗"以缓慢出现、结束迅速的轨迹完成了在断代方面的纠结，但同时表明了第三代诗人的思考起点正是朦胧诗。臧棣"后朦胧写作"的提出② 与万夏、潇潇等人《后朦胧诗全集》编纂时对"后朦胧诗"这一称谓的选择③ 表明了新一代诗人创作的参照系就是朦胧诗，"无论这一群体如何命名，都指向了与'朦胧诗''断裂'这一目标"④。第三代诗人对代际观念的强调十分突出，而代际观念是作为传统形成的表征出现的，"传统是人类行为、思想和想象的产物，并且被代代相传""就其最明显、最基本的意义来看，它的涵义仅只是世代相传的东西"，⑤ 那么第三代诗人代际观念的突出无论在主观上是如何想要越过朦胧诗，但其不可不承认的是，朦胧诗已经在事实上成为了他们诗歌创作的起点。尽管他们力图表现出比朦胧诗更为反叛的姿态以求将自身与"朦胧诗"后诗歌谱系的关系一刀两断，但他们与朦胧诗的联系反而在反抗中愈发紧密。朦胧诗之所以结束得如此迅速，正是因为朦胧诗的强大使第三代诗人在崛起的同时明显感觉到压力和挑战，在一种"影响的焦虑"下，他们向朦胧诗和朦胧诗人亮出自己的旗帜进行誓死的反抗，在他们反抗的同时也就意味着确立了朦胧诗对第三代诗歌的影响源，意即新传统的影响。一旦认识到朦胧诗与第三代诗歌的紧密关系，我们就能清晰地把握整个新时期诗歌的发展脉络，甚至我们可

---

① 徐敬亚：《历史将收割一切》，《中国现代主义诗群大观1986—1988》，徐敬亚、孟浪等编，上海：同济大学出版社，1988年，第4—5页。

② 臧棣：《后朦胧诗：作为一种写作的诗歌》，《文艺争鸣》1996年第1期，第50—59页。

③ 选编者放弃了"朦胧诗之后诗歌全集""中国当代先锋诗歌全集""汉诗""中国现代诗全集""第三代人诗歌全集""中国当代实验诗全集"等名称而选择了"后朦胧诗全集"。

④ 张涛：《第三代诗歌研究资料》，南昌：百花洲文艺出版社，2017年，第155页。

⑤ ［美］爱德华·希尔斯：《论传统》，傅铿、吕乐译，上海：上海人民出版社，2014年，第15页。

以说，第三代诗歌是从朦胧诗里流出来的。

朦胧诗之后，朦胧诗中提出的一些基本诗学问题在第三代诗人那里得到进一步深化。在第三代诗人对新传统的接受与反思中，这些基本问题也表现出明显的发展脉络来，问题主要集中于文学观念与精神思想两方面。

在文学观念上，自朦胧诗表现出对意象与象征的关注后，诗歌界对语言愈发重视，这一趋向随着海德格尔的思想被引入国内而逐渐增强最终成为诗坛的主流观念，诗人们意图将意象与象征去政治化而达到对诗歌的还原，无论是韩东等人的"诗到语言为止"，还是臧棣等人的"语言在劳作""使人成为语言的一部分"① 都是从朦胧诗对意象与象征的重视开始的。戈麦在这一点上很早就有认识，他自觉继承北岛对象征的关注，且力图找出新一代诗人与朦胧诗人的关系，"从北岛的'文化虚无'，我们自然又联系到非非主义的'超文化'追求"，②"'以北岛、江河、杨炼、顾城为代表'的'朦胧诗'，'艺术特征是单主题象征'；以廖亦武、欧阳江河等为代表的'生命寻根'和'文化寻根'派，'艺术特征是多主题象征'；'以《非非》诗派'等为代表的第三次浪潮'艺术上强调对语义的偏离和语感还原'。"③ 在精神思想上，朦胧诗之后的第三代诗歌仍旧继承了朦胧诗的"四五精神"，对"自我"的强调仍旧贯穿至第三代诗人的创作之中，只不过他们关注的不再是朦胧诗强调的政治性的"自我"而是将"自我"规约在文学之内。朦胧诗提出的对人的关注成为了诗人们不言自明的认知基础，在对"自我"的强调中，第三代诗人辨认出朦胧诗中的"我们"而进一步要求表现真正的"我"。自此之后，朦胧诗中隐现的主体性在第三代诗歌这里被突出，不同诗人在各自的方向上对主体性进行展开，如张枣力图以"元诗"理论辨认出北岛1981年后的转型，他认为北岛"受到灾难性压缩的主体性的存在状态，悖谬性地发展出一种诗歌的可能性"④，由此他辨认出从"在

① 西渡：《发现诗歌——民间诗刊〈发现〉简介》，《当代杂志》1998年第5期，第199—200页。
② 戈麦：《异端的火焰——北岛研究》，《新诗评论》2017年（总第21期），第117—151页。
③ 戈麦：《异端的火焰——北岛研究》，《新诗评论》2017年（总第21期），第117—151页。
④ 张枣：《现代性的追寻》，《张枣诗文集（第二卷）》，亚思明译、颜炼军编，成都：四川文艺出版社，2021年，第254页。

元诗的维度和语言的反身性中探讨'我'的复杂"①　的北岛到"以一个写者的形象凸显元诗意义上的'我'"②　的后朦胧诗人的发展脉络；海子认为"伟大的诗歌……是主体人类在原始力量中的一次性诗歌行动"，③　朦胧诗人将写作主体提高到与时代对话的高度，而海子进一步将之提高到具有人类意义的伟大行动，海子这一观念是在朦胧诗基础上对写作主体的进一步高扬。女性诗歌主体意识的高扬无疑也与朦胧诗相关，舒婷的出现既为她们提供了环境基础，也为她们提供了思想基础。无论第三代诗人如何在各自的诗学范畴内展开对主体的认识，这些具体的展开实际更表明了他们的精神传统，即朦胧诗。

由此，朦胧诗"四五精神"在新时期文学中表现出清晰的发展脉络，其作为新传统的地位不仅仅是理论上的结果，更是作为一种事实存在。

---

①　张枣：《现代性的追寻》，《张枣诗文集（第二卷）》，亚思明译、颜炼军编，成都：四川文艺出版社，2021年，第248页。

②　张枣：《现代性的追寻》，《张枣诗文集（第二卷）》，亚思明译、颜炼军编，成都：四川文艺出版社，2021年，第312页。

③　海子：《诗学：一份提纲》，《海子诗全集》，西川编，北京：作家出版社，2009年，第1048页。

第二章

朦胧诗争论及其他

朦胧诗从未定名之前就已经开始出现争议，一直延续到后来被约定俗成的正式命名，再到被推进历史评判的舞台。这一命运的曲折起伏、波澜壮阔，不仅是二十世纪八十年代诗歌史上的重要现象之一，也是当代文学史上的一件大事，乃至是研究八十年代文学及其所处时代的文化、政治等重要现象时的一个重要参照。从 1979 年公刘在《星星》创刊号上发表的《新的课题——从顾城同志的几首诗谈起》到 1986 年徐敬亚主持的深圳、安徽两报诗歌大联展，历时八年的朦胧诗争论，才渐渐平静。这其间有高潮，也有低谷，有文学的因素，也有非文学的干预，为了使文学史上的这一重要思潮得到清晰的呈现，有必要正本清源，从源头上来梳理这一现象。

第一节 命名的"合法性"与朦胧诗争论

命名作为一个仪式，恰如父母为孩子取名，多寄寓深远。诗歌现象也不例外，纵观中国现代文学，对于一个思潮或流派的命名，大抵可以看到几种类型。有以创办的杂志命名的，如现代派是以杜衡创办的《现代》杂志命名，新月派的命名来自其所办的《新月》这一刊物，等等；有以文学社团的宗旨或精神为核心的命名，如文学研究会"是建立著作工会的基础"，希望"著作同业的联合"，以"谋文学工作的发达与巩固"①；创造社"只是本着我们内心的要求，从事于文艺的活动"②，等等；也有以文学的独特表现方式作为流派命名的，如

---

① 《文学研究会宣言》，《小说月报》第 12 卷第 1 号，1921 年 1 月 10 日，第 136—137 页。
② 郭沫若：《编辑余谈》，《创造季刊》第 1 卷第 2 期，1922 年 8 月 25 日，第 218—219 页。

现代文学史上的象征派，得益于法国象征主义的舶来；也有以文学作品的名称命名的九叶诗派等。

无论以何种方式命名，"但整体而言它们有宣言、有纲领、有机关刊物、有相对固定的成员，在文学追求上有着相对同一的审美追求，等等，因而具备了完整社团或理想社团的一般特征。"① 如1986年的诗歌大联展，各种诗歌流派林立，名目繁多。每一个诗歌流派都标明自己的诗学观念和主张，而这一主张或观念最先的体现就是通过命名来突显的。姜涛在《叙述中的当代诗歌》一文中对此进行了精辟的阐述："在某种意义上，当代诗歌写作的历史进程是一直伴随着对其自身的叙述和命名展开的，朦胧诗、第三代、后新潮、90年代……诗歌批评者与诗歌实践者们不断彼此抛掷着花样繁多的诗学词汇，以期廓清自身、指明方向、获取写作的合法性身份。"② 回过头来，我们看新诗史上关于朦胧诗的这场争论，它的命名是如何得来的或者说这一合法性是如何完成的。

一、作为现代诗学观念的"朦胧"

"文章千古事，得失寸心知。"李怡曾指出，"对于中国的新时期诗坛来说，承不承认所谓的'朦胧诗'的合法性，事关文学良知和学术道德，因为这一诗歌现象代表的是中国诗人有没有自己的写作权利的基本问题"，③ 从这个意义上展开来说，"朦胧诗"的合法性首先是一种现代诗学观念意义上的合法性，其所生成的逻辑必须建立在旧的诗学观念已经无法适应、解释或反映当下的一切，进而改弦更张，改旗易帜。在"朦胧诗"诞生初期，一种简单与"粗暴"的命名方式应运而生，"为了避免'粗暴'的嫌疑，我对上述一类的诗不用别的形容词，只用'朦胧'二字，而这种诗体，也就姑且名之为'朦胧体'吧。"④ 自此人人竞相用"朦胧诗"来称呼这一新出现的诗歌现象。由于对朦胧诗外在生成环境的忽略或者说对这一现象表层意义的迁移，"朦胧"二字的来源便模糊起来。对"朦胧"这一话语正本清源的梳理即可发现其内在的观念变动与生成

---

① 顾金春：《1930年代中国现代作家群落研究》，北京；中国人民大学出版社，2016年，第12页。
② 姜涛：《叙述中的当代诗歌》，《诗探索》1998年第2期，第1—10页。
③ 李怡：《中国新诗讲稿》，北京：中国人民大学出版社，2014年，第158页。
④ 章明：《令人气闷的"朦胧"》，《诗刊》1980年第8期，第53页。

逻辑。

　　早在东汉时期，许慎的《说文解字》中就有"朦胧"二字的连用："朦，朦胧，月朦胧也。从月，蒙声，莫工切。"《类篇》也有："朦胧，月将入也。"唐代诗人李峤的《早发苦竹馆》云："合沓岩障深，朦胧烟雾晓。"白居易《卧听法曲霓裳》诗中也有"朦胧闲梦初成后，宛转柔声入破时"。宋代贺铸《江城子》："暮雨不来春又去，花满地，月朦胧。"明代冯梦龙《东周列国志》第五十五回："坐至三更困倦，朦胧睡去，耳边似有人言'青草坡'三字，醒来不解其义；再睡，仍复如前。"由此看来，古人在使用"朦胧"这一概念时不仅仅是一种语用的连缀，还有一种情态的描摹与情感的投射。因为中国古典汉字多是单音节字，其所构成的连用在某种意义上是一种短语或修饰语的作用，虽然与当下对于"朦胧"的理解有异曲同工之处，但是从精神内核上讲相去甚远。

　　进入现代意义诗学范畴的"朦胧"在我国二三十年代就已出现，穆木天在1926年寄给郭沫若的《谭诗——寄沫若的一封信》中就已使用"朦胧"二字进行诗歌批评。

　　毕竟诗是在先验的世界里，绝不是杂乱无章，没有形式的。如同杜牧之的那首象征的印象的色彩的名诗：

烟笼寒水月笼沙，

夜泊秦淮近酒家。

商女不知亡国恨，

隔江犹唱后庭花。

是何等秩序井然，是何等统一的内容，是何等统一的写法。由朦胧转入清楚，由清楚转入朦胧。他官能感觉的顺序，他的感情激荡的顺序：一切的音色律动都是成一种持续的曲线的，里面虽有说不尽的思想，但人又不知哪里有思想。①

　　穆木天对于"朦胧"的运用，已经从原始的事物情态的描摹转向一种诗学批评概念。

　　同年周作人在为刘半农作的《〈扬鞭集〉序》里提出："中国的文学革命是古典主义（不是拟古主义）的影响，一切作品都像是一个玻璃球，晶莹透澈得

---

① 穆木天：《穆木天诗文集》，长春：时代文艺出版社，1985年，第260页。

太厉害了，没有一点儿朦胧，因此也似乎缺少了一种余香与回味。"① 如此看来，作为"朦胧"这一词的诗学争论在早年就已经展开，只是没有二十世纪八十年代那么如火如荼罢了，究其原因则不仅仅限于诗歌的范畴，更多的非文学因素也掺杂其中。同为象征派的理论家梁宗岱在 1941 年为《罗丹论》所作的序中也运用了"朦胧"一词来区别比较格峨格（Stefan George，1868—1933，德国诗人，另译格奥尔格）和里尔克的诗歌风格：

格峨格在自己的诗里把他本国文字底松散和朦胧锤炼到法文一样的清纯，严整雕刻似的明朗；里尔克却极力开拓德文那原有的松散和朦胧所带来而法文很难企及的富于暗示的弦外音，造成一种流动的，音乐的妩媚。②

可以看出，无论是批评概念的引入还是诗歌风格的提出，"朦胧"已经超出原有的诗学范畴，植入了现代思想和情感意义的内涵。

1941 年朱自清在《抗战与诗》中就中国白话新诗以来诗歌流派风貌做以概括区别，在谈到中国象征诗派时指出："象征诗派倒不在乎格式，只要'表现一切'；他们虽用文字，却朦胧了文字的意义，用暗示来表现情调。"③ 到了当代，孙绍振在 1980 年第 4 期《福建文艺》发表的《恢复新诗根本的艺术传统》一文中业已使用"朦胧"一词来概括舒婷诗歌的特点："当然，有时作品的总体形象虽然是统一的完整的，但是作品的内容却是朦胧的。"④ 紧接着，谢冕在《光明日报》发表文章《在新的崛起面前》里也使用"朦胧"一词来论述诗的风格："有的诗写得很朦胧，有的诗有过多的哀愁（不仅是淡淡的），有的诗有不无偏激的激愤，有的诗则让人看不懂。"⑤ 看来章明并不是第一个吃螃蟹的人，但却是因为吃螃蟹而留有故事的人。主要原因在于，孙文和谢文在朦胧诗这一现象出现时，基本上已从大的角度或诗学的内在提出这一名词，却没有对这一现象进行一个具体而又概括的界定。当曾经"失去了平静"的诗坛在 1982 年短暂的

---

① 周作人：《〈扬鞭集〉序》，《语丝》第 82 期，1926 年 6 月 7 日，第 2—3 页。
② 梁宗岱：《译者题记》，《梁宗岱文集 4：译文卷》，北京：中央编译出版社，2003 年，第 207 页。
③ 朱自清：《抗战与诗》，《朱自清全集》（第 2 卷），南京：江苏教育出版社，1996 年，第 345 页。
④ 孙绍振：《恢复新诗根本的艺术传统》，《福建文艺》1980 年第 4 期，第 58—72 页。
⑤ 谢冕：《在新的崛起面前》，《光明日报》，1980 年 5 月 7 日，第 4 版。

恢复平静之时，李丛中大胆地给朦胧诗以现代诗学意义上的定义，"所谓朦胧诗，首先是思想上的朦胧，其次是意象的朦胧，再次才是语言上的朦胧"①。他对朦胧诗的界定，恰切地反映出在论争的风暴眼中，一切归于宁静之后的理性沉思，为朦胧诗的现代诗学意义张开了思想的大旗。

之所以大段地论述"朦胧"的渊源，就是为了更好地说明这一争论的起源。同时进一步追问为什么要使用"朦胧"一词而不是其他词呢？国外理论家乌·韦斯坦因指出，"近百年来大多数重要的文学运动的名称极少是从文学本身来的。"② 国内文史专家洪子诚在《诗歌的边缘化》中也对这一问题进行了解答："文学史上的一些概念很多都是约定俗成的，用哪一种概念都是可以改换的。问题是赋予这个概念什么样的意义。""你今天在用的时候赋予了它什么含义。"③是的，文学史上的很多概念都是约定俗成的，用哪一种概念都可以替换，我们从燕卜逊（Empson）1930 年出版的 *Seven Types' of Ambiguity* 这一论著在中国的翻译也可以得到佐证，周邦宪、王作虹、邓鹏翻译，中国美术学院出版社 1996 年出版的译为《朦胧的七种类型》，而赵毅衡编选的《"新批评"文集》、百花文艺出版社 2001 出版的译为《含混七型》。朱自清在《诗多义举例》中说："去年暑假，读英国 Empson《多义七式》（*Seven Types of Ambiguity*），觉着他的分析法很好，可以试用于中国旧诗。"④

在这里"ambiguity"一词被翻译成"朦胧""含混""多义"等，几个语词之间可以相互替换。这样看来翻译确实有很大的随意性，因为只要可以解释得通，为我所用即可，但朦胧诗这一看似随意的命名却并不那么简单，问题是赋予这个概念什么样的意义。很多时候正是这一约定俗成的概念成为我们叙述的一种方式。我们肯定后来的评论者对概念进行当下的解读，正如新历史学家说的"一切历史都是当代史"一样，进而我们会赋予这个概念很多当下的意义。袁可嘉在二十世纪四十年代写的一篇《诗与晦涩》的文章好像为"朦胧诗"的出现做了一篇预言，只是这一次"晦涩"换成了"朦胧"，境遇却大致一样。

---

① 李丛中：《朦胧诗的命运》，《当代文艺思潮》1982 年第 3 期，第 4 页。
② ［美］乌尔利希·韦斯坦因：《比较文学与文学理论》，沈阳：辽宁人民出版社，1987 年，第 83 页。
③ 洪子诚，张俊显：《诗歌的边缘化》，《东方丛刊》2007 年第 2 期，第 219—233 页。
④ 朱自清：《诗多义举例》，《朱自清全集》（第 8 卷），南京：江苏教育出版社，1993 年，第 208—209 页。

在现代诗所招致的许多抨击之中，诗的晦涩曾遭遇异样惨淡的命运。在一个不短的时期里，传统批评家运用'晦涩'一词恰如艾略特派人士对前辈诗人运用'浪漫'一样，谴责中含有轻蔑。他们指摘现代诗人妄图以含混模糊骗取桂冠；有的说他们故弄玄虚，以浓雾掩饰空洞；且不时自言自语，想为'诗人、爱人、疯子'作一连续的等式证明，有的从日臻细密的社会分工着眼，担心诗的创作与欣赏终将沦为一极度专门的高级技艺，成为小圈子中人物的自唱自叹，对于多数读者将永远是可望而不可即的奇迹；更严肃的批评者则由晦涩所赐的苦恼，追根到底，而堕入'艺术是否为了传达'的沉思……①

所以，"朦胧"概念的提出，并非单纯意义上指摘批评的意气之争，而带有了现代美学意义的性质之争。在争论中，"朦胧"的语义不断地扩散，从外在的事物的情态描摹转移到内在的审美因素的伸张，从作为诗歌语言的艺术讨论深入到作为现代诗歌观念生成的诗学命题，可以说，在争论中，"朦胧"一次又一次地被还原去蔽，同时也一次又一次地植入时代与观念的因子。正如雷蒙·阿隆认为的那样，"'定义'无所谓真实还是虚假，它的存在或多或少是为了有用或便利"，每个语词"并不存在一种恒久不变的本质，但其概念可有利于我们去理解某些现象，并使我们在思考这些现象时更加明白"。② 就此意义而言，"朦胧"是流动不居的现代语境中文学观念的特质表现之一，其外在的生成语境切合了时代对于诗歌的诉求，表现出文学合为时而作的社会价值，其内在的含混、多义、辩难与繁复，也正是诗歌现代性的重要体现，多元化的表达方式、背叛与误读的接受反应等都构成了现代性的内在机制。所以，某种程度上，"朦胧"概念的多次提出以及引起的争论，恰恰是对其美学特质、诗学观念的正本清源、不断追问与反复建构，正是合法性命题的关键所在，由诗歌危机而引发的有关诗歌合法性的讨论也是题中应有之义。

二、作为诗歌思潮的"朦胧诗"

从"朦胧诗"在二十世纪八十年代的境遇来看，"朦胧诗"概念的提出者

---

① 袁可嘉：《诗与晦涩》，《论新诗现代化》，上海：生活·读书·新知三联书店，1988 年，第 91 页。
② ［法］雷蒙·阿隆：《知识分子的鸦片》，吕一民、顾杭译，南京：译林出版社，2012年，第 33 页。

似乎忘却了"朦胧"背后所带有的现代美学特质，一味地漂浮在"朦胧"的表面。章明在文中明确表示："'朦胧'并不是含蓄，而只是含混；费解也不等于深刻，而只能叫人觉得'高深莫测'。我猜想，这些诗之所以写的'朦胧'，其原因可能是作者本来就没有想得清楚。"① "朦胧"一词在章文中，明显地带有贬义。在对这一新的现象进行命名时，其所表现的深恶痛绝之情溢于言表。

"朦胧诗"本身并非一个严谨而科学的概念，它是评论家因"读不懂"某些新诗而感到气闷之时的一个戏称，但却戏剧性地成为了一个约定俗成、被广泛接受的概念，其背后蕴含的诗歌命名合法性的问题，不仅仅是概念之争，在某种程度上还带有权力之争的嫌疑。朦胧诗争论在权力之争的表面，首先简化为概念的归属，其实质是命名权的问题之争；其次表现为一种美学观念的争论，往往通过集体的代言实现其美学主张；最后，这种权力衍化为文学与政治关系的权力之争。

细察朦胧诗的反对者阵营即可看出，艾青、章明、程代熙、丁力等前辈诗人和评论家，他们身兼诗坛未来发展的方向，掌握政治话语权，对于诗坛的新动向负有领导责任。毋庸置疑，无论是约定俗成也好，还是刻意为之也罢，"朦胧诗"从这一带有贬义的概念命名到流播四方，老一辈诗人同样负有不可推卸的责任。在同一阵营的丁力看来："'朦胧诗'这个提法很不准确。把问题提轻了。……我的提法是古怪诗，也就是晦涩诗。我不满意这种诗。"② 这种为主流话语所覆盖的话语权使他们习惯了一种看问题、对待事物的方式方法，而忽略了其他看问题的角度以及所处的境遇，又怕遭遇"文革"话语所形成的"一棍子打死"或"戴帽子"的罪名。

反观之，北岛等人对"朦胧诗"的命名显示出一种无可奈何的情绪，"'朦胧诗'是官方的标签，那年头我们根本无权为自己申辩""我一直对朦胧诗这一标签很反感，我认为应该叫今天派，因为他是首先出现在《今天》上的"。③ 而另一位与《今天》处于游离状态的诗人多多，在 2004 年回国接受访谈过程中也

---

① 章明：《令人气闷的"朦胧"》，《诗刊》1980 年第 8 期，第 53 页。
② 丁力：《对于"朦胧诗"问题的讨论：新诗的发展和古怪诗》，《河北师院学报》1981 年第 2 期，第 32 页。
③ 查建英：《北岛访谈（笔谈）》，《八十年代》，上海：上海三联书店，2006 年，第 77 页。

谈到，"我根本就不是朦胧诗人，我从来没有朦胧过，我没有一句话是朦胧的，我的基本东西是清晰的，跟他们的不知所云完全不是一回事。"① 作为朦胧诗代表诗人的顾城在《"朦胧诗"问答》中明确说道："不同人从不同角度给它起了不同的名字：现代新诗、朦胧诗、古怪诗……后来，争论爆发了，必须有一个通用的学名了，怎么办？传统的办法是折中，'朦胧诗'也就成了大号。我和一些诗友们，一直就觉得'朦胧诗'的提法本身就朦胧。'朦胧'指什么？按老说法是指近于'雾中看花''月迷津渡'的感受；按新理论是指诗的象征性、暗示性、幽深的理念、迭加的印象、对潜意识的意识等等。这有一定道理，但如果仅仅指这些，就觉得还是没有抓住这类新诗的主要特征。这类新诗的主要特征，还是真实——由客体的真实，趋向主体的真实，由被动的反映，倾向主动的创造。从根本上说，它不是朦胧，而是一种审美意识的苏醒，一些领域正在逐渐清晰起来。"②

除了双方言语的你来我往作为明证之外，文学刊物在发表理论家为朦胧诗辩护的文章之时，往往是以被批判和学习的名义夹杂其间。如孙绍振《新的美学原则在崛起》的文章发表在《诗刊》时，前有"编者按"的定性，后有同期发表的几篇批判文章的加持，更不用说徐敬亚《崛起的诗群》发表时受到的更高"礼遇"。在强势与弱势的对比中，无论是老一辈诗人的善意提醒，还是历史隐忧，争论使得文学内部的分裂加剧，双方陷入意气之争，与其说是一种历史的误会，不如说是一种现实的必然，一种"在其位，谋其政"与"不在其位，不谋其政"的话语权的交锋。

如果说上述仅仅只是一种简单粗疏的概念之争，带有偏狭之思，那么争论的学理性则表现出一种美学观念之争。当章明在《令人气闷的"朦胧"》中对"朦胧诗"进行发难，"连读都读不懂，怎能指望读者产生共鸣、受到感染呢？"③ "朦胧诗"的另一反对者丁力则认为，"那种'很朦胧'和'让人不懂'的诗，不能为广大群众所理解、所接受、所欣赏的诗，当然是不好的诗，或根

---

① 凌越：《我的大学就是田野——多多访谈录》，《书城》2004年第4期，第40—47页。
② 顾城：《"朦胧诗"问答》，《顾城诗全编》，上海：上海三联书店，1995年，第989—990页。
③ 章明：《令人气闷的"朦胧"》，《诗刊》1980年第8期，第53页。

本不是诗。"① 在众说纷纭的争论声中，"朦胧诗"争论成了一场"朦胧/晦涩""读得懂/读不懂"之争，"朦胧诗"的思想性在争论中逐渐淡化。

缘何如此？借用孙绍振在《新的美学原则在崛起》中的话来讲，"与其说是新人的崛起，不如说是一种新的美学原则的崛起。"② 这种美学原则集中表现在对"人的文学"的恢复与弘扬。在"文革"与历次政治斗争的血与火的运动中，不要说"美学原则"，就连最基本的人性与自我都在逐渐失落。所以，与其说崛起的青年诗人们"晦涩""朦胧""难懂"，不如说是一代读者的审美水平在下降。当引发朦胧诗论战的诗歌之一为二十世纪四十年代的九叶诗派诗人杜运燮的《秋》之时，当传统的诗艺在"朦胧"与"懂与不懂"的简单层面纠缠不清时，当四十年后反观八十年代诗歌的"朦胧"之时，我们就能明白，单纯的概念已不能囊括和说明一切时，美学的意味便凸显出来。于青年诗人而言，"朦胧"不再是晦涩、古怪、难以读懂，而是代表着含蓄、象征、多义。在他们看来，这正是"朦胧诗"区别于传统现实主义诗歌的可贵的艺术特点。刘登翰将这批年青诗人们的主要特点概括为"通过自己内心的折光来反映生活，追求意象的新鲜独特、联想的开阔奇丽，在简洁、含蓄、跳跃的形式中，对生活进行大容量的提炼、凝聚和变形，使之具有一定象征和哲理的意味"。③ 李黎认为"朦胧诗"区别于传统美学规范的地方就在于"不是直接表现激昂澎湃的情感，而是用一幅幅具体的图画，暗示、烘托、象征诗人内在的思想感情"。④ 徐敬亚在《崛起的诗群——评我国诗歌的现代倾向》一文中也将象征手法作为"朦胧诗"新的表现手法之一。对艺术表现手法的突出和侧重一定程度上是支持者们对"朦胧诗"进行辩护的手段之一，但同时也遮蔽了"朦胧诗"更为本质化的精神内核。

实际上，"朦胧诗"并不"朦胧"，它所表达的是青年诗人们对"文革"的反叛、对自我的追寻和对理想的呼唤，诸如北岛《回答》中"告诉你吧，世

① 丁力：《古怪诗论质疑》，《诗刊》1980年第12期，第6页。
② 孙绍振：《新的美学原则在崛起》，《诗刊》1981年第3期，第55页。
③ 刘登翰：《一股不可遏制的新诗潮——从舒婷的创作的争论谈起》，《福建文艺》1980年第12期，第61页。
④ 李黎：《"朦胧诗"与"一代人"——兼与艾青同志商榷》，《文汇报》，1981年6月13日，第3版。

界，/我不相信！"那决绝的姿态，以及芒克《天空》中"太阳升起来。/把这天空，/染成了血淋淋的盾牌"那富有象征义而深邃的个人感受，绝非一个"朦胧"就能概括的。很多评论家甚至一些具有现代派色彩的诗人直指"朦胧诗"的晦涩难懂，实际上是在新时期乍暖还寒的特定历史时期下表明自身政治立场和态度的一种言说策略。

"朦胧诗"的出现在诗坛上引起一场持续多年的争论，这不仅仅是由于"朦胧诗"那象征、隐喻、多义的表达方式对长期以来占据诗坛的现实主义诗歌的颠覆，更多是来自"朦胧诗"中所蕴含的思想的光芒，而这种思想的光芒由于关涉政治意识形态而为主流话语所不容。多位评论家和诗人都谈到了"朦胧诗"与政治不可分割的关系：老诗人公刘在《新的课题——从顾城同志的几首诗谈起》一文中对"朦胧诗"持中立或者说拥护态度，他呼吁要去理解和引导青年诗人们，一部分青年诗人是由于受到"极左"路线的危害而"在政治上得出了不正确的结论，混淆了政治欺骗与革命理想的界限。更多的青年则陷入了巨大的矛盾与痛苦之中，他们失望了，迷惘了，彷徨了，有的甚至踅进了虚无的死胡同而不自知。其中满怀激越，发而为声的，便是目前引起人们注意的某些非正式出版物上的新诗"。① 这里的"非正式出版物上的新诗"包含《今天》诗歌是不言而喻的。谢冕在发表于《诗刊》1980 年第 12 期的《失去了平静以后》一文中表示，"因为政治上的提防，或因为弄不清时代究竟害了什么病，于是往往采用了不确定的语言和形象来表述，这就产生了某些诗中的真正的朦胧和晦涩。这就是所谓的'朦胧诗'的兴起"。② 谢冕敏锐地指出了"朦胧诗"之所以"朦胧"的缘由，朦胧诗人们那不约而同的隐喻性表达实际上出于政治高压之下自我保护的需要。方冰也持此种观点，他在 1981 年发表于《光明日报》的《我对于"朦胧诗"的看法》一文中指出，"朦胧诗的朦胧，主要的有两种原因：一种是对时事看不清，一种是看清了不敢直说的表现。"③ 正是由于感知到"朦胧诗"关切时事政治的危险气息，老诗人臧克家从政治而非艺术的角度评判"朦胧诗"，他将"朦胧诗"的出现与"外国资产阶级腐朽落后的文艺思潮和流

---

① 公刘：《新的课题——从顾城同志的几首诗谈起》，《星星》，1979 年复刊号，第 85—90 页。

② 谢冕：《失去了平静以后》，《诗刊》1980 年第 12 期，第 8 页。

③ 方冰：《我对于"朦胧诗"的看法》，《光明日报》，1981 年 1 月 28 日，第 4 版。

派"联系起来，指出"朦胧诗"的服务对象不是广大人民群众，且只顾抒发自身情感而不顾文艺的社会功能，加之诗歌的晦涩难懂，实在是"诗歌创作的一股不正之风，也是我们新时期的社会主义文艺发展中的一股逆流"。① 在这里，对"朦胧诗"的评价更多地染上了一层政治色彩。

正如章明文章所言，"为了避免'粗暴'的嫌疑"。那么这一嫌疑究竟是什么呢？程代熙在《给徐敬亚的公开信》把这种嫌疑释放了出来："你在文章里引用了一些写诗的青年人的话，把他们说成是'新的诗歌宣言'。其实你这篇文章又何尝不是一篇宣言，一篇资产阶级现代派的诗歌宣言。如果你能恕我直言，我倒想说是一篇资产阶级自由化思想的宣言书！我并不是在给你扣帽子。无论是扣帽子还是打棍子，特别是那种把人一棍子打死、使人不能还手的做法，我深恶厌绝的程度绝不会在你之下。"②"扣帽子""打棍子"的时代是过去了，但"扣帽子""打棍子"的记忆却并没有因为历史翻过这一页而逝去，甚至这种"文革"时期残留下的毒，时时还在侵害着我们的心灵，时时还带有明显的烙印。这一现象的出现也是历史的必然，徐敬亚在给《当代文艺思潮》杂志编辑的信中说道"生活中的事物都是有巨大惯性的，司机拉了制动闸，但列车还要长长地滑行一段"。③

这些争论，使得一时之间关于诗歌的言论众声喧哗，但却有一个明确的指向，那就是客观意义上为朦胧诗的合法性张目，力图通过争论，发出声音，表达观念，实现真正意义上的诗歌繁荣。

三、作为文学流派的"今天派"

"朦胧诗"的命名似乎陷入了一种僵局，无论是反对者还是支持者，甚至诗人自身都提出了异议。与此同时，代之而起的还有"新诗潮""今天派""崛起派"等命名，但无一例外都没有"朦胧诗"来得更深入人心。然而，"朦胧诗"究竟指的是哪些诗人的创作，这个问题的答案与它的命名一样"朦胧"。谢冕在

---

① 臧克家：《对于"朦胧诗"问题的讨论：关于"朦胧诗"》，《河北师院学报》1981年第1期，第65页。
② 程代熙：《给徐敬亚的公开信》，《诗刊》1983年第11期，第41页。
③ 谢昌余《〈当代文艺思潮〉杂志的创刊与停刊》，《山西文学》2001年第8期，第18—31页。

《新的崛起面前》一文中没有明确指出具体的诗人，只说"有一大批诗人（其中更多的是青年人），开始在更广泛的道路上探索——特别是寻求诗适应社会主义现代化生活的适当方式"。① 孙绍振在《新的美学原则在崛起》一文中提到了雷抒雁、舒婷、梁小斌、顾城，对芒克、北岛等人却是只字未提。徐敬亚的《崛起的诗群——评我国诗歌的现代倾向》一文比谢文和孙文更有初生牛犊不怕虎的气势，列举出一长串诗人名单，但明显他对朦胧诗人的定义较为宽泛："全国涌现出了一大批青年诗人：北岛、舒婷、顾城、江河、杨炼、梁小斌、王小妮、孙武军、傅天琳、骆耕野……同属于这一倾向的年轻人名字可以排出一串长长的队形。中年诗人蔡其矫、刘祖慈、孙静轩、雷抒雁、刘湛秋、顾工、公刘、李瑛等都程度不同地属于这股新诗潮中的涌浪。"② 而饶有趣味的是，徐敬亚很早就关注到《今天》诗人群，他在更早的一篇文章《奇艺的光——〈今天〉诗歌读痕》中直接对江河、舒婷、芒克、北岛、方含、齐云还有食指等《今天》诗人的诗作进行支持和肯定。前后两篇文章所涉及诗人差异的背后，实际上是"朦胧诗"对"今天诗派"的遮蔽。

王晓明曾在《一份杂志和一个"社团"——重识"五·四"文学传统》文章中借助评论《新青年》和文学研究会指出，文本之外"譬如出版机构、作家社团""譬如读者反应、文学规范"的重要性。③ 当我们重读朦胧诗或新诗潮时，不得不考量作为文学发表阵地的《今天》以及编者、作者等群体的观念及力量。那么，对于"朦胧诗"的命名是否会有所变化，也正如王晓明所言，"如果我们换一个角度"，"不但注意到""朦胧诗"诗人群体的创作，"更注意到"新诗潮时期"报刊杂志和文学社团，注意到它们所共同构成的那个社会的文学机制，注意到这个机制所造就的一系列无形的文学规范，譬如那种轻视文学自身特点和价值的观念，那种文学应该有主流、有中心的观念，那种文学进程是可以设计和制造的观念，那种集体的文学目标高于个人的文学梦想的观念"，④

① 谢冕：《在新的崛起面前》，《光明日报》，1980 年 5 月 7 日，第 4 版。
② 徐敬亚：《崛起的诗群——评我国诗歌的现代倾向》，《当代文艺思潮》1983 年第 1 期，第 14—28 页。
③ 王晓明：《一份杂志和一个"社团"——重识"五·四"文学传统》，《上海文学》1993 年第 4 期，第 65—76 页。
④ 王晓明：《一份杂志和一个"社团"——重识"五·四"文学传统》，《上海文学》1993 年第 4 期，第 65—76 页。

那么从社团与流派的角度对"朦胧诗"的命名，称之为"今天派"是否更为恰当，一切有关于争论的合法性是否可以得到合理的解释。

无可否认，"朦胧诗"与《今天》关系密切，但在如火如荼的争论之中，铁证如山的事实面前，《今天》却被当时的评论家们有意无意地淡化，"朦胧诗人"的范围也在铺天盖地的评论之中逐渐扩大。由此，"朦胧诗人"这一称号"不仅包括《今天》诗人，还包括了其他青年及中年诗人，甚至后一类在批评话语中还占据了更多的份额"。① "朦胧诗"这一命名所遮蔽的正是"今天诗派"，"'朦胧诗'作为'今天派'的一个替代性概念，确实将《今天》这个杂志过滤掉了"。② 这不仅源于对事实的忽略，还面临无可奈何的现实以及对于新诗探索被误读的悲哀，这也是北岛、芒克等《今天》诗人对"朦胧诗"这一称号感到厌烦的原因。

评论家对《今天》只字不提，对"朦胧诗"的反对者而言，这是他们争夺新诗场域、行使话语权力的体现，而"朦胧诗"的支持者也较少提及，这则是由《今天》的非法性和异质性存在决定的。章明在《令人气闷的"朦胧"》中并未提到《今天》诗人群，反以杜运燮的《秋》以及李小雨的《夜》为例对"朦胧诗"予以批驳，这可以说是这位时年55岁的军旅诗人的有意为之，他有意将具有鲜明政治色彩、还未得到主流话语承认的《今天》诗歌排除出自己的论述之外。同样的，郑伯农在《在"崛起"的声浪面前——对一种文艺思潮的剖析》中只是提到《回答》而对其作者北岛有意回避。这种故意隐去《今天》诗人的情况并非个例，对2017年由百花洲文艺出版社出版、李建立主编的《朦胧诗研究资料》一书中发表于二十世纪八十年代的54篇争论文章进行检索，可以得出"朦胧诗人"被论述的频率："芒克"出现16次，"北岛"出现46次，"舒婷"出现97次，"顾城"出现84次，"江河"出现36次，"杨炼"出现22次。《今天》的核心人物北岛、芒克的受关注度远不及舒婷和顾城，因为舒婷和顾城的诗歌更多地受到官方诗坛的认可，而评论家们"一方面要表明他们倡导

---

① 周志强：《当代诗歌理论批评研究（1979—1999）》，博士论文，暨南大学，2009年，第71页。

② 梁艳：《〈今天〉（1978—1980年）研究》，博士论文，华东师范大学，2010年，第110页。

新的诗歌写作方式，另一方面又怕与《今天》这样的民间刊物有过分密切的关联"。①

"政治上有所限制，思想文化上比较自由，这是文学社团趋于活跃的两个条件。光是思想文化上获得自由，前一个条件即政治上有所限制的条件如不'满足'，文学社团也不会发达。"②《今天》上发表的诗歌作品，很多表现出对"文革"的质疑和批判乃至有些正是创作于"文革"时期，这些诗歌指向的是政治压抑的时代，因此诗歌创作者们纷纷采用"朦胧"的写法去反抗压抑、表达内心。"'朦胧诗'的'朦胧'是一种话语策略。在以启蒙与批判为意旨的'朦胧诗'中，他们以艺术、审美的诗歌来抵抗与消解假大空的政治抒情，不断颠覆与消解政治意识形态笼罩下的'颂歌'。"③ 对"朦胧诗"而言，"对抗"才是其本质的美学属性，而这种对抗性为当时的主流意识形态所不容，因此，《今天》在批评话语中被压制而处于"无名"的境地。在这种情形之下，"今天诗派"作为一个文学社团或者文学流派在当时的社会文化环境中是难以为继的。

随着外部社会环境的变化，《今天》不再是一个敏感的话题，加之诗人和学者们的自觉追求，"今天诗派"逐渐浮出水面。1980年代出版的文学史大多对《今天》缄口不言而以"朦胧诗"代替，直到写于1988年、1993年由人民文学出版社出版、洪子诚和刘登瀚编写的《中国当代新诗史》才以"新诗潮的前卫诗人"为题介绍了"今天"诗群，但它重点论述的是舒婷、顾城、杨炼三位诗人，对于北岛仅是一笔带过，但已然表现出研究者文学观念的变化和文学史对《今天》的重视。"今天诗派"真正被重新发掘是从诗人多多的《被埋葬的中国诗人（1972—1978）》开始的，这篇文章最早发表于《开拓》1988年第3期。"我所经历的一个时代的精英已被埋入历史，倒是一些孱弱者在今日飞上天空。因此，我除了把那个时代叙述出来，别无他法。"④ 多多深感真实的历史不该被

---

① 梁艳：《暗夜中的潜行者——对"新时期文学起源"的一种探讨》，上海：上海三联书店，2012年，第81页。

② 朱寿桐：《论中国现代文学研究中的社团研究》，《湖南社会科学》2004年第1期，第120—124页。

③ 董迎春、伍东坡：《论"朦胧诗"的"命名"与"情节编织"》，《名作欣赏》2013年第4期，第25—28页。

④ 多多：《被埋葬的中国诗人（1972—1978）》，《沉沦的圣殿》，乌鲁木齐：新疆青少年出版社，1999年，第195页。

埋没，他在文章中回忆了黄皮书和诗人郭路生对一代青年的影响，交代了"白洋淀诗群"的情况以及随后由之衍生而出的《今天》杂志，这建构起了"今天诗派"的前史，对"朦胧诗"的孕育阶段进行了历史还原。自此，相关的回忆录、访谈录不断涌现，《沉沦的圣殿》《持灯的使者》《"文化大革命"时期的地下文学》等著作的出版极大丰富了相关的文学史料，还原了从白洋淀到北京的诗歌江湖，并对《今天》的创刊、社会活动以及影响进行了详细的描述，这为《今天》进入研究者视野，获得其原本应有的关注和重视提供了必不可少的支撑。1999 年陈思和主编的《中国当代文学史教程》就指出了"'文革'地下诗歌""白洋淀诗群"在"朦胧诗"出场中的重要地位，还直接点明了"今天诗派"与"朦胧诗"之间的紧密联系："1978 年《今天》杂志的创刊，标志着这股现代诗潮从地下转入公开，进入'文革'后波澜迭起的文学大潮之中。这就是通常所谓的'朦胧诗'派，其成员包括北岛、顾城、舒婷、江河、杨炼、芒克、多多、梁小斌等。"① 这段叙述呈现了那段历史的原貌，对"朦胧诗"做了较为全面、客观的总结。这种客观，来自于文学史家对历史脉络的细致梳理和对研究对象严谨求实的理性追求。随后，越来越多的学者开始关注到这一话题，"今天诗派"终于获得了合法性地位。

没有"今天诗派"，就没有"朦胧诗"，甚至可以说，"存在的只是'今天派'，而所谓朦胧诗只不过是它在历史上形成的某种'氛围'。"② 但最终"朦胧诗"成为深入人心的称谓被编写入史，这除了来自读者对新时期诗歌的热情支持、喜爱、理解之外，更多的来自遍及全国的诗歌争论所带来的"氛围"效果，还有在争论中处处可显的思想的火花，交相呼应，照亮了整个二十世纪八十年代文学的星空。

其实，不管是"朦胧诗"也好，"今天诗派"也罢，命名的重要性并不体现在名字本身，关键是青年诗人们所创作的那些具有新质的诗歌能够受到关注并在公众空间传播，"朦胧诗"这一称号一定程度上为其做了很好的掩护。北岛在采访中回忆起当年的朦胧诗争论，也不得不感叹地说，"回顾当年关于朦胧诗的论争，恍如隔世。现在想起来真得感谢当时主管文艺的官员及理论家，他们

---

① 陈思和：《中国当代文学史教程》，上海：复旦大学出版社，1999 年，第 263 页。
② 王家新：《夜莺在它自己的时代》，上海：东方出版社，1997 年，第 56 页。

组织人马大力'推广''今天派'（朦胧派）诗歌，让它们深入人心，功不可没。"① 随着朦胧诗争论的偃旗息鼓，越来越多的人也渐渐地接受了"朦胧诗"这一称呼，并不再认为"朦胧"是一种贬义，"朦胧"不仅作为一种语言风格或艺术手法，还渐趋成为现代诗学观念生成的演变印迹。同样地，我们在知晓其约定俗成的意义之后，也不应淡忘这一命名的时代与历史意义，更不应忘记在这一命名的过程中权力意志的支配对文学形成的影响与作用，以至于后来者在对诗歌流派或诗歌现象进行定义、命名时一种历史性的把握、合法性的逻辑，一种对文学所带有的希望与憧憬，都可以成为有益的探索。

第二节 "编者按"的姿态与朦胧诗争论

"文革"后的中国，文学似乎回到了它的正轨。重提"双百方针"的文艺政策为文学艺术的繁荣注入了不小的活力，大量文学刊物的创刊与复刊、地方刊物与中央刊物的百花争艳，更是为文学的创作发表和文艺思想的争论提供了广阔的平台。

自 1978 年《今天》创刊以来，关于朦胧诗的争论渐渐进入公众的视野，从争论的起始至争论的偃旗息鼓都离不开一个重要的舞台，那就是期刊。期刊在这一过程中自始至终都扮演着一个不可或缺的角色，而这一媒介角色的导演既有来自期刊编辑的文学意图和文学观念，也有来自国家政治生活的文艺政策和国家文学想象。研究这一时期的期刊在朦胧诗争论中所产生的具体而微的实际影响与意义成了一个不可或缺的环节。在此选取"编者按"这一小小的切入点，以期进入文学的本真，回到历史的现场。

一

"编者按"在期刊中是一个独特而又丰富的存在形式，这一原本代表期刊自己意愿，发出自己声音的地域，由于多重声音的交杂而变得暧昧与繁复，甚至

---

① 《那些经历根本算不了什么——对话北岛》，《南方人物周刊》2009 年第 46 期，第 74—78 页。

"成为一个时代文艺的风向标之一"，因而对这一独特领域的研究就显得格外重要。程光炜在对《文艺报》编者按的研究中谈到作为"编者按"在当代文学史上的影响和意义，他认为"'编者按'对文学创作的评价和规范，对文学史的自我想象和生成，有着十分重要的影响。不妨说，后来几十年对当代文学'发生史'的多样描述，对重要文学现象和文学理论的甄别和确认，在这一语境中被列入，又在另一时空中被质疑的文学经典，以及关于当代文学史的教学和研究，都离不开'编者按'最初所划定的范围"。① 事实上，研究朦胧诗争论过程中的"编者按"不仅有助于重构二十世纪八十年代文学研究的版图，也是回到文学现场的一个重要途径。

在朦胧诗争论过程中，大大小小的讨论不下百次，研讨会也多达数十次，单就"编者按"来说，虽较中华人民共和国成立初到"文革"这一时期数量有所下降，但依然在政治文化生活中扮演着重要的角色。在朦胧诗争论的几年间，据不完全统计，加"编者按"形式发表的讨论文章不下数十次，参与的广泛程度也是从地方一级刊物到国家一级刊物。我们来看这一时期与朦胧诗争论有关的一个"编者按"统计。

表 2-1　朦胧诗论争中的"编者按"

刊　物	期　号	级　别	主　编	编　委	主要内容	附　录
《文艺报》	1980 年 1 期	国家	冯　牧 孔罗苏 唐　因	刘白羽 张光年 陈荒煤 林默涵 冯至等	怎样对待像顾城同志这样的一代文学青年？既肯定他们的探索也要对出现的争议加以引导	转载《星星》复刊号
《福建文艺》	1980 年 2 期	地方	福建文艺编辑部		以舒婷为靶子展开关于新诗创作问题讨论	—
《福建文艺》	1980 年 8 期	地方			就朦胧诗争论中出现的新问题、新思想展开讨论	—

① 程光炜《〈文艺报〉"编者按"简论》，《当代作家评论》2004 年第 5 期，第 19—26 页。

续　表

刊　物	期　号	级　别	主　编	编　委	主要内容	附　录
《诗刊》	1980 年 8 期	国家	严　辰 副主编： 邹荻帆 柯　岩	艾　青 田　间 邵燕祥 臧克家 李瑛等	对新诗发展出现的两种倾向性看法进行讨论	—
福建文学	1981 年 1 期	地方	福建文学编辑部		青年诗人关于诗歌的看法、诗话	《福建文艺》新名字
《诗　刊》	1981 年 3 期	国家	同《诗刊》		关于孙绍振《新的美学原则在崛起》一文中的观点进行讨论，带有批判的倾向	1981 年 4 月 29 日《人民日报》转摘程代熙《评〈新的美学原则在崛起〉》并附有孙文的简介
《诗探索》	1981 年 3 期	同人	谢　冕 副主编： 丁　力 杨匡汉	公　木 公　刘 袁可嘉 张炯等	卞之琳文章的一些情况简介	—
《文汇报》	1981 年 6 月 13 日	国家	—	—	就艾青的文章提出一些争鸣	—
《当代文艺思潮》	1983 年 1 期	地方	当代文艺思潮杂志社		重申创刊的目的，表明设栏讨论的意义，同时对该讨论所应有的态度进行了陈述	在大学生刊物《红叶》上发表时曾加有编者按
《诗　刊》	1983 年 12 期	国家	邹荻帆		强调文学与政治的关系，批判朦胧诗的崛起，"富有战斗性"	重庆诗歌讨论会的会议综述
《人民日报》	1984 年 3 月 5 日	国家	李庄 （总编辑）	—	对徐敬亚发表的《崛起的诗群》一文进行批判	要求其他刊物转载

续　表

刊　物	期　号	级　别	主　编	编　委	主要内容	附　录
《当代文艺思潮》	1984 年第 3 期	地方	当代文艺思潮杂志社		转发徐敬亚的检讨文章《时刻牢记社会主义的文艺方向》，并附有"编者按"。既是对徐敬亚文章的批评，也是刊物自身的检讨	—

　　纵观在朦胧诗争论中出现的"编者按"，我们可以发现一些现象。

　　首先，在朦胧诗争论高潮时期的两年，也就是 1980 年和 1981 年，期刊所加的"编者按"出现的数量最多，达到 8 次，自此以后，数量减少。这与朦胧诗在官方刊物发表或转载的情况大致吻合。从朦胧诗发表的过程来看，发表数量的上升期处在 1981—1982 两年，1983 年达到鼎盛，此后基本偃旗息鼓。两个数据的吻合，一方面是文学自身主体性意识觉醒与恢复的表现，另一方面则是政治正向与反向干预结果的一个必然趋势。从发表的"编者按"内容可以看出，对于争论中的朦胧诗的关注，"编者按"是紧跟时代新潮流，敢于抢抓话题，在敏感的问题上着手，无论这一抓手是批判否定还是支持肯定，毫无疑问，文学创作的繁盛和理论批评的跟进，共同造就了朦胧诗向前发展的历史动力。

　　其次，无论是地方一级刊物还是国家一级刊物，无论是文学期刊还是非文学期刊，对朦胧诗的争论都表现出极大的兴趣。这种兴趣不用说是从文学自身出发，对于当前诗歌创作的关注，对于诗歌理论前沿问题的探讨，也不用说是期刊从自我生存的发展需求出发，迎合大众的审美趣味，争取读者数量，获得一定的销量，更不用说是受国家政治影响力作用，国家一级期刊的风向标作用，其受众面和指挥棒的导向都会在全国范围内引起更广泛意义上的谈论。单就期刊作为媒介在社会面的活跃度与读者对于新时期文学的期待与接受的热情来看，这是一次全面而深入的社会联动，从上到下，从小到大，从群体到个人无不深入参与其中，真正意义上唤醒了媒介在文化传播与思想启蒙和社会教育之间的重大作用，也因此对朦胧诗争论以及推动朦胧诗诗歌观念的流变起到不可低估的作用。

再次，解冻时期，乍暖还寒，政治文化的影响时时存在，依然还带有"文革"时政治文化的后遗症。无论是诗歌还是小说，无论是中央一级的《人民日报》还是地方层面的《吉林日报》等，都表现出政治引导文学的方向的作用。文学不可能完全以"自由"的名义展开其想象的翅膀，以《人民日报》转载发表徐敬亚的自我检讨为朦胧诗争论现实意义上的结束，就是一个很典型的代表。

最后，地方一级的文艺刊物是以编辑部的名义出现，没有单独的主编和编委刊印。从形式上来说，集体编写大有"文革"时期"写作组"的意味，一方面从形式上遗留下的痕迹在新时期初期一段时间内很难更改，毕竟对于急刹车的历史还有其制动的缓冲阶段，更何况思想的转变不是一个历史事件的结束就能立刻扭转，残存在思想中的余毒比起形式上的改变要难得多，也要慢得多；另一方面共同的承担责任的道义使得集体编写在新时期初期成为主流。事实上每一个刊物都有执行主编，即使没有明确的职责分工，但这一灵魂作用不可小觑。

二

"编者按"从其定义来说，是期刊对办刊方针以及自我定位的一种展现。不同期刊在对待同一种事物或现象时也会发出不同的声音，当然也就体现了自身的特色。仔细阅读这一时期的"编者按"具体内容，发现出现频率最高的一个词是"百家争鸣"，而与"百家争鸣"相对的是另一种声音，即"一家独鸣"，而这种声音几乎覆盖了其他声音，很有时代的特点。通过大量的资料阅读，我们发现"百家争鸣"这一理论的主张是有着深刻的时代背景的。

"百家争鸣"的文艺政策是毛泽东二十世纪五十年代在中共中央政治局扩大会议上提出的，与"百花齐放"合称"双百"方针。

艺术问题上的百花齐放，学术问题上的百家争鸣，我看应该成为我们的方针。"百花齐放"是群众中间提出来的，不晓得是谁提出来的。人们要我题词，我就写了"百花齐放，推陈出新"。"百家争鸣"，这是两千年以前就有的事，春秋战国时代，百家争鸣。讲学术，这种学术也可以讲，那种学术也可以讲，不要拿一种学术压倒一切。你讲的如果是真理，信的人势必就会越来越多。①

在此之前，毛泽东亲自撰写"编者按"指导《人民日报》主编冯雪峰转载《光明日报》上北京大学李汝祺教授的文章《从遗传学谈百家争鸣》，"我们欢迎对错误作彻底的批判（一切真正错误的思想和措施都应批判干净），同时提出恰当的建设性的意见来。"② 然而真正意义上实施这一方针应该是到了"文革"以后，各文艺领域都重提"双百"方针。1977年12月，时任中共中央主席的华国锋为《人民文学》题词："坚持革命文艺路线，贯彻执行百花齐放，百家争鸣的方针，为繁荣社会主义文艺创作而奋斗。"这一得到党和国家领导人首肯的文艺政策，首先得到了文艺界的支持。第二年"双百"方针又被写进了《宪法》，至此"双百"方针的文艺政策得到正式确立。

各刊物在进行朦胧诗争论时，或明或暗地都提到了"百家争鸣"的文艺政策。这不仅仅是执行、贯彻、落实党的文艺思想路线，同时也真真切切地希望进行一场学术争鸣、思想争鸣。"为了加强这方面的研究，为了在思想原则的基础上平等的、同志式的讨论，本刊特辟《当前文艺思潮探讨》专栏，欢迎文艺界、学术界人士及广大读者踊跃投稿。"③ 但同时我们也可以看到，在"双百"方针贯彻、落实的同时，忽冷忽热的非文学因素也在时时影响着文学的"百花齐放"。即使是"双百"方针的提出，那也是有前提的，是不能乱鸣、乱放的。1978年2月，华国锋在第五届全国人民代表大会的《政府工作报告》中指出："百花齐放，百家争鸣，是繁荣我国社会主义科学文化事业的基本方针。它的着重点，是在坚持六项政治标准的前提下，在人民内部采取放的方针，不断扩大马克思主义的思想阵地，促进科学文化事业发展。"茅盾也曾指出："文艺创作方面的问题，应当百家争鸣，不过这也不是乱鸣，而是应该在六条政治标准的前提之下的百家争鸣。"1981年颁布的《中共中央关于当前报刊新闻广播宣传方针的决定》也明文规定："不能把双百方针理解为取消四项基本原则，取消党的领导，取消批评和自我批评。否则就会把无产阶级的双百方针，混同于资产

---

① 毛泽东：《在中共中央政治局扩大会议上的总结讲话》（一九五六年四月二十八日），《毛泽东文集》（第7卷），北京：人民出版社，1999年，第54—55页。

② 毛泽东：《本报"编者按"》，《发展科学的必由之路——从遗传学谈百家争鸣》，《人民日报》，1957年5月1日。

③ 《当代文艺思潮》，1983年第1期，第1页。

阶级自由化。"可以说这一时期的文学争论大多都是在对"双百"方针这一政策理解下进行的，"双百"方针俨然成了一个时代的舞台。

由于对这一政策理解的不同，所以出现了各种理论的交锋，但理论交锋的最终落脚点无一不以行政方式的干预而结束。同时也不难看出，随后的期刊在编选发表争鸣性文章时的审慎。《当代文艺思潮》在编发徐敬亚的《崛起的诗群》这篇文章时，就引起了一场轩然大波。后来《当代文艺思潮》总负责人谢昌余在回忆文章《〈当代文艺思潮〉的创刊与停刊》中对这一事件做了详细的描述。

他（余斌）读到这篇文章后，感到很不一般。但他对这篇文章的有些观点又拿不准，觉得照原样发表恐怕会引起一些麻烦。于是很慎重的写了一个很长的审读意见，连同原稿交给我，让我定夺。我读了徐敬亚的来稿后，完全同意余斌同志的意见，觉得这是一篇不可多得的有见解、有锋芒、有创见的文章，不发表太可惜了。但发表吧，又确实觉得有些观点太偏激，和自己原先接受的理论观点很不一致。恰好当时党中央非常强调要贯彻"双百"方针……要活跃理论思想，要展开学术争鸣，为什么不可以发表徐敬亚的文章呢？于是我和编辑部的同志商量，决定发表这篇文章，并就这篇文章和当时文艺界正在讨论的现实主义和现代主义问题展开讨论。①

但在这篇文章还没有见诸刊物之前，谢昌余参加了由贺敬之主持召开的西北文艺座谈会，在就汇报刊物的办刊方针和宗旨时将准备发表徐敬亚的文章和同时展开讨论的设想谈了出来。没想到这篇文章的发表就变得更为曲折。在正式的文章刊发之前，谢昌余奉命带着徐敬亚的文章参加在北京以中国文联理论研究室和《当代文艺思潮》杂志为名义联合召开的徐敬亚《崛起的诗群》文章的讨论会，后来又参加了在北京体育馆的讨论会。与此同时，中宣部叫了郑伯农、徐非光准备组织一场全国性的讨论。杨子敏对讨论作出五点指示，其中一条便是"你们要充分认识到这场辩论的重大意义。要有计划、有目的地组织稿件，搞好这场讨论"。② 文章是发出来了，可这一场没有作者参加、几乎一边倒的讨论让人觉得心惊胆战。用徐敬亚的话来说"一篇文章"引来几百万字的批

---

① 谢昌余：《〈当代文艺思潮〉杂志的创刊与停刊》，《山西文学》2001 年第 8 期，第 21 页。
② 谢昌余：《〈当代文艺思潮〉杂志的创刊与停刊》，《山西文学》2001 年第 8 期，第 22 页。

判，甚至是一场"引蛇出洞"。让人不由得联想到1956年的那场反右斗争。

在当时看来，文章加"编者按"相当于加了一套刑锁，意味着文章很有可能遭到批判，作者本人也有可能遭遇到不公的待遇。毕竟，时代大不同了，那种因文字而遭受极大惩罚的时代一去不复返了，虽然还带有惩罚性的政治干预存在，毕竟影响小多了。孙绍振、徐敬亚等人也没有沦为阶下囚或者被下放，事情也就这样慢慢地平息了。

三

对比表格中的编委，我们发现一个很有意思的现象，国家一级的期刊都有明确的主编、副主编、编委，而地方一级期刊几乎很少看到，大都以"某某编辑部"或"某某杂志社"的名义存在。那么在这背后又有怎样的不同呢？各大型期刊的主编是以共产党员或文艺界领导的身份出现的，主要的目的是监管和确保思想路线的正确，那么更多时候代表的就是党办文艺的意图、策略和政策，虽不乏有主编个人的审美以及态度等因素，但这一主导因素是不可否认的。

相较而言，地方刊物以抱团的形式发行，我想其中不乏有"取暖"的意思，以降低危险和规避风险。与国家一级刊物的"编者按"遵照图解指示或政策的姿态不同，地方刊物显现出更多的灵活性和在处理对文艺政策的理解时带有的个人性。如之前《福建文艺》在选择讨论对象时，选取既能为官方所接受又能被广大读者所认可的诗人舒婷，达到双赢目的。《当代文艺思潮》在刊发徐敬亚的《崛起的诗群》时采用的是集束式的策略，当期在《当前文艺思潮探讨》栏目里发了四篇，以减少对徐敬亚文章的关注，达到保护徐敬亚和刊物的目的。

再降低一个层级的民刊或校园刊物，其"编者按"的姿态之于朦胧诗争论更有另一番趣味。徐敬亚的《崛起的诗群》一文并非首发《当代文艺思潮》，其最先发表的刊物是辽宁师范学院中文系主办的学生刊物《新叶》。在《新叶》刊发徐敬亚的文章的同时，编者热情洋溢地推荐着其对于新生力量的希望。

人们还记得不久前，诗坛上关于新诗潮（或者尊重习惯也叫朦胧诗吧）争战的方面军，现在仍森严地对峙着。偶尔有流弹划破这战后（也许是战前）的寂静。崛起的诗群沉默着，不！他们的诗就是最好的宣言。该是年轻人自己出来讲话的时候了。在北方，那座春天的城市，一位有着亚麻色头发、矮身材的诗人，继他的评价舒婷诗的论文之后，又完成了全面评论新诗人的一篇论文。

亲切的。漫想式的。回顾。为新诗向未来延伸开拓了道路。

这就是徐敬亚和他的《崛起的诗群》。①

编者的热情与作者的激情互碰，可以说是这篇代"编者按"《希望，在原野上——谨致亲爱的朋友们》的精彩之处。一个诗情洋溢的诗人，一股不可遏制的青春诗潮，一种充满理想与信念的青春之力，汪洋恣肆，倾洒而出。所以，当年的徐敬亚投稿给《当代文艺思潮》的时候是直接将手写稿和油印本的《新叶》一并寄出，从作为读者的《当代文艺思潮》青年编辑管卫中来看，"这份来稿是手写的，厚厚的一摞，字迹斜长，刚劲狂野""'朦胧诗'使我们真正感受到诗的精妙无比，'朦胧诗'浓重的忧愤、锋利的思辨力，以及它的诡谲的意象、奇特的句式，强烈地感染了我们这些与'朦胧诗'作者年龄相近、经历相仿的青年学子。"② 从作为编辑的青年管卫中来看，"办刊物总得有自己的主攻方向吗。他这篇文章是研究一个带有浓烈的诗歌思潮、流派味道的诗歌群体的，我自然十分留意，何况我自己也是个朦胧诗迷。一读，我激动了；再读，我有些欣喜若狂。"③ 诗人、读者和编辑三个身份的融合，这就不单单是青年诗人与青年编辑的互动，还有青年编辑与青年编辑的惺惺相惜。

结果显而易见，从《当代文艺思潮》"当前文艺思潮探讨"专栏中"平等的、同志式的讨论"的"编者按"，到此后漫长的一年之中不下数十篇的批评文章，理论的争鸣很容易因为现实干扰而偃旗息鼓。

但是，我们依然要看到，他们的声音尽管微弱但也是中国当代文学声音的一种，他们的力量尽管弱小但也是青春生力军的一种，在丰富中国当代文学生态的样式中所表现出的多样性让我们心生希望。从地方路径的角度来说，地方编辑群体的失语不是一个个被遮蔽的话语体系，而是一个个话语本身，他们的理论姿态、他们的文学形态及他们的话语方式都代表了当代文学本身。从他们所编辑的刊物样貌，从他们所编撰的"编者按"的发生，给我们展现不同的文

---

① 林雪：《希望，在原野上——谨致亲爱的朋友们》，《红叶》，辽宁师范学院中文系油印刊物，1982 年。
② 管卫中：《回忆与回味：80—90 年代的诗歌流变》，《当代文坛》2007 年第 4 期，第135—137 页。
③ 管卫中：《〈当代文艺思潮〉杂志二三事》，《扬子江评论》2012 年第 4 期，第 82—85 页。

学具有的特殊形态的同时，也体现着他们自身之于中国当代文学的理论贡献。"从海德格尔的现象学哲学出发，指出地方与自我在一个不断的互动过程中形成了一种亲密的相互联系；由此，地方成为自我的一个隐喻，发现地方即是发现自我的过程。"① 这种"深度"的"栖息"给了当代诗歌以喘息的机会，给了它涵养水源再次提供源头活水的动力，也为自我的存在提供了精神的契机。

四

　　如果将问题再往深处看，往细处看，别有韵味的姿态也呈现出来了。还是以《当代文艺思潮》为例，在徐敬亚发表《崛起的诗群》之前，编辑有意识的文学活动已经开展，其路径有三：一是编辑以个人的名义发声，参与到具体的论争中；二是通过"编后记"的形式有意或无意地透漏着思想的变动；三是开辟"编辑之声"专栏，借他山之玉，发自己之声。

　　编辑以个人名义发声在任何一个年代似乎都是理所当然的存在，既是对办刊方针的一种拓展与补充，也是个人文学观念自主性的一种表现，但是在新时期初期，在集体办刊原则之下，我们很难去辨识编辑个人之声。一则是编辑部的集体编写，不存在个人名义的主编和编委，所以在刊物中即使出现编辑个人的署名文章，不是个中之人，很难将其作为编辑部之声的一种延展。二来众声喧哗中编辑的个人之思不得不考虑刊物的生存发展，所以很难有较多的个人见解。但即使是这样，《当代文艺思潮》的编辑也努力通过刊物的平台发出了别样的呼声。在《当代文艺思潮》最初创办的 3 年里，栏目的设置、编辑方针的制定都是由编辑部决定，署名也多为"本刊编辑部"。从 1985 年第 1 期开始，主编与编委的名单公布，这也为我们从后见之明去分析编辑个人在这之中的功用提供了便利。

　　《当代文艺思潮》中以编辑个人名义发表的文章大致分为三类：第一类主要是紧跟时代命题，传递政治讯息，表达文学观念，这类多为文学对政治话语的解读。如谢昌余《邓小平同志对毛泽东文艺思想的贡献》（1983 年第 6 期）以及虽然是以"本刊编辑部"名义发表，但实质是"总负责人"谢昌余自己对政治与文学关系应和的一系列文章。第二类主要是以具有地方特色，以"西部文

---

①　朱竑、钱俊希、陈晓亮：《地方与认同：欧美人文地理学对地方的再认识》，《人文地理》2010 年第 6 期，第 1—6 页。

学"栏目为核心的理论文章，几位主要编辑谢昌余（总负责人）、余斌（负责人）、管卫中等对西部文学中的小说、诗歌及总体的文学特点的关注。第三类则是上述之外对当下文学现象和文学批评现状进行追踪的理论文章。在这之中尤为值得关注的是作为编辑的李文衡，在1983年《当代文艺思潮》发表徐敬亚的《崛起的诗群》引来群体大批判的时候，那时的《当代文艺思潮》所面临的压力可想而知，但是1983年第6期发表了李文衡的《论崛起的"新诗学"》一文，在与徐敬亚长文相等的篇幅中，李文衡对徐敬亚文章几乎是针锋相对地指出其存在的问题，虽然从明面上形成了批判的大势，迎合了当时文艺理论界对徐敬亚的批判，但是在具体行文中却不无肯定其文章中闪现的理论光辉。可以说，这是一篇对徐敬亚文章进行逐字逐句解读的导读文章，通过李文衡的论述，似乎更可以照见徐敬亚文章的鲜活与先进。与此同时，需要警醒的是，不能因为徐敬亚《崛起的诗群》被载入当代文学史，并且在当下的文学史观念中持肯定态度就忽视了其理论自身的局限，这既是理论发展阶段中必然会出现的问题，也是徐敬亚自我埋葬朦胧诗的"纪念碑"。统观李文衡发表的文章来看，其对文艺的自由开放与包容的观念持之以恒，虽然不乏有时代的局限，但从总体上而言，理论的言说呈现出的先锋性也是值得肯定的，体现了编辑在新时期初期难能可贵的思考。

如果说编辑个人通过理论文章的发表介入文学论争是个体对文学期刊编辑思想的补充与延展，是一种潜在的文学发声，那么，"编后记""本刊编辑部""发刊词""终刊致读者"，以及参与其他文学论争或文学现象讨论中的"编者按"则是一种公开宣言。虽然在新时期初期，大大小小的文学刊物的创刊或复刊都有"发刊词""复刊词"或"告读者"等办刊方针的声明，但基本都大同小异，不是重申"双百方针"就是"坚持四项基本原则"，很少能够看到别具一格的理论主张，所以，很多刊物创刊与复刊甚至是终刊都是一场"静悄悄的革命"。《当代文艺思潮》自是也不能免俗，但是在这俗气中，我们看到，新的种子已经萌发，生命俨然在召唤出一片春天。

在《发刊词》中，将"研究当代文艺思潮、追踪文艺发展趋势、开拓文艺研究领域、革新文艺研究方法"作为刊物的宗旨，可以说摒弃了千篇一律的话语套述，自觉将"文艺评论研究"作为刊物的定位，面向"新人"发出召唤。在"终刊致读者"中闪烁其词地谈到"真要做点像样的事情，原是这般不易"，只能简单地说一句"遗憾的是，由于我们缺乏长远的文化眼光和广阔的学术视野，这方面的工作始终未能很好的坚持"。① 从"发刊词"到"终刊词"，不说其中的辛酸与无奈，单就"终刊词"中矛盾之处的左支右绌，足可以显见个中的悲喜。第一期的"编后赘语"编辑就已经欣喜宣告在横与纵两个方面《当代文艺思潮》表现出的勇气与成就："纵的把握""注意了文艺思潮的发展趋势和总的走向，真正把文艺作为一个运动的过程来考察"；"横的重要性"体现在"文艺思潮与艺术思潮互相影响，文艺思潮与社会思潮难以分割，因此文艺评论与社会评论应当结合起来，文艺学与其他社会科学应当结合起来。"② 1983年第1期明确强调要"突出作为'当代'重点的'当前'"文艺思潮，③ 将徐敬亚的文章作为其探索的先锋。在历经一年的论争之后，1983年第5期的"编后记"再次重申"在艺术理论上提倡不同的观点和学派的自由讨论，是我们党一贯的文艺政策"，《当代文艺思潮》"本着同样的精神，让更多的'一家之言'与读者见面，至于立论，则恐难以做到人人首肯，否则也就无须乎自由讨论了"。④对于艺术自由的追求，夹缝中求生存，吐故纳新，在边远的西北一隅发出自己的呐喊，正如刊物中对张贤亮《绿化树》《灵与肉》，以及由小说改编的电影《牧马人》所传递出的"新人"形象，那"马缨花"无疑正是《当代文艺思潮》在西北浇灌出的一棵"绿化树"。

　　除此之外，随着1985年刊物编委会成员名单的公布，每篇文章的责任编辑也公之于众，虽然不能说责任编辑在文章中起到重要的思想引领作用，但是通过责任编辑的几篇对于朦胧诗人的访谈，从提问中即可透视出其精神的内核。1985年第4期发表了顾城的《诗话录》，其主要以责任编辑管卫中访谈，从中外诗歌的思想资源到个人的经历与诗歌的养成，无不反映着编辑之于诗歌的理念认知。较之于上述编辑对于文学生态观察和思考的散论，《当代文艺思潮》的编辑魏珂系统地阐述了文学期刊在大众传播中的作用。其中谈到编辑在文学期刊中的影响，"文学期刊的控制者是该刊的编辑部"，审稿制度的优劣显而易见，优点是"严格把关、精挑细选以保证信息的价值率和可靠性"，而不足则是"各

---

① 《再会了，朋友——终刊致读者》，《当代文艺思潮》1987年第6期，第160页。
② 《编后赘语》，《当代文艺思潮》1982年第1期，第159页。
③ 《编后絮语》，《当代文艺思潮》1983年第1期，第128页。
④ 《编后记》，《当代文艺思潮》1983年第5期，第128页。

级审选环节较难调制统一"。究其原因主要是"编辑部成员个人偏见的根深蒂固",他认为不仅读者要"受到编辑人员主观思想的影响",就连作家"也要受到编辑主观思想的制约"。所以,"从某种意义上讲,任何信息的传播,都是带有编辑人员主观思想的信息传播,任何一部作品、一篇文章都是编辑部各个环节互相影响、互相调制的经过'过滤'的产物""文学期刊编辑部直接决定着文学信息的传播,从而也就直接决定了文学信息的受传对象和传播效果。"在这种境况下,"拒发某篇作品,修改某种文艺思想甚至可以直接影响到文学期刊在大众中的形象、地位等",但是作为具有个体主观意识的编辑"不能就此小心过份,以致束缚手脚,传播一些没有价值的信息",① 这既是体现党办刊物的国家意志,也是个人实现自身价值的一种努力。

与编辑个人的努力成为一种可以照见的追索之光,那么栏目的设置则体现出编辑部或刊物的集体智慧。《当代文艺思潮》开设"编辑之声"栏目之早,对于编辑在文学活动中的作用之识及文学期刊中编辑之间的互动之察,都切实地反映出新时期初期地方编辑群体想要发出自己声音的一种希冀。对于初设这一栏目的缘由,在"编后赘语"中编者有个交待。

作家和编辑,他们本身就处于文艺思潮的前沿,他们对当代文艺的感受和研究,当是当代文学最可贵的第一手资料。这就是设置《当代作家视野中的当代文学》和《编辑之声》(撰稿人不限于主编)的原因。②

从栏目设置中所邀请的编辑群体与作者、评论家名单来看,涉及有《十月》《当代》《青春》《花城》《芒种》《飞天》等大型文学刊物,有《河北文学》《北京文艺》《广州文艺》等综合性刊物,也有《冀东文艺》《花地》等地方文艺刊物;作者队伍有王蒙、刘心武等著名作家,也有参与朦胧诗争论的程代熙、郑伯农、杨匡汉等评论家。刊物与作者群体的丰富意味着编辑努力寻求客观全面的意图,从专栏的内容分析,一个直接的影响则是加强了刊物之间的互动与联合。当《飞天》要办一个"大学生诗苑"的专栏,《当代文艺思潮》则创办了"大学生论当代文学",这不仅仅是刊物在创设之初将读者群体定位为"青

---

① 魏珂:《作为大众传播工具的文学期刊》,《当代文艺思潮》1985 年第 2 期,第 102—103 页。

② 《编后赘语》,《当代文艺思潮》1982 年第 1 期,第 159 页。

年"的目标与策略，更多的是同声相应、同气相求的文艺舆论氛围的营造和思想互动。《飞天》也毫不讳言其栏目的设置是在《文艺报》的建议之下创设的。《北京文学》则一直努力向《人民文学》学习经验，并且经常"南下取经"，借鉴《上海文学》《青春》的办刊思路等等。① 所以，当越来越多的刊物出现在市场，竞争成了不可避免的趋势。争不仅争读者、争市场，也在争特色，争创新。《飞天》的编辑杨文林深刻意识到"要办好一个刊物，既有赖于作家的热情支持，也有赖于编辑的苦心经营"。② 所以《飞天》不仅在创作上创设了"大学生诗苑"栏目，对于"这两年开展的朦胧诗的讨论，是有不可忽视的意义"，③ 而且在理论上开辟了"文坛争鸣"专栏，"成为瞭望全国文坛动态的窗口"。④

与刊物之间创新和特色的竞争不同，刊物的地方性与全国性纠结也是编辑面临的一个难题。《花地》编辑陈绍伟的讨论具有独具慧眼的发现，"一是不少文学期刊的发行份数下跌""二是市、地一级的文学期刊发行份数普遍比省一级办的文学期刊发行份数多"。⑤ 这一独特的见识大大打破了研究对新时期读者接受状况的偏见。地方一级刊物不仅在财力、影响力上受地域和等级的制约，更为关键的是在作者群体的竞争中也往往处于劣势，很少有优秀的作者投稿，也就很难有优秀的稿件刊发，所以地方编辑在办刊方针上则往往纠结于剑走偏锋"独此一家"好呢，还是百花齐放"兼收并蓄"，但结果往往是费力不讨好。梳理朦胧诗论争中参与的刊物即可以发现，多为国家一级刊物《诗刊》《文艺研究》《人民日报》《光明日报》和省一级的刊物《福建文艺》《星星》《北京文艺》。地方一级的刊物参与其中，能发出自己的声音，但是很难获得传播力与关注度，不是受限于稿件质量水平，就是受限于地域的影响。更遑论自办民刊，虽然从文学史的角度不乏声援与支持，但终究受合法性地位的影响，即使编辑心有余力，但是却很难扭转这一大势。

通过以上的论述可以看到，"编者按"成了进行当代文学批评的一种另类风景。一方面，这一风景展示的是时代环境下一种集体声音的合唱，而这一指挥

---

① 《文学期刊主编笔谈》，《当代文艺思潮》1982 年第 2 期，第 117 页。
② 《文学期刊主编笔谈》，《当代文艺思潮》1982 年第 1 期，第 44 页。
③ 张书申：《编诗：被遗漏的拾起》，《当代文艺思潮》1983 年第 1 期，第 112 页。
④ 《文学期刊主编笔谈》，《当代文艺思潮》1982 年第 1 期，第 45 页。
⑤ 陈绍伟：《关于文学报刊的随想》，《当代文艺思潮》1983 年第 5 期，第 113 页。

则来自文艺政策以及思想路线方针等；另一方面，这一风景还时时展现出独具个人主体性色彩的一种独唱，一种汇合了时代洪流时代精神的个人命运沉浮录。因此，"编者按"将我们带回到那个年代，亲自去触摸那些细微深处需要聆听的记忆，生动而又深刻。

第三节　群体的焦虑与朦胧诗争论

关于朦胧诗的争论，大多时候谈到的是《今天》以及与《今天》有关的朦胧诗人，然而这仅仅是冰山一角的展现。历史的选择往往是遮蔽大多数，突显小部分，从而造成对朦胧诗的印象仅仅停留在《今天》，甚至是停留在某几个人身上。朦胧诗的争论从来就不是一个小众参与的活动，透过历史的放大镜，这不再是一个小范围的群体活动，他们的活动不仅仅折射出了时代在这一代人身上的烙印，更重要的是他们参与并创造了历史，共同构成了历史的一部分。

一

历史是复杂的也是具体的。1978 年的 12 月《今天》创刊了。同一年创刊的还有《十月》、大学生刊物《珞珈山》等，这似乎预示着文学在全面地复苏。无论是社会上还是校园里，更不用说国家机关主办的刊物创刊，一系列的现象都预示着这是一个新的历史的开始。1979 年更多的刊物复刊、创刊，《诗刊》也在 1979 年第 3 期和第 4 期分别转载了北岛的《回答》和舒婷的《致橡树》，这时的官方主流媒体似乎和民间刊物达成了一种默契，相互影响、共同作用、齐头并进。但这仅仅是个开始，一场不可预料的历史性的争论却在等待着他们。从 1979 年公刘在《星星》复刊号上发表《新的课题》开始，这一场争论便拉开了序幕，有高潮也有低谷，有一团和气也有针锋相对。最终的结果虽然有点遗憾，但对新出现的朦胧诗人来说是一种前所未有的契机，因为他们通过这场争论成长起来了，并获得了大众的认可。具体到这一场争论过程的一些细节，可以看出当时的文学生态以及时代特点。

1976 年的北岛和艾青结为忘年之交，共同探讨关于诗歌的话题。北岛经常将自己的诗歌拿去让艾青指导，两人感情很好。据艾青夫人高瑛回忆道："在人的初次印象里，他长得很漂亮，个子不高，话很少，似乎还有些腼腆。了解多了，艾青发现他思想很深沉，而且也在写诗。……日子渐长，我们家里的人都对北岛有所了解，也很好。他总是一来就与艾青谈诗，拿出新写的诗稿给艾青看。艾青对他非常好，谈起他的诗也很耐心、仔细的。所以，我一见他们谈上了，就去准备饭。吃完饭后，又继续谈。这样的光景，一直从1976年持续到1981年，竟有五年之久。"① 从高瑛的描述中我们可以看出，北岛与艾青的交情匪浅，这一段时间可以说是老一代归来的诗人和新出现的朦胧诗人的一段"蜜月期"，青年人不断地用实际行动表达着对老一代归来诗人的崇拜，"我们找你找了二十年！""我们等你等了二十年！""艾青，不只是一个人，是一束绿色的火焰……""我把你的诗集藏在米缸里。""我抄了一本你的诗选。"② 而且归来的诗人也在试图提携、奖掖后进，徐敬亚的几篇论文都得到了当时在学校的公木先生的指导，而北岛通过艾青认识了牛汉、蔡其矫，又通过蔡其矫结识舒婷。同时在《诗刊》做编委的邵燕祥开风气之先转载了《今天》上的诗。"那是一个历史的大变动的时期，山雨欲来，春江水暖，一些青年根本不管右派不右派，总是簇拥着艾青和公刘。而艾青在会上，也不时发出一些出格之言，如宣称自己是一面鼓，有一根针就要'呸'的一声出气等等。"③

好景不长。从1981年孙绍振发表《新的美学原则在崛起》之后，双方似乎结束了之前"蜜月期"，一种诗歌内在的因素慢慢地起变化，并且造成新诗人和老诗人的一种主观情感上以及诗学观念上的分野，这种分野伴随着某种带有政治命令的批判文章开始发难。我们从顾城的《一代人》和艾青的《光的赞歌》就可以看出这种艺术的差异。作于1978年下半年的《光的赞歌》大多数的抒情出现在对光的赞美、光与黑暗的斗争交锋以及光对人类的意义，"世界要是没有了光……""只因为有了光……"，并且在抒情中对光的歌颂变成了一种指引，显现出的是一种被召唤的精神需求。恰恰相反，顾城在一句话的表述里明显地揭示了这一差异性的表现。"黑夜给了我黑色的眼睛，我却用它来寻找光明"，

---

① 程光炜：《"朦胧诗事件"》，《艾青传》，北京：北京十月文艺出版社，1999年，第518页。

② 李润霞：《以艾青与青年诗人的关系为例重评朦胧诗论争》，《中国现代文学研究丛刊》2005年第3期，第178—202页。

③ 孙绍振：《我与朦胧诗论争》，孙绍振的blog：http：//blog.sina.com.cn/sunshaozhenblog。

两个人阐述了黑暗时代对人类带来的灾难，但不同的是顾城发出的这一声呐喊是一种主动性的追求，一种不仅仅沉湎于对旧时代的痛恨控诉，对光明的讴歌赞美，更多给人的是一种向上的力量，一种前进的希望。九叶诗派的郑敏对此有着清醒的认识："从 1978 年到 1982 年或更晚一些，几乎很多诗，尤其是中老年诗人写的诗都或多或少染上自欺的'光明'的光辉。好像在长长地吐了一口气后，又感到如果不向客观保证对光明的信心，那首诗可能就飞不出笼子，系上鸽铃吧，这样可以增加信心，增添喜气，让'光明的尾巴'来清扫不那么喜气的情绪，在我自己再出土后初期的诗里就不缺乏这种散布吉祥如意的铃声，自欺的"光明"也许是出自怕黑暗重来，也许是简单化了的乐观。"① 显而易见，这条"光明的尾巴"一下子划开了老一代诗人和青年诗人的界限，在艺术观念和对时代的体察上开始出现了分歧。

二

对于这场争论来说，刚一开始就显现出的不平衡现象随着争论的白热化、激烈化而更加地不平衡。从批判者的身份来看，大多是在"文革"前就已经成名的诗人批评家，而朦胧诗人大多是青年人，没有社会地位，自身也很少有机会为自己进行辩驳。在争论的过程中，甚至连一向被官方所接受的舒婷在演讲时也痛哭流涕。1980 年在福州文学讨论会上"一位持批判态度的（会写一点民歌的），讲话比较尖酸，把舒婷弄哭了"。② "1983 年 3 月举办的'中国作家协会第一届全国优秀新诗奖'颁奖仪式上，获奖的舒婷只说了一句话，泪水就忍不住喷涌而出。她说：'写诗为什么这样难？'在座的不少老诗人也潸然泪下，他们的泪水肯定更加地复杂"。③

一开始的争论就被大篇幅的反对文章所占据，但朦胧诗人也力图用更多的方式发出自己的微弱的声音，虽然这一声音有可能被视为靶子。1980 年《诗探索》第 1 期发表了《请听听我们的声音》，聚集了顾城、舒婷、江河、梁小斌等

---

① 郑敏：《自欺的"光明"与自溺的"黑暗"》，《诗歌与哲学是近邻：结构—解构试论》，北京：北京大学出版社，1992 年，第 292 页。
② 孙绍振：《我与朦胧诗论争》，孙绍振的 blog：http：//blog. sina. com. cn/sunshaozhen-blog。
③ 唐晓渡：《打捞诗歌的日子》，《追寻 80 年代》，北京：中信出版社，2006 年，第 97 页。

八位青年诗人对诗歌的理解与看法。1981年《福建文学》以"青春诗论"的专栏刊发了杨炼、徐敬亚、顾城等十位朦胧诗人的诗论，这些小段小段的声音一时之间也被掩埋在时代的巨响之中，被大篇幅的评论性文章所遮蔽，很少有人能够重视他们，并为他们摇旗呐喊。《上海文学》也从1981年开始连续采用诗人"诗话+诗歌"的形式刊发了"百家诗话"，老中青三代诗人同台演绎对于诗歌的观点，但又一次被更多的老一代诗人所遮蔽。北岛在"百家诗话"中对此表达了自己的看法："诗人应该通过作品建立一个自己的世界，这是一个真诚而独特的世界，正直的世界，正义和人性的世界。世界上有很多道理，其中不少是彼此对立的。应该允许别人的道理存在，这是自己道理存在的前提。诗人之间需要沟通、理解、宽容和取长补短。当然，争论也是必要的。"① 这可以看作是北岛对朦胧诗争论的一个简短的回应，在这一回应中，北岛显然对朦胧诗争论中的一种不平等性做出了质疑，并且对老一代诗人在对待新出现的诗歌现象时所应具有的宽容、理解的态度表达了自己的观点。当然这一回应不是空穴来风，1980年7月23日，在《诗刊》编辑部举办的"青年诗作者创作学习会"上，艾青这样谈到"关于写得难懂的诗"："有些人写的诗为什么使人难懂？他只是写他个人的一个观念，一个感受，一种想法；而只是属于他自己的，只有他才能领会，别人感受不到的，这样的诗别人就难懂了。例如有一首诗，题目叫《生活》，诗的内容就是一个字，叫'网'。这样的诗很难理解。网是什么呢？网是张开的吧，也可以说爱情是网，什么都是网，生活是网，为什么是网，这里面要有个使你产生是网而不是别的什么的东西，有一种引起你想到网的媒介，这些东西被作者忽略了，作者没有交代清楚，读者就很难理解。……出现这种情况，到底怪诗人还是怪别人？我看怪诗人，不能怪别人。"② 从这一时期艾青的创作来看，已经大大地染上了政治的色彩，官方话语权的表述不仅仅在现在，就当时看来已经有所作用。

艾青出现这样的转向原因不得而知，但是通过孙绍振的采访似乎可见端倪，"艾青的话，可能并不完全是他自己的。我得知，在批判我的文章发表之时，《诗刊》有地位的女士柯岩，写信给舒婷，意思也是这样，你的诗是好的，但，

---

① 北岛：《我们每天的太阳》，《上海文学》1981年第5期，第90页。
② 艾青：《与青年诗人谈诗》，《诗刊》1980年10期，第37页。

这些崛起理论家，名为青年诗人辩护，实际是为了自己崛起。"① 所以艾青的转向有可能只是一种妥协的结果，或是默不作声之后的一种后果。进一步言，艾青的隐忧也好，焦虑也罢，不独是艾青自己的声响，很能代表处于那一个时期一大批老诗人的心态。从柯岩所处的《诗刊》的领导地位，从程代熙《文艺理论与批评》主编的位置出发，他们不仅身负文艺领导的使命，还兼具社会主义文艺方向掌舵者的责任，个中的缘由不是简单的政治语境和个人经历所能解释得清。所以，正如马悦然在李辉的采访中所提及，"我提到了代沟问题。我说没有代沟，就没有进步，应该互相 respect（尊重）。"② 代沟是必然面临的问题，权力的位移也是时间迟早的问题，而"懂"与"不懂"的问题不仅仅是一个美学观念差异的问题，实质上也是一种对彼此尊重与否的问题。

三

与北岛这种比较委婉的方式相比，贵州的一些外省青年显得更为激烈。他们不满意艾青的说辞，在自办的刊物《崛起的一代》上以"无名诗人谈艾青"为名，发表了集束式的文章来表达对艾青的不满。其中有方华的《艾青——"网"》、哑默的《伤逝》、张嘉彦的《有谁听说过艾青》、邓维的《也谈艾青》、梁福庆的诗《给——》、吴秋林的诗《答艾青〈与青年诗人谈诗〉》、田心的《笔谈〈与青年诗人谈诗〉》。这些文章一反青年诗人对艾青的尊敬，转而以犀利的言辞来表达对诗坛权威的挑战。这中间除了掺杂有一些人事上纠纷、误会和诗歌观念上的分歧，还有更深一层的应是一种焦虑的情绪。借用布鲁姆的"影响的焦虑"的观点来说，"诗的影响已经成了一种忧郁症或焦虑原则。"③ 在一次次的诗歌发展过程中，新的取代旧的是历史发展的必然，但往往旧的并不总是那么心甘情愿退出历史舞台，这中间就需要通过一种方式来解决，有可能是争论，也有可能是"杀戮"。他们对诗坛前辈的挑战一方面来自他们对文学的

---

① 李辉：《我笔下的浙江文人》，杭州：浙江古籍出版社，2018 年，第 193 页。据李辉言，他是从孙绍振提供给张伟栋采访孙绍振的访谈，和张伟栋后来在《当代文学研究资料与信息》2010 年第 3 期发表出来的有些出入，但基本事实清楚。

② 李辉：《我笔下的浙江文人》，杭州：浙江古籍出版社，2018 年，第 202 页。

③ ［美］布鲁姆：《对优先权之反思》，《影响的焦虑》，南京：江苏教育出版社，2006 年，第 8 页。

认识和理解不同于前辈诗人的看法和观念，遭遇到一场顽强的抵抗；另一方面则来自他们对所处时代的感受和一种紧迫感、使命感。北岛在《今天》的发刊词中就明确表达了一种焦虑："历史终于给了我们机会，使我们这代人能够把埋藏在心中十年之久的歌放声唱出来，而不是再遭到雷霆的惩罚。我们不能再等待了，等待就是倒退，因为历史已经前进了。……我们的今天，植根于过去古老的沃土里，植根于为之而生、为之而死的信念中。过去的已经过去，未来尚且遥远，对于我们这代人来讲，今天，只有今天！"可以说，他们的反抗是对旧有的文学秩序和文学观念的一次反拨。他们不断在文学中突围，试图寻找到属于自己的空间，历史终于给了机会，但这机会却是令他们意想不到的挫折与打击。

除了对个人命运的遭遇进行表达与抒发之外，他们也对老一代诗人在诗歌文学的理解上产生的更为明显的差异表示不满。艾青是二十世纪三十年代走上诗坛的，他们的具体遭遇不同，决定了对诗歌的理解产生一定的偏差。艾青经由革命的洗礼，对政治的敏感以及在规避政治风险等方面明显更具有经验，而初生牛犊不怕虎的青年一代在对老一代诗人的诗歌观念唾弃的同时，也对其保守的政治立场产生了一种反感，甚至厌恶。在最初携手并进、共同度过危难之后，紧接着就是分道扬镳甚至产生对立。这一种不满或者得不到认同的焦虑时时在作品中体现。"冰川纪过去了，为什么到处都是冰棱？好望角发现了，为什么死海里千帆竞争？"一首《回答》似乎早已为他们做了注脚，"我不相信"的回答依然在天空飘荡。这时的北岛已经二十八九，属于他们的青春已经过去大半，但是在自我价值实现上似乎还一事无成，为了实现自身的理想以及重建这一价值，他们试图去抓住这青春的尾巴。但"文革"结束回到城里上班，才发现这并不是他们想要的生活，"文革"期间的地下文学活动所形成的价值观念和价值体系在"文革"结束后并没有得到应有的展现，所造成的更多是一种失落感或者被遗弃感。在面对"归来的诗人"所获得的尊崇时，这种失落感变得更加明显。他们的诗歌抒写，延续了"文革"时期地下诗歌的那种控诉、愤怒，只是这一对象却已经悄然发生变化，从对"文革"的不满转移到对当下现实处境的一种不满。流星一次次划过天空，理想一次次遭遇寒流，曾经的憧憬瞬间就被现实的遭遇所击破，而这一切都成为他们发泄的理由。

与此同时，他们也展开了代际的划分，"诗歌的'代'有时只有五六年的光景。回想四十年代初的情形，我正当十七八岁，心目中的许多诗人（也不过二十几岁的青年）已认为是老一代了。诗的时间概念是飞速的。"①"归来的诗人"大多是解放前成名成家，年龄有着四十年的差距，代际的划分似乎显得更加必要。他们一方面把自己同老一辈诗人分开，归认自己为"四五"一代的同时，又把自己与更早的白话诗运动初期"五四"一代相关联，以期获得更多的合法性与归属感。"过去，老一代作家们曾以血和笔写下了不少优秀的作品，在我国'五四'以来的文学史上立下了功勋。但是，在今天，作为一代人来讲，他们落伍了。而反映新时代精神的艰巨任务，已经落在我们这代人的肩上。""'四五'运动标志着一个新时代的开始。这一时代必将确立每个人生存的意义，并进一步加深人们对自由精神的理解；我们文明古国的现代更新，也必将重新确立中华民族在世界民族中的地位。我们的文学艺术，则必须反映出这一深刻的本质来。"② 他们通过"五四"一代对古典诗歌的反叛的声明借来反抗的力量，以此来表达其对现有的诗歌的不满，求得其合法性；又在时代精神的展现上把责任揽在自己肩上以表达老一辈诗人的落伍，而自己恰逢其时，进而争夺话语权，为时代代言。虽然一直"不屑于做时代的传声筒"，但作品却一次次表露了心迹。

四

与青年一代相同的是老一辈诗人似乎也染上了焦虑症，只是这焦虑大多表现在阅读的焦虑和身份的焦虑。对诗歌的"看不懂"显现出的是对这一新生事物的阅读障碍，进而产生一种恐惧，一种怕被时代甩落的恐惧，所以才有了"引导"这一身份的焦虑。"文革"后老一辈诗人占据着诗坛的重要地位，在一段时间内也为文学的复兴做了很多的贡献，但诗歌的代际很短，渐渐地一种新的诗歌现象开始进入诗坛，并且处于上升趋势。对出现的新的诗歌现象老一辈诗人从开始的欣喜慢慢转换为一种担忧，这种担忧慢慢演变为现实就是"看来和我相似的同代人在节节败退……"唐晓渡一针见血地指出了其要害，"有关'朦胧诗'的争论最初尚能保持学理上起码的平等、自发性和张力（这在49年以后似乎还是第一次，仅此就应对这场论争予以高度评价，而无论其于诗学建

---

① 牛汉：《诗的新生代》，《中国》1986年3期，第126页。
② 《致读者》，《今天》1978年创刊号，第1页。

设的意义有多么初级），但越是到后来，要求对诗坛年轻的造反者进行'积极引导'的压力就越大。这一特定语境中的'关键词'透露出，对那些自认为和被认为负有指导诗歌进程责任的人们来说，阅读的焦虑从一开始就与某种身份危机紧紧纠缠在一起，而后者远比前者更令人不安。"① 作为父亲的老一辈诗人顾工在阅读孩子顾城的诗歌时，"父亲"的这一身份更能体现这双重的焦虑，他不停地反思自己在与孩子的沟通和诗歌观念上的差异产生的焦虑，并借用对西方出现新的诗歌现象进行类比，一次次地反问自己"他们开始用历史形成他们这一代人的思维方式，观察方式，相依相存的艺术表现方式（包括诗）来表露，来宣泄，又有什么奇特和反常？我们这一代观察事物感觉事物的方法，就是完美无缺的方法吗？我们所习惯的反映论，就是天衣无缝的最准确的反映方式吗？我们是不是可以从其他学说其他流派中，吸收一些新的光和热？"② 而顾工的焦虑和隐忧渐渐地被一次次的反问所消除，"诗应该有各种各样的触角。诗应该有多种多样的吸盘。我在理解我孩子的过程中理解着诗；我在理解诗的过程中理解着我的孩子——新的一代。"③

　　同时具有反讽意味的是，朦胧诗日渐兴盛的时机，是在朦胧诗影响之下的第三代诗人迅速崛起，并喊出"打倒北岛""Pass 舒婷"等一系列口号，第三代诗人不仅继承了朦胧诗在诗歌艺术上的手法与技巧，同时也借鉴了朦胧诗人在反抗艾青等老一辈诗人的方式，以更加决绝的态度迅速将诗歌的代际划分开来。毫无疑问，在诗歌发展的道路上，第三代诗人的行为与方式也集体反映出了群体的焦虑的症候，"它出现在朦胧诗处于生存的焦虑（'三个崛起'受到严峻的批评）、影响的焦虑（在西方现代主义诗歌中认出个人经验的远亲之后重临新的艺术选择）、自我的焦虑（如何面对新的个人经验和完成自我超越）三重情况交织下，处于'重聚自身的光芒'寻求自我超越的语境中，既继承了朦胧诗的许多原则，但又带着新的心理机制和艺术选择"，④ 只不过这一次这种焦虑是建立在批判第二代也就是朦胧诗人的基础之上。不可否认，第三代诗人以更加

---

① 唐晓渡：《人与事：我所亲历的八十年代〈诗刊〉》，《诗歌报月刊》，2004 年 5 月 17 日。
② 顾工：《两代人——从诗的"不懂"谈起》，《诗刊》1980 年第 10 期，第 49 页。
③ 顾工：《两代人——从诗的"不懂"谈起》，《诗刊》1980 年第 10 期，第 49 页。
④ 王光明：《不断破碎的心灵碎片——论"新生代"诗》，《文艺争鸣》1996 年第 1 期，第 42—49 页。

绚烂多姿的形态展现出诗歌的活力，然而在这种带有自我炒作嫌疑的方式之下，各种流派蜂拥迭起，一时之间整个诗坛呈现一片"美丽的混乱"。这种代际影响下的焦虑症候传染般移植到下一代，促进了诗歌在求新求变中的丰富，也展现出不同时代际遇下的环境与个体在诗歌道路上的抗争与妥协的命运。北岛后来在香港书展上做《古老的敌意》的演讲时曾深刻地认识到这种焦虑，他以三个敌意的形式概括出这种症候，那即是"一个作家和他所处的时代的紧张关系，一个作家和他母语的紧张关系和一个作家和他本人写作的紧张关系"。无论这三个关系如何解释，但始终逃脱不了的是种种关系在对诗人内心深处的忧虑保持着一种警醒，这种警醒时刻让其对诗歌产生敬畏，督促其在创作中不断地追求和完善。

二十世纪初的诗歌革命，是诗歌史上具有革命性的里程碑。这一次诗歌革命不仅仅是诗歌的语言从文言到白话的转变，也不仅仅是诗歌的形式从整齐划一向自由散化的转变，更是它自身带有的一种革命性的思想的转变，从古代大多数吟风弄月、抒发爱恨离愁到现代的更多地关注自我的一种精神启蒙等。具体到二十世纪八十年代新诗潮，如果把世纪初的那场新诗革命看作诗歌外在的革命，那么这一次就是新诗诗歌内在的一种裂变。新诗的分子在不断地分解，对新诗的理解、诗学的观念变化以及新诗的发展所遇到的种种情形做了一次有意义的裂变，在坚持新诗与旧诗的区分的同时，自身也在自觉地追求一种更为现代化的展现形式。就像北岛在后来的采访中说"是青春和高压给了他们力量"。不过，艾青的慨叹还是可以作为旧秩序解体、新秩序生长的某种隐喻。无论人们愿意与否，无论他们的观点有多么歧异，也无论还要经历怎样的反复，有一点在当时已显示得足够清楚，即诗坛已不可能再回到从前那种受控于大一统意识形态的局面，正进行着巨大吐纳的诗歌潮流也必定要漫过所有被预设的河床，而辜负规划者的一片苦心。

第四节 缺席审判与朦胧诗争论

《今天》从一出场就呈现为一种缺席状态。虽然《诗刊》早在 1979 年初转载了北岛、舒婷发表在《今天》上的诗歌，但这一状态并没有因为《诗刊》的转载而带来转机，相反却是更深层的缺席。

根据 1980 年出台的刊物注册条例，1978 年创刊的《今天》被判定为非法刊物，1980 年被勒令停刊，需要重新注册审批，但北岛等人的申请注册却没有被允许，连着几次都被拒绝，生存境遇遭到彻底的摧毁。在所有的评论文章以及文学史写作中，不提北岛，不谈《今天》似乎成了一种共识。这种共识一旦被打破，即预示着与之相关的身份或地位的动摇。共识所形成的生态，使得朦胧诗人的缺席成为一种常态，反过来促成了其先锋的理论与恣肆的观念向更深处掘进，既是时代衍生物的一种文化表征，也是朦胧诗人重新被认识的新的契机，恰如北岛的诗歌《缺席》所宣扬的那样：我关上假释之门/抗拒那些未来的证人/这是我独享尊严的时刻。

一、拒绝表征的纯文学理想与言说姿态

北岛作为《今天》的创刊者之一，其诗歌具有强烈的个人色彩与时代共鸣，且最早被《诗刊》转载，但《诗刊》1980 年举行的"青春诗会"，北岛并没有在邀请之列，很多批评文章也对其避讳不谈，提到他的诗也往往要隐去其名，连一向交好的艾青也在《和青年们谈诗》中以"有位诗人"来代替。为何北岛与其所办的《今天》从争论一开始就缺席了历史现场？又是什么促使艾青等老一辈诗人提及北岛时讳莫如深？如果将视线拉回到《今天》的理论姿态和当时的争论环境，或许可以从其诗学主张的变辙与当下的时代语境上找到答案。

从 1978 年创刊到 1980 年停刊，《今天》共刊发 9 期，后面又出了 3 期《今天文学研究会文学资料》。在短短的两年中，《今天》有过一次很大的变动，主要是人员与办刊方向，这次变动可以说是直指主流文化的对立面。在最初的创刊设想中，北岛、芒克等人对于《今天》只是给予"纯文学刊物"的定位与期望。在创刊词即表达了将诗歌从意识形态中剥离出来的诉求："在血泊中升起黎明的今天，我们需要的是五彩缤纷的花朵，需要的是真正属于大自然的花朵，需要的是真正开放在人们内心的花朵。"① 在《今天》第一期征稿过程中，北岛给贵州诗人哑默回信评价其诗稿时表明《今天》的办刊方向："我们打算办成一

① 徐晓：《〈今天〉与我》，《沉沦的圣殿》，乌鲁木齐：新疆少年出版社，1999 年，第 385 页。

个'纯文学刊物'，所谓纯，就是不直接涉及政治，当然不涉及是不可能的，这样办出于两点考虑：（一）政治毕竟是过眼云烟，只有艺术才是永恒的；（二）就目前的形势看，某些时机尚不成熟，应该扎扎实实多做些提高人民鉴赏力和加深对自由精神理解的工作。"[1] 作为《今天》的编辑，北岛对于作品的质量与选择有着严格的标准，对诗歌语言艺术的追求自不必多说，诗歌背后的精神世界，更为北岛看重。《今天》追求复苏人性自然的风景诗、凸显自我的爱情诗、疗愈跨时代情感创伤的亲情诗，关注诗歌中的温情特质与袒露姿态，构造了一个超越阶级鸿沟、政治派系的人性温情世界，这些都体现了北岛对于《今天》这一独特艺术世界的人道主义构想。[2]"温情特质"和"袒露姿态"意味着对个体即人的关注，在《今天》的视野中，这呈现为对"自我"的诗学构想。[3] 孙绍振这样概括这种构想："他们不屑于做时代精神的号筒，也不屑于表现自我感情世界以外的丰功伟绩。他们甚至回避去写那些我们习惯了的人物和经历、英勇的斗争和忘我的劳动的场景。"[4] 将视角放置时代的文化大环境下，《今天》中对"自我"形象的诗学构想，显然与当时官方所倡导的"社会主义新人"形象是相去甚远的，甚至是对官方期待视野的叛逆反抗。因此，即便高举着"纯文学"旗帜，北岛等人所谓的"纯文学"也只是相对于意识形态而言。当《今天》的几个创刊人奔走于北京的街巷之中时，当他们的诗歌与那些政治性大字报、民刊出现在同一面墙上之时，"纯文学"与"政治"，在这一背景下，早已殊途同归，形成对意识形态的影射与公开抵抗两种话语方式。

就具体的文本而论，北岛的作品也并非如其所设想的那样"回避政治"，他的诗向来被认为具有英雄主义色彩——一种悲剧的英雄，这种理想色彩与悲剧色彩往往能触动人们心灵的致命伤。其转载发表于《诗刊》的《回答》，作于1973年，最早是以《告诉你吧，世界》命名的，后来为了契合当时的形势，避免政治纠纷，便在时间上作了修改，改在了1976年，[5] 这不可不谓是官方对

① 李润霞：《从潜流到激流——中国当代新诗潮研究（1966—1986）》，博士学位论文，武汉大学，2001年，第159页。
② 张志国：《〈今天〉与朦胧诗的发生》，博士学位论文，暨南大学，2009年，第11—13页。
③ 黄平：《新时期文学的发生——以〈今天〉杂志为中心》，《海南师范大学学报》（社会科学版）2007年第3期，第13—19页。
④ 孙绍振：《新的美学原则在崛起》，《诗刊》1981年第3期，第55页。
⑤ 刘禾：《持灯的使者》，广西：广西师范大学出版社，2009年，第12页。

《回答》这一类诗歌潜在的政治风险的初步认识与规避。

　　事实正如此，以《回答》为界，此后《诗刊》再也未转载过北岛的诗歌，但却多次转载顾城和舒婷的较少政治影射性意味的诗作，所以 1980 年由《诗刊》所组织的首届"青春诗会"，官方邀请了顾城和舒婷，却没有邀请北岛。而今天派的另一先锋人物芒克，或许是自由心性，他并不像《今天》中的北岛等人，致力于进入官方的文学场中心，来获取主流的认同与接受，他从一开始就抗拒在官方刊物上发表自己的诗作，此后也一直坚持自己的纯文学理念。也因为此，从来没有进入过官方视野的芒克就这样隐没在一片争论声之中。与北岛、芒克并称为"三剑客"的多多，自始至终拒绝与主流文化交涉。与芒克不同的是，他在《今天》自创刊以来没有投过一篇稿子，在官方的主流刊物更是难以见到他的诗歌，他似乎一直游离于《今天》之外，这与他一直以来谨慎的个性以及自持的文学观念有关。据甘铁生回忆，多多的创作很有魄力，但同时有着非同一般的保护能力，每当政治形势紧张的时候他总是自我销毁手稿，并且不允许其他人传抄，一旦发现便"气急败坏"地撕掉，甚至绝交。[①] 但 1987 年首届"今天诗歌奖"却授予多多，理由是"自七十年代初期至今，多多在诗艺上孤独和不断的探索，一直激励和影响着许多同时代的诗人。他通过对于痛苦的认知，对于个体生命的内省，展示了人类生存的困境；他以近乎疯狂的对文化和语言的挑战，丰富了中国当代诗歌的内涵与表现力"。[②] 多多这种孤独而又执着的努力，为中国新诗的发展提供了许多方向。芒克与多多二人，可以说是在朦胧诗大争论中选择了"主动缺席"。

　　《今天》的命运转折点发生在 1979 年 1 月。这一次变动，对于《今天》，既可谓转机，亦可谓是彻底的沉沦。转机在于《今天》的办刊方向中那隐约的政治质疑与批评色彩开始彰显，对主流文学与意识形态以及历史的质疑、对个体的审美经验与感性的坚守、对个人的时代价值的再认识、对诗歌语言的陌生化形式的追求等，开始变得纲举目张，直接为新诗潮的诗歌方向做出了表率；沉沦则在于这一次变动，直接将《今天》推向主流文化的对立面。1979 年 1 月，

---

① 甘铁生：《春季白洋淀》，《沉沦的圣殿》，乌鲁木齐：新疆青少年出版社，1999 年，第272 页。

② 洪子诚、刘登翰：《中国当代新诗史》，北京：北京大学出版社，2005 年，第 187 页。

北京市委召开会议，表示要整顿当前"危险"的民间刊物，① 在此情形下，部分民刊举行讨论会，主张签署《联合声明》，力图挽救民刊所剩无几的生存空间。北岛、芒克认识到即便是兢兢业业追求纯文学刊物也无法避免风险，感到转变方向的必要性。虽然《今天》的众多创办者在创刊时有着与子同袍般的"纯文学"追求共识，但在面对"纯文学与政治"的再抉择时，只有北岛和芒克一反往常而选择了后者，留在《今天》负隅顽抗。

同当时所有的民刊一样，《今天》在夹缝中生存，但相比起其他民刊因为经费不足而步履维艰的惨淡命运，《今天》在民间得到了十分热烈的反响，刊物一经发行便售罄的情况屡见不鲜。从"文革"时期地下诗群成长起来的《今天》以一种不同反响的"异端"姿态现身，表露出不同于"文革"以来以及"文革"结束后的主流文化的前卫风格。在当时被众多民刊以及主流刊物占据的有限空间中，这种蕴藏已久的前卫使得《今天》自带"文革"后中国文学的预告性质，让其发出了卓有成效的声音，成为了新诗潮的代表。但由于北岛与《今天》所代表的文化身份和文化地位渐渐地形成一股势力，虽然他们一再强调不与官方为敌，但却真真实实地动摇了主流文化的地位，这样一来，《今天》的创办就显得更加困难。在经历了两年的空档期之后，《今天》迎来了最后的通牒：1980 年，根据出版的刊物注册条例，《今天》被勒令停刊。芒克回顾那段经历："《今天》被勒令停刊时，我们曾起草过一份呼吁书，请求文学前辈关注，予以声援，一共发了一百多份，都是在文学界、思想界有名望和有影响的人。遗憾的是没有一个人给我们回信。"②

二、缺席境遇中朦胧诗群体的合谋性建构

朦胧诗争论早有先声，以章明发表在《诗刊》1980 年第 8 期上的《令人气闷的"朦胧"》为起点，《诗刊》还开设了"问题讨论"专栏，用以发表对朦胧诗的批评以及回应批评的文章。在章的语境里，朦胧等于晦涩，等于浮泛与故作高深。他以同年发表在第一期的诗人杜叶燮的诗《秋》作为批评对象，指

---

① 路林：《发刊与停刊——回忆参加〈探索〉工作的过程》，《中国民办刊物汇编》（第一卷），香港：《观察家》出版社，第 184 页。

② 唐晓渡：《芒克访谈录》，《沉沦的圣殿》，乌鲁木齐：新疆青少年出版社，1999 年，第 355 页。

出其在语言上的含混导致的读者无法理解的问题，并由此得出结论："读不懂"的诗，自然不是好诗,① 从此揭开了针对一些诗歌的"朦胧"现象的批评热潮。围绕"懂与不懂"的问题，批评不断深入，对朦胧诗的指责，逐渐有了针对性的理论阐述：诗歌的个人自由、传统与西方的接受问题等。回到历史现场，可以看到，老诗人们的创作、诗歌编辑们的意见、老诗人对于青年诗人的指导意见、拒绝"朦胧"的青年诗人之创作以及观念等，呈现在《诗刊》中，像是一个自足的体系，大家心照不宣地在追求着"为人民而作"的诗歌——即继承传统的现实主义，立足当下现代化建设处境，服务于人民、有益于人民的诗歌，并以此作为诗歌好坏的批评标准、创作准则。对于朦胧诗的批评于是有了一个相对浅显的依据，即：读者能否能懂关涉到诗歌的好坏之别。

显而易见，诗歌的懂与不懂不仅涉及文学审美观念的问题，而且还体现着对文学评价标准的判断，而评价标准的制定则体现着话语权力的归属。由谁来制定，如何制定，以及制定的标准和原则是什么，都体现着这一话语体系的权力。从争论中文章的发表到刊物运行机制的主导，从作为全国文艺界领导的贺敬之、艾青等诗人到地方文艺期刊的话语地位，被引导与被规训的朦胧诗及其作者被遮蔽或被缺席则是一种常态。

这场朦胧诗争论从一开始就是一场"新诗人"不在场的缺席讨论。"不在场"表现在两个方面：一方面在于被批评的诗人们鲜有发声的机会，实际上，回顾"朦胧诗"的赋名之路，从章明对于新诗潮"朦胧"的初次命名到孙绍振正式为朦胧诗派给予"新的美学原则"的理论提升与总结为止,② "朦胧"似乎只是一个修饰词，没有明确的目标，没有一个所谓的代表诗人或代表诗作，也没有确切诗学主张的朦胧诗流派在其中主动发声，只有一些有此嫌疑的诗人与诗歌。批评者们对于认定的"朦胧诗"的发难，引发的不是诗人而是另一些持有不同主张的批评者的回应与辩驳。他们执着于从传统事实、现实理想等角度去否定或者支持以及定义朦胧诗，但却没有一个人想到接纳这些诗人进来，听听他们的声音。"争论"而非"争鸣"的定义，原因也在于此：朦胧诗的争论在批评与批评中展开，实际的作品与诗人以及诗学主张，被这些批评家们主观忽视了。一方面批评家们营造了一种朦胧诗人在文学场争论中心的假象，另一

---

① 章明：《令人气闷的朦胧》，《诗刊》1980 年第 8 期，第 53 页。
② 孙绍振：《新的美学原则在崛起》，《诗刊》1981 年第 3 期，第 55 页。

方面在于那些不被批评且极具代表性的诗人完全缺席。批评家们根据以往的诗学经验，从语言到内容，从方法到理念，一步步完成对顾城、舒婷等批评对象的建构，将二人"制造"成朦胧诗的典型代表。《诗刊》曾刊发过北岛、顾城、舒婷等人的诗歌，其后却将眼光只放置到舒婷与顾城身上。很显然朦胧诗争论对顾城和舒婷作为朦胧诗人典型的批评与打造，并不针对其今天派的身份。顾、舒二人身为《今天》的作者群，一个在诗歌中与意识形态若即若离，一个则是追求诗歌个人化的极致表达，二人相比起激进的北岛、芒克而言，显然更适合诗歌界为文学保持其独立性与作为意识形态宣传阵地的博弈。

除此之外，我想强调朦胧诗争论常常被忽略的另一个身份因素，即是诗人与评论家身份的错位。过往的研究往往将关注点落在老一代诗人以及评论家所具有的政治话语权力与朦胧诗诗人及其创作方兴未艾，但是我们却忽略了在争论中文学批评对文学创作的戕害。老一辈诗人评论家所运用的方式无外乎是主流报刊中文学话语权力的批评，形成文字见诸报纸则多是理论的阐述，但却少有从文学创作本身去感悟和体会朦胧诗之于新时期文学的创造与影响。而朦胧诗人也很难将文学创作转换为文学批评，从逻辑到结构，通过完整链条去反驳、去申诉，简单的几句呼吁也只是希望批评家能够听听他们的声音，而这些声音微弱不说，还带有天真的诗性浪漫，很难与文学批评家们形成针锋相对的话语讨论，这既是"文革"以来文学批评在社会生活领域狐假虎威的遗留，也是文学批评自身缺乏独立性的一个表现。且不说朦胧诗诗人参与这场论争的方式如何，两者之间形成的反差是非常大的：一方面体现在时代的烙印在每个人身上的深重程度不一，另一方面则是一种时代错位的混乱叠加。在这个过程中，面对前现代、现代以及后现代叠加在时代中的新诗潮，批评家们似乎显得茫然无措，只能袭用旧有的方式简单化的理论来处理这场争论，不当且失格。

从争论本身而言，朦胧诗争论是一场不充分的讨论。论战中各位批评家对"懂与不懂"的论辩无意识、避重就轻地完成了对整个新诗潮的整顿，然而，实际问题并不在于读者能不能读懂诗歌，而在于读者能从诗歌中读到什么。1983年第3期，《诗刊》发表的孙绍振的文章正式提出朦胧诗派的诗学特质与审美特性，即具有个性化色彩与现代主义特色的诗歌。此后的争论，延续着孙绍振所总结的朦胧诗诗学特性，并以此为基础而展开，朦胧诗的认知基本上也就定型了。可见，对朦胧诗的认知，与前面所提的北岛等人坚持的今天派的诗学主张并不相龃龉，甚至还有很大的重合性，甚至可以说是《今天》孕育出了朦胧诗的诗歌精神。

批评者们回避了今天派的激进个体，构建起主流文化所能接受的新诗批评典型，从而尽可能最大限度地将批评对象笼络起来，实现了一种最经济的批判：既回应了官方对于诗歌意识形态的强调与把控，又适当为朦胧诗的发展提供稍许的空间。"'主流文学规范'对《今天》采取的策略，很少采用简单粗暴的批判，而更接近于刘禾的分析：'自我合法化不得不同时消解他者的合法性，这常常需要用自己的措辞来虚构他者的语言，而不是对他者的声音进行实际的压抑。'基于此，'主流文学规范'的策略，是试图控制对《今天》乃至'朦胧诗'的理解与阐释——通过主流刊物对不同作者、作品的筛选，以及对同一作者"代表作"的命名，指认《今天》的'主流'与'支流'。"① 于是，朦胧诗争论中，今天派的缺席，呈现为主流文学对批评视点顾左右而言他的转移。而今天派所引领的新诗潮，虽然没有以一种明确的主张站出来，但因为他们的诗学主张不再同以前的诗歌流派一样，表现自己是他们最统一的追求，他们对语言、形式、内容有共同急切却各异的追求，而且是极其广阔的，所以没有哪一个命名能够大而得当地定义他们。

虽然《今天》与北岛的今天派在这场争论中气弱声嘶，但在朦胧诗群体的构建过程中，对朦胧诗性质的确定、对代表诗人的选定、文学场之间的意识形态与纯文学的博弈中今天派的身影已是难以遮蔽了。由《今天》孕育而来的朦胧诗精神内核，以不可阻挡之势漫过了今天派的堤岸，向四处奔涌而去，所到之处人声鼎沸，今天派的缺席，反而暗示了以其为代表的新诗潮的有力在场。

三、缺席的诱惑与精神的重聚

缺席并不总是一种消极的状态，相反，一定程度上还有其独特的魅力之光。1999年获诺贝尔文学奖并拒绝领奖的萨特在其自传《文字的诱惑》中就意识到缺席的魅力。他在文中提到这样一个细节：小的时候，有一次外公领着萨特去参加一个什么聚会，在聚会上主持人宣布，今天除了某某某先生，大家都到场

① 黄平：《新时期文学的发生——以〈今天〉杂志为中心》，《海南师范大学学报》（社会科学版）2007年第3期，第13—19页。

了。这时候萨特突然有些难过，对那个没有到场的人充满了嫉妒，因为在他看来，每个人心里一下子都意识到了这个缺席的人的存在，而忽视了包括他在内的这些已经到场的人。萨特在童年时期就意识到了缺席的魅力，他后来对诺贝尔文学奖的拒绝和缺席给人们造成的震动已经远远超过了获得和领取这个荣誉所能引起的反响。这里的缺席并不是放弃，而是更大程度上的另一种在场。

与在主流话语体系中的缺席相比，《今天》和北岛在民间却显示出了一种在场的状态。不仅北岛等朦胧诗人的作品大量流传，《今天》杂志也一版再版。"1979 年，是《今天》震动中国的一年。从年初开始，一期接一期不断加印、重印的《今天》逐渐风行于全国大学校园。"① 大学生第一次读到《今天》时的震撼，因为能拥有《今天》杂志而自豪，甚至以在民刊上发表为荣。后来移居海外的北岛想要再一次重返昔日的荣光，很大程度上源于民间的在场给予的信心和力量。不同的是，复刊的《今天》面临着一种更大的缺席，很少再有机会享受到这种魅力之光的普照，他所拥有的只是辛勤的劳作，将这种文学的魅力之光传递下去。生活上的颠沛流离自不必说，《今天》常常面临缺稿确是一种很大的精神危机，北岛甚至一度想要放弃，但个人的意志在此起到了很大的作用，使其能够坚持到今天，因为这份独享的缺席的魅力是来之不易的。

事实上，《今天》与朦胧诗所搅动的社会影响并没有因为刊物的停办而偃旗息鼓，北岛、顾城等诗人逡巡于高校之中所形成的影响在不断地酝酿与发酵。他们如萤火虫般在诗歌的暗夜中游走，给人们星星点点的安慰。当朦胧诗的精神传导到大学校园，缺席所形成的精神重聚成为一面思想的旗帜。徐敬亚倒戈朦胧诗的扛鼎之作《现代诗群大展》所推出的第三代诗歌群体，无一不是以高校社团为阵地，与高校自由的环境息息相关。恰如朱子庆所言"如果说 20 世纪 90 年代诗坛是山头林立的诗江湖，那么，80 年代大学生诗歌运动的一个特点，是高校里面大大小小的诗歌社团"。② 八十年代的诗歌社团所孕育的第三代诗歌从精神上汲取了朦胧诗所传递的讯息，从诗歌行动上也延续了朦胧诗所生产的诗歌行动。

---

① 徐敬亚：《20 世纪 80 年代，被诗浸泡的青春——吉林大学徐敬亚访谈录》，《诗歌年代》，太原：北岳文艺出版社，2019 年，第 22 页。
② 朱子庆：《20 世纪 80 年代的"诗托邦"》，《诗歌年代》，太原：北岳文艺出版社，2019 年，第 9 页。

　　从诗歌创作的精神层面而言，朦胧诗所产生的影响的焦虑无处不在，从朦胧诗产生之时所面临的现实困境到朦胧诗争论过程中的精神困境，无一不影响着处于校园中的诗人与诗歌。他们从朦胧诗身上所获取的从精神到行动深刻地影响到他们的每一个举动。当第三代诗人处于朦胧诗影响之下的代际焦虑，当诗歌创作受制于审查机制，当市场化的脉动已然撬动文学的地位之时，他们面临着比朦胧诗更为深层次的缺席。徐敬亚的《圭臬之死》敏锐地指出，这种缺席并不来自对方阵营的强大，反而是自身阵营内部的分裂。"他们很晚才产生系统的狂妄宣言（1985 年 6 月尚仲敏、燕晓冬），宣言发出后，他们基本已经解体，变向四面八方。这种生命悄悄的反叛，并不是由于缺少朦胧诗人的勇气。主要基于两种原因：第一，他们的初弱渐强性及文化背景的单薄；第二，朦胧诗浓重的阴影。"① 这种缺席虽然不同于朦胧诗发表的困难，但是从本质而言，被忽略或被淹没所形成的缺席是远比喧哗与批判中的朦胧诗更为落寞。

　　在这一缺席状态中，青年一代诗人处于一种绝望之中，代之而起的是对这种绝望的反抗。缺席使他们在某种程度上形成更大的精神力量，这种精神力量不断地扩散、蔓延，最终演变为一种集体的行动。1979 年创办的影响一时的《这一代》，就是由中山大学中文系《红豆》、中国人民大学新闻系《大学生》、北京大学中文系《早晨》、北京广播学院新闻系《秋实》、北京师范大学中文系《初航》、西北大学中文系《希望》、吉林大学中文系《红叶》、武汉大学中文系《珞珈山》、杭州大学中文系《扬帆》、杭州师范学院中文系《我们》、南开大学中文系《南开园》、南京大学中文系《耕耘》、贵州大学中文系《春泥》等十三家刊物联合创办，并集体撰写了《写在创刊号的前面》："这一代有他们自己的生活道路""这一代有他们自己的思想感情"；于是"这一代有了他们神圣的使命""这一代有了他们崭新的文学"。这一次几乎集结了全国所有重要的文科院校的文学力量，志在为新的诗歌浪潮做一次颠覆性的反拨。这其中就有后来崭露头角的诗人王家新、王小妮、高伐林，学者兼评论家徐敬亚、於可训、黄子平等。他们的集结，"是艺术上不屈服于任何'最新定制的创作规格'，绝不停止对新的艺术风格、艺术方法的追求与探索"，也是"千百年来多少志士仁人为之奋斗不息的事业的继承者""史无前例的社会动荡的见证人""走向二十一世

---

　　①　徐敬亚：《圭臬之死》，《崛起的诗群》，上海：同济大学出版社，1989 年，第 132 页。

纪绚丽未来的浩荡新军",① 在精神上,"五个月来心力交瘁,使我们成熟了一点",② "时代,一个多么重的词,压得人喘不过气来。可我们曾在这时代的巅峰。一种被遗弃的感觉——我们突然成了时代的孤儿。就在那一刻,我听见来自内心的呐喊:我不相信。"③

不相信该怎么办?他们一方面出版自办刊物,另一方面在不断地组织诗歌活动,进行诗歌串联;走遍全国各大高校宣传其诗歌理想,得到了大学生的回应。与此同时,他们也不放弃对原有官方刊物的争取,积极投稿,并且参与进来,对抗主流文化和政治文化的席卷,不断地开掘属于自己的天地。1981 年 2 月甘肃《飞天》创办了"大学生诗苑",吸引了全国 700 多所高等院校的大学生投稿,这是在当时唯一一家可以集中公开发表大学生作品的刊物。这一活动不仅为大学生提供了发表刊物的地方,更多的是为他们的集体浮出历史地表做了一次有意义的实践,对 1986 年的诗歌大联展产生了重要而积极的影响。虽然一个今天派被隐匿了,但是却还有千千万万个今天派在发出声音,历史陈言的淤积,把今天派在朦胧诗争论当中的缺席事实给简单化了。

第三代诗歌的高调出场似乎证明着诗歌往日的荣光,但现实的境遇很难消解其中的尴尬,不是昙花一现就是回光返照,此后包括新世纪的诗歌依然处于第三代诗歌的延长线上。毋庸置疑的是,第三代以及其后的诗歌如同朦胧诗的一面镜子,在当下诗歌领域不断被人诟病、少人问津、落寞沉沦的今天,朦胧诗的缺席状态如同天文望远镜照出月亮的那个缺口,虽然不知其所在,却如同黑洞般吸引着万千的诗歌作者以及爱好者去追寻、去探索。"用布拉格派的行话来说,为一代作家突出的前景,到了下一代作家手里,就变成了背景。这不是讽刺:'传统'的桂冠和批判的靶心,现在轮到挂在朦胧诗的头上了。"④ 这种缺席所形成的虹吸效应,反过来在新世纪的文学史书写中一再凸显,使得朦胧诗以及朦胧诗人在文学现场的缺席审判中,呈现出历史的在场,而且影响深远。

可以说关于朦胧诗争论的这场审判显示的是一种在场与缺席的游戏。在这

---

① 十三校《这一代》创刊协商会全体代表:《写在创刊号的前面》,《这一代》1979 年第 1 期。

② 《这一代》创刊号执行编辑:《告读者书》,《这一代》1979 年第 1 期。

③ 北岛:《断章》,《波动》,北京:北京三联书店,1999 年,第 350 页。

④ 徐敬亚:《圭臬之死》,《崛起的诗群》,上海:同济大学出版社,1989 年,第 131 页。

场争论错综复杂的交汇中，在场与缺席只是一时一地的一种状态，并且伴随着政治形势的变化和各种自身复杂因素的影响，这一状态不时地变换，时而处于攻势，时而处于收势，时而民间在场，时而官方缺席，这都显现出二十世纪八十年代诗歌活动或者说大一点的文学活动的一种状态。无论缺席或在场，文学的魅力之光在刚解冻的年代显示出了其独特的存在。诗歌正因为有了缺席才显示出其独特，在这缺席的背后是一种伟大的力量在支撑，这一力量既有个人的意志品质的坚持，也有来自于文学的魅力之光。事隔多年后，北岛在"中坤国际诗歌节"领奖的发言词中深刻阐述了这种魅力："正因为缺席，才会领悟我们所拥有的空间；正因为缺席，才会探知这镀金时代的痛点；正因为缺席，才会让命名万物的词发出叫喊。"①

---

① 《那些经历根本算不了什么——对话北岛》，《南方人物周刊》2009 年第 46 期，第 74—79 页。

第三章

朦胧诗的经典化

文学的经典化历来是一个长久不衰的话题,什么是经典?谁的经典?经典具有什么样的标准和特质等这一系列问题都是研究经典化最常涉及的问题。具体到朦胧诗,那么问题则更是尖锐:朦胧诗能不能成为经典?哪些诗人或诗作可以被称为经典?这一经典的评价标准是什么?而朦胧诗又是如何经典化的呢?在这一经典化背后又有什么权力关系制约、操控等等。本章主要论述的就是这一经典化的具体问题,而避免谈一些概念的界定和定义,因而更多的笔墨用在构建这一经典的过程中一些具体而微的问题上。如果这些具体问题解决了,那么关于那些大而泛之的问题则会自然而然地迎刃而解。朦胧诗的经典化讨论是通过对其经典化的外在条件进行一种可能性的阐释,并且肯定朦胧诗经典化是在已经具备内在条件基础之上进行的。毋庸置疑,朦胧诗的经典化是各种因素合力作用的结果。

第一节　诗歌会议与朦胧诗经典化

朦胧诗诗潮作为中国当代文学史上重要的文学思潮之一,它的经典化过程一直以来都是学界关注和研究的重点。什么是文学经典?文学经典"意味着那些文学形式和作品被一种文化的主流圈子接受而合法化,并且引人瞩目的作品,被此共同体保存为历史传统的一部分"[①]。经典化则是指某种文学演变成文学经典的过程。事实上,朦胧诗从不被主流文化圈子接受到进入文学史叙述这一经

---

① ［英］T·S. 艾略特:《艾略特诗学文集》,王恩衷译,北京:北京国际文化出版中心,1989 年,第 43 页。

典化的发展过程离不开《今天》的传播策略、学界的争论以及诗人读者的推动。1980 年学界召开的几次与诗歌有关的会议在朦胧诗的推广和经典化的历程中起到了重要的作用。

不同于"文代会"等文学会议"本身具有的政治仪式性质"，其"所建立的是文学共同遵守的规则和规范在学习、批评、斗争和实践的互动过程中整合了文学资源建立了文学共同体。"① "南宁诗会"与"青春诗会"等诗歌范围内的会议虽具有共同体意识，但更偏重于诗人和研究者专业范围内的思想交流和学术探讨，对于具体情况的把握显得更有针对性。因为相对而言，"1980 年代的许多文学会议因为文化氛围的相对宽松而表现出的常规化、专业化色彩，使得会议本身能够容纳更加多元化的声音"，② 专业与多元的文学生态使得朦胧诗能够成为被讨论以及受到关注的原因所在，也因此，朦胧诗的经典化从一开始就进入了程序正式的仪式，成为其内在经典化的条件之一。

一、崛起与争鸣：南宁诗会与朦胧诗经典化的发生

重审二十世纪中国文学的整个发生发展脉络，可以发现，每一次文学现象的缘起都是在争论中开始，所以，中华人民共和国成立后编选的资料，很多都以"论争集"作为命名。一方面说明政治领域斗争的思想触角无处不在，对文学的探究有着天然的话语权，但另一方面也展示出，对争论的关注表现出的热情，客观上对于文学思想的传播与接受的效用。1980 年 4 月 7 日到 4 月 22 日在广西南宁举行的中华人民共和国以来首次大型"全国当代诗歌讨论会"（史称"南宁诗会"）无疑具有着同样的功效。

南宁诗会由中国社会科学院文学研究所、中国当代文学研究会、中国作家协会广西分会、北京大学、广西大学和广西民族学院联合举办，与会人员包括来自全国各地的诗人、评论家、大学教师、报刊编辑和研究人员共 100 余人。南宁诗会的议题包括："总结当代诗歌的历史经验与教训；探讨诗人的职责和新

---

① 王本朝：《文学会议与当代文学体制的建立》，《中国现代文学研究丛刊》2007 年第 1 期，第 264—277 页。

② 方岩：《批评史如何生产文学史——以"新时期文学十年"会议和期刊专栏为例》，《扬子江评论》2019 年第 2 期，第 87 页。

诗的生命力；研究新形势下诗歌的内容与形式；寻求当代诗歌发展的道路。"①
并且为此还成立了会议领导小组：

> 成员（依姓氏笔画）为：公木、公刘、方冰、包玉堂、冯中一、沙鸥、张炯、杨匡汉、晓雪、秦似、梁其彦、雁翼、谢冕。讨论分四个组，召集人分别为晓雪、丁力（一组），雁翼、宋垒（二组），沙鸥、晏明（三组），方冰、闻山（四组）。广西民院的胡树琨、广西大学的鲁原等人承担了繁重的会务工作。讨论会由张炯全盘统筹，并随时将会议进程向时任文学研究所常务副所长、研究会顾问陈荒煤同志通报。②

从会议的发展过程来看，主要是针对"诗歌危机"而召开。"文革"结束后，社会上盛传"诗歌已经失去了读者，诗集卖不出去，书店拒绝进货，有几家出版社已经明确宣布，不再接受诗稿，专门发表诗歌作品的刊物订户有所减少，有的诗人感到失望，准备搁笔不写"③ 诸种悲观论调，普遍认为"小说、话剧和电影都比诗的境遇要好"。④ 这些信号都表明"南宁诗会"是一次检讨新诗得失、谋求新诗出路的诗歌团结大会。事情的发展超出了预料，因为"过去很会歌唱的诗人，在新的时代里，仿佛变得很不会歌唱了"。⑤ 这一尖锐的话语刺痛了早已成名的老一辈诗人，可以说，此次会议的主旨就是在新诗危机的氛围中召开的，尤其是关于"写诗的人比读诗的人多"这样的讨论，在没有参会的艾青和臧克家笔下流露出来。但是事情却因谢冕对"怪影"朦胧诗的讨论而发生了转向，以舒婷、北岛、顾城等为代表的今天派诗歌却成为与会专家们争论的焦点。

诗会上学者们出于对朦胧诗的不同认识和评价而引起了广泛争论，这场争

---

① 杨匡汉：《〈诗探索〉草创期的流光疏影》，《诗探索·理论卷》2011年第2期，北京：九州出版社，2011年，第7页。
② 杨匡汉：《〈诗探索〉草创期的流光疏影》，《诗探索·理论卷》2011年第2期，北京：九州出版社，2011年，第7页。
③ 公刘：《从"诗歌危机"谈起》，《新诗的现状与展望》，全国当代诗歌讨论会编，南宁：广西人民出版社，1981年，第19页。
④ 谢冕：《新诗的讲步》，《新诗的现状与展望》，全国当代诗歌讨论会编，南宁：广西人民出版社，1981年，第24页。
⑤ 谢冕：《新诗的进步》，《新诗的现状与展望》，全国当代诗歌讨论会编，南宁：广西人民出版社，1981年，第35页。

论不仅使朦胧诗出现后的问题公开化，同时也促进了朦胧诗的全面崛起。最早引发朦胧诗争论的是公刘 1979 年发表的《新的课题——从顾城同志的几首诗谈起》，公刘首次以老诗人的身份提出了如何对待像顾城这样的文学青年的问题，他对这一代年轻诗人的诗歌创作表示担忧，呼吁诗坛引起重视，将其"扭曲了的部分一一加以矫正"。① 公刘提出的问题引起了诗歌界的关注，但将这种焦虑放大的还是"南宁诗会"。"南宁诗会"在某种程度上是一次老诗人朋友的聚会，从地点的选择也可以看出来，主要的目的并非就诗歌的问题讨论而展开，更多的是朋友性质的聚会，但是会议的发展超出了预想。缺席的朦胧诗人成为讨论的对象，无疑，这类似于一种拥有话语权的道德审判，更超出老诗人预料的是，竟然有人公开为朦胧诗辩护。所以，问题的重点就从老诗人的新创作面临的危机转化为新诗人创作的精神问题。会上第一次全面总结了朦胧诗出现的问题：第一，朦胧诗的思想内容朦胧消极。这些人"在诗里画出了自己的面容：忧郁而苍白，无力而彷徨；对现实不满而又不能抗争，于是消极、逃避，躲到个人幻想的世界中去……用一些可怜的小玻璃片，一点小碎纸屑，装起一只万花筒，自我陶醉，自我欣赏"。② 第二，朦胧诗的艺术形式古怪离奇。有人批评说，"这些同志主张的是一种所谓纯主观的诗。与此相联系，有的诗作开始出现思想与手法上的晦涩、朦胧，大量运用隐喻等倾向，因此读起来很费解，很难懂。"③ 第三，这些青年诗人缺乏社会责任感。一些评论者坚称诗人必须站在人民的立场上，替人民说话，做人民的代言人，"诗人要反映我们的时代，成为向'四化'进军的鼓吹者……诗人要体察人们的情绪，成为人民群众的代言人。"④而青年诗人们大胆地在诗歌中书写自我情感和个人主观幻觉，自然会遭到一部分人的指责。实际上，青年诗人所做的探索实验为的是打破诗坛长期以来单调沉闷的禁锢局面，他们意识到只有摒弃"政治挂帅、主题先行"的传声筒式的

---

① 公刘：《新的课题——从顾城同志的几首诗谈起》，《星星》1979 年复刊号，第 85—90 页。
② 闻山：《诗·时代·人民》，《新诗的现状与展望》，全国当代诗歌讨论会编，南宁：广西人民出版社，1981 年，第 142 页。
③ 孙克恒：《新诗现状管见》，《新诗的现状与展望》，全国当代诗歌讨论会编，南宁：广西人民出版社，1981 年，第 68 页。
④ 任愫：《诗人的职责》，《新诗的现状与展望》，全国当代诗歌讨论会编，南宁：广西人民出版社，1981 年，第 120 页。

书写模式，进行技巧上、形式上、语言上的"大换血"，才能真正改观中国诗歌的局面，使其融入世界文学的潮流并走向文学现代化的进程。

从表面上看，与会专家争论的焦点在朦胧诗的"懂与不懂"这一问题上。支持者肯定青年诗人"敢于吸收外国诗歌的长处以弥补我国古典诗歌和民歌的不足"，① 认为他们"富于个性的诗歌内容和形式给我国诗坛带来了新的突破"，② 他们是新的探索者，代表着新诗的未来。另一种反对意见则认为这批青年人的诗思想朦胧、诗风晦涩，其诗作并非创新而是象征派和现代派的余唾，这是危险的道路，绝不能代表当代诗歌的未来。但实质上，争论背后还有潜在的两层含义：其一，"懂与不懂"反映的是读者审美心理上的差异。对于当时的读者来说，他们已经习惯了明白晓畅的政治抒情诗，朦胧诗的先锋姿态显然不符合他们固有的期待视野与审美心理，于是发出了"看不懂"和"古怪朦胧"的惊呼。诚如一位读者所说："读惯了五六十年代那些明白晓畅的田园牧歌，乍一接触这些主要通过象征与暗示来表达情思，主题模糊、诗意朦胧的作品，还真有些不太适应。"③ 其二，"懂与不懂"关涉新诗发展道路问题与新诗形式问题。在中国新文学的发展历程中，新时期之前就出现了二十世纪三十年代关于大众化问题、四十年代关于民族化问题、五十年代关于新民歌问题的三次大讨论。这些讨论均说明论战者在文学的发展道路上存在分歧，即继承古典文学与效仿外国文学之间的对立。"南宁诗会"对朦胧诗的集中争鸣也关涉新诗发展道路问题，对于青年诗人而言，他们认为新诗应该紧随社会主义现代化的脚步，实现诗歌自身的现代化，强调学习和引进外国诗歌形式以表现当代人的复杂思想，新潮诗是他们为新诗发展而做的努力探索。相反，批判者却认为诗歌应该继续走民族化、群众化的道路，采用人民喜闻乐见的民族形式为大众服务，诗歌的发展不能"忘记人民，割断历史，抛弃传统"。④ 朦胧诗争论之后，关于诗歌"懂与不懂"的问题仍然被学界不断重提、不断讨论，其本质上探讨的都是诗歌发展道路问题。例如1993年在北京召开的"盘峰诗会"直接以争论的形式

① 企吴：《全国诗歌讨论会讨论新诗发展道路问题》，《文学评论》1980第4期，第73页。
② 张炯：《有益的探讨，丰硕的收获——代前言》，《新诗的现状与展望》，全国当代诗歌讨论会编，南宁：广西人民出版社，1981年，第8页。
③ 岳洪治：《朦胧的虹影——读〈朦胧诗二十五年〉》，《全国新书目》2002年第10期，第9页。
④ 企吴：《全国诗歌讨论会讨论新诗发展道路问题》，《文学评论》1980第4期，第73页。

加深了"知识分子写作"与"民间写作"的对立。二十世纪九十年代文学面临商业化浪潮的挤压，知识分子希望通过向深处挖掘诗歌的探索方式来扭转诗歌不断边缘化的衰颓趋势，例如海子和骆一禾提出"大诗观"，王家新和西川向历史深挖诗歌资源，这也注定了知识分子写作会陷入"高处不胜寒"的困境。

　　"南宁诗会"的召开对朦胧诗的发展有着重要的转折作用，一方面使朦胧诗开始成为诗坛批评家和编辑们重点关注和探讨的对象，另一方面为朦胧诗的发展提供了契机。"南宁诗会"使得朦胧诗正式出现在官方场合，加深了诗坛对这类异质诗歌的认知。作为会议的连锁效应，"全国当代诗歌讨论会"组委会还整理出版了《新诗的现状与展望》一书，对新诗的问题与发展道路进行了全面总结。更为重要的是，如果没有"南宁诗会"上对朦胧古怪诗的集中争鸣，也就很难说是否会有日后轰轰烈烈的"朦胧诗论争"，这次会议点燃了朦胧诗论战的导火线，也"直接促进了这一诗歌创作潮流的全面崛起"。①　会议上，谢冕、孙绍振、洪子诚、刘登翰等朦胧诗"支持派"对"传统派"集体发难，将争论予以扩散并辐射至全国。"南宁会议"一个月之后，谢冕将自己在南宁诗会上的发言稿《新诗的进步》整理成三千字短文，以《在新的崛起面前》为题首发于1980 年 5 月 7 日的《光明日报》上。从1980 年下半年开始，"朦胧诗""晦涩""不懂""古怪"以及"崛起"便成为了诗坛激烈讨论的关键词。

　　南宁诗会之后，具有"国刊"身份的《诗刊》承接余绪，开始重新发现青年诗人，并通过举办"青春诗会"来培育和引荐青年诗人。

二、创新与遴选："青春诗会"与"朦胧诗"经典化的深入

　　"青春诗会"是《诗刊》的特色栏目，历来有中国诗坛"黄埔军校"的称誉，自 1980 年开办以来至 2023 已举办 39 届，遴选青年诗人 100 多位。它在二十世纪八十年代曾出现过两个极具影响力的高峰：第一个高峰出现在 1980 年的第一届"青春诗会"上，其中有朦胧诗的代表诗人顾城、舒婷、江河、梁小斌、徐敬亚、王小妮等。第一届"青春诗会"推介了"朦胧诗"代表诗人，刊发了"朦胧诗"诗歌，引起了诗坛争论，扩大了朦胧诗的传播范围和影响力。第二个

---

　　①　黎学锐、罗艳：《南宁诗会与朦胧诗的崛起》，《柳州师专学报》2008 年第 3 期，第 40—43 页。

高峰出现在 1986 年和 1987 年的第六届、第七届"青春诗会"中，这两届"青春诗会"为"第三代诗"的传播提供了重要的平台，"于坚、韩东、翟永明等人同时参加'青春诗会'，是潜伏多年的'第三代诗人'真正被主流认可的标志性事件。"① 以后几乎每年一次的"青春诗会"就此延续了下来，它被视作"当年度诗歌创作人才的大检阅，是诗歌创作的风向标"②，成为了新秀诗人心驰神往的诗坛圣地。

不同于刊物对作品的遴选，"青春诗会"本质意义上是对"新人"的发现。"人的发现"之于五四以来的文学有着启蒙的意味，启迪着新思想的诞生，张扬着人道主义精神。所以，《诗刊》所推出的栏目，从思想资源上讲是重回五四起跑线的一种探索姿态。当然，从新时期文学交流与互动的现状来说，西学东渐之风再一次强劲地吹拂着改革开放以后思想解放的中国，借鉴于诺贝尔文学奖对作者个体的发掘和举荐，《诗刊》的"青春诗会"也越出历史的樊笼，朝向新人个体因素的遴选迈出了重要的一步。在此机缘之下，"青春诗会"诞生了。

"青春诗会"应运而生是诸多因素综合作用的结果。首先是得益于求新求变的文坛风尚与时代诉求。1978 年中国文学艺术界联合会第三届全国委员会第三次扩大会议召开，茅盾在开幕词中除宣布全国文联、作协和《文艺报》恢复工作之外，还着重讨论了"培养新生力量的问题"。同年，《文艺报》第三期发表茅盾撰文的《关于培养新生力量》，在文中茅盾分析当前的形势并提出"目前提倡文学青年应当广泛阅读和研究'四人帮'所禁止出版和阅读的古今中外的文学优秀作品，也有十分迫切和重要的意义"。③ 1979 年 1 月，《诗刊》召开座谈会，主题针对文革后诗坛后继无人的情况，亟须培养青年作者，壮大诗歌队伍。"在这个大的背景之下，《诗刊》在 1980 年搞了两期《新人新作小辑》和《春笋集》，每次介绍 15 个青年诗人，反响都很好。《诗刊》的领导于是决定搞一个培养青年诗人的活动。因此，1980 年的'青春诗会'便诞生了。"④ 其次是受益

---

① 刘春：《"青春诗会"与"兰州会议"》，《一个人的诗歌史》，北京：人民文学出版社，2017 年，第 358 页。

② 刘春：《"青春诗会"》，《一个人的诗歌史》，北京：人民文学出版社，2017 年，第 161 页。

③ 茅盾：《关于培养新生力量》，《文艺报》1978 年第 2 期，第 12—16 页。

④ 《南方都市报》编：《变迁：中国改革开放三十年文化生态备忘录》，广州：广东教育出版社，2008 年，第 125 页。

于《诗刊》办刊方针的调整。《诗刊》作为文艺界在诗歌方面的"领头羊"，真正做到了"捧"和"抨"并重，它一方面推出新人，不仅转载北岛的《回答》和舒婷的《致橡树》，使得他们的影响一下从局部的《今天》进入千家万户，还以"创作学习会"的形式将当时仍然备受争议的舒婷、顾城、江河、梁小斌、徐敬亚、王小妮等人聚集起来，进行头脑风暴；另一方面诗刊社又发表保守派对新潮诗人的批评文章，如章明、周良沛、鲁扬、苗得雨等反对者的论文。当诗刊将这两股力量拧合在一起的时候，它所促动的时代风潮不是新与旧，也不是文学创作与文学批评所属的不同圈子所能解释得了的，而是一种时代大潮下，各吹各的号，各唱各的调传递出来的个性化表达的一种方式，但都指向一种新的趋向：那就是文学的观念是可以争论的，思想的传导是可以流变的。再次是源于边缘与中心的互动。新时期之初，致力于文学创作的青年不断增多，但发表的园地很少，诗歌的生态环境并不如意，青年们一边自办油印刊物发表自己的诗歌，申明自己的主张，一边渴望凭借在国家级官方刊物《诗刊》上发表作品来获得主流诗坛的承认，在更大的传播场域里实现自我价值。从黄翔等人从贵州到北京的诗歌行为到北岛等人将《今天》张贴在诗刊社门口的举动，中心对于边缘的诱惑何其之大，不是诱惑于风景，就是诱惑于思想，借用福柯的理论来说，都是诱惑于话语权的掌握。从这个角度来说，中心对于青年诗人的接纳与推举是将其纳入传统行列，巩固其话语权力的一种举动，正如江河所言，"传统是条河流，流到我们这儿，我们加入进去就成为传统了。"这既是中心对于青年人收编的一种策略，也是青年主动投怀送抱跻身中心的一种结果。由此，在主流诗坛的主导下，这种由官方主办、大众推选的活动，得到了全国范围的广泛参与。

"青春诗会"是每年一次，而且诗人不重复，那么在一定程度上具有选拔性。谁能代表青年诗人参加？这是一个值得思考的问题。据王燕生回忆，确定人选有个标准，"叫'小有名气'。就是说我们发过他的诗，最好是组诗。还要注意写作风格。有写现实主义诗歌的，我们选了一部分；被称为朦胧诗人、写具有现代气息诗歌的，我们也选了一部分。"① 邵燕祥从近几年在《诗刊》上发表诗作的青年诗人中挑选出 15 人，其中有《今天》的舒婷、江河和顾城，以及

---

① 《南方都市报》编：《变迁：中国改革开放三十年文化生态备忘录》，广州：广东教育出版社，2008 年，第 125 页。

梁小斌、徐敬亚、王小妮、傅天琳、张学梦、高伐林、叶延滨、杨牧、陈所巨、徐晓鹤、孙武军、才树莲，后来梅绍静和徐国静也被吸纳进来，这样就形成了17人的第一届"青春诗会"。这次诗会沿用"导师制"，邵燕祥、严辰、邹荻帆、柯岩每人负责4个学员，言传身教，精耕细作。尤其值得注意的是诗刊社所采取的集中培养方式：一方面，他们开设诗歌讲坛，专门安排"中国诗歌界最有名的诗人和理论家都来诗会上为年轻诗人讲课。除了中老诗人艾青、臧克家、田间、贺敬之、张志民、流沙河、蔡其矫、李瑛、黄永玉等，还包括研究外国诗歌的高莽、袁可嘉等"。① 诗坛老将的讲学与座谈，既是诗学传统的代际传承，更是一种精神上的鼓舞与勉励。另一方面，他们举行诗歌创作改稿会。青年诗人在讨论与改稿过程中，学习了诗歌理论，把握了诗歌创作态势，加深了对外国诗歌的理解与鉴赏，尤其提升了自己的创作热情与创作水平，他们当真把"青春诗会"视之为集训式的头脑风暴。

对于朦胧诗的发展而言，《诗刊》举办的"青春诗会"无疑是一次有意义的推助行为，它不但反拨了诗坛为中老年诗人所独占的暮气横秋的现状，打破了一元化主导的新诗创作，为新潮诗歌提供了更广阔的读者平台；又向青年诗人开放了一个窗口，使更多的人了解到青年一代的诗歌创作，并且对诗坛的现状进行了革旧布新的推动，大胆鼓励青年一代扫除陈旧的审美观念和阅读经验，开风气之先地进行新诗实践。不同于"南宁诗会"中批评家的大放光彩，"青春诗会"是一次诗人的集会，也是一次诗歌的盛会。它将着力点放在诗歌创作者的身上，可以说，锚定了新诗批评的源头。在"南宁诗会"等诸多的研究性质的会议中，诗人的缺席无疑是一种极大的缺憾，比起批评家而言，虽然他们的诗歌能有更多的读者与受众，但是不被评论圈所接受始终是一种遗憾，虽然他们一再试图通过报刊媒介发出自己的呼声，但是，相比于批评家的理性及其逻辑思维，诗歌的感性很快败下阵来，两相比较，似乎诗歌的创作始终处于一种被压抑的状态。在众多的诗人跨行做批评家，批评家也兼做诗人的境遇中也没有彻底改变这种现状，诗歌创作和文学批评像是两条相交线，偶尔的短暂的相遇，此后则是无限的分道扬镳。

但是，对于朦胧诗的经典化而言，"青春诗会"一方面发出诗人自己的声

① 张志国：《〈今天〉与朦胧诗的发生》，博士学位论文，暨南大学，2009年，第165页。

音，弥补了诗歌创作者在争论中的缺席与遗憾；另一方面从形式上将老中青三代诗人群体集合，为论争提供了平台，也使得朦胧诗的经典化有了进一步深化的可能。

其一，"青春诗会"为青年诗人提供了公开发表的机会和更广阔的读者平台，它扩大了朦胧诗的传播范围，是朦胧诗从有限的传播渠道真正走进千家万户的关键所在。据第一期"青春诗会"的班主任王燕生回忆，《诗刊》为了给青年诗人提供发表机会，1980 年 8 月 21 日"专门把北京的新闻界、出版界还有杂志的编辑喊到一起，和诗会的同学见了一次面。熟了以后，他们发东西都方便一些，所以《诗刊》是能做的都做了"。① 此外，学习会后，《诗刊》以"青春诗会"专辑的形式在 1980 年 10 月号上集中展示了 17 位青年诗人的诗作。舒婷共发表了三首诗作，分别是《暴风过去之后》《土地情诗》《赠别》；顾城发表了《小诗六首》，即《在夕光里》《远和近》《雨行》《泡影》《感觉》和《弧线》；梁小斌发表了《雪白的墙》《中国，我的钥匙丢了》《我的月票》《金苹果》《练习曲猜想》五首诗歌；江河发表了《纪念碑》和《我歌颂一个人》……《诗刊》以主流媒体的身份向朦胧诗敞开了大门，促使朦胧诗由地下转而公开，并借助"国刊"的发行量（这期发行量高达 45 万份）使之由北京走向全国。自此之后，《今天》诗人在 1980 年下半年进入发表的丰收期，除了《今天》《安徽文学》《福建文艺》《星星》《上海文学》等刊物，《人民文学》《北京文学》《长江文艺》《长春》《四川文学》《芒种》等官方刊物也加入发表行列，积极地从正面发表《今天》诗人的爱情诗，甚至私人化的梦幻诗。朦胧诗人在全国范围的影响不断扩大和深入，尤其是在高校大学生群体中受到热烈的欢迎。

其二，"青春诗会"的引荐是朦胧诗人走出小圈子成为明星诗人的有力支撑。首届诗会 17 人中，"朦胧诗"的主将舒婷、顾城、江河、梁小斌、徐敬亚、王小妮占了 6 席，他们经由"青春诗会"的推介，获得了主流诗坛认证，开始声名鹊起并逐渐成为诗坛的中坚力量。第一届"青春诗会"召开的时候，舒婷正因为其感伤消沉的诗作而遭受《福建文艺》推出的"关于新诗创作问题的讨论"的攻击，但"青春诗会"之后，《福建文艺》终止了对舒婷的批判，"积极

① 《南方都市报》编：《变迁：中国改革开放三十年文化生态备忘录》，广州：广东教育出版社，2008 年，第 129 页。

肯定的主导性声音支配了《福建文艺》随后的讨论。"① 顾城最早进入公众视野得益于公刘的《新的课题——从顾城同志的几首诗谈起》这篇文章，而至"青春诗会"专号上发表顾城的《六首小诗》后，诗坛围绕《远和近》和《弧线》这两首"笔记型小诗"展开了广泛的争论，全国近百家报刊发表了评论文章，顾城的名字才真正响彻文学界。工人出身的梁小斌在参加"青春诗会"之前并未在主流刊物上发表过诗歌，他完全是一个游离于主流诗坛之外的陌生人，"'青春诗会'结束之后，梁小斌才成为一个真正有名的诗人。"② 可见，"青春诗会"让舒婷、顾城、江河、梁小斌等朦胧诗主将大放光彩，而且由于《诗刊》在中国诗歌界所具有的地位，这一栏目无疑成为"《诗刊》向社会推荐有创新精神的青年诗人的一个窗口"。③ 此次诗会北岛的缺席引人注意，王燕生多年后仍然感慨，"没有邀请到更加激进的《今天》杂志'双侠'北岛和芒克，甚是可惜。"④ 与北岛的激进相比，舒婷、顾城、江河、梁小斌等则争议较少，比较获得大众的认可，这中间除了大众接受之外还有一个诗坛现状的平衡作用。

以上不难看出，二十世纪八十年代的"青春诗会"通过集训式创作学习活动不断发现和培养青年诗人，将这些青年"璞玉"打磨成器并推向诗坛，既壮大了我国的诗歌队伍又促进了中国诗歌的发展。尤为重要的是，第一届"青春诗会"在推介朦胧诗作、引荐朦胧诗人、推进朦胧诗经典化方面功不可没。它不仅让一批朦胧诗人为人们所熟知，推进了朦胧诗争论观念的更新、审美的多元，让诗歌深入人心，更将朦胧诗的经典化推向了制度化的保证。这种民间推动、官方认可、大众参与的诗歌形式得到认同，这一合力作用下的朦胧诗经典化就向前迈进了一大步。

三、反响与回声：诗歌会议后朦胧诗的经典化路径走向

在中国当代文学的发展进程中，各类文学会议通常是"文学方向、观念、

① 谢春池：《我和舒婷》，《厦门文学》2005 年第 1 期，第 10—15 页。
② 杨娇娇：《第一届"青春诗会"与 1980 年代初诗坛格局的转向》，硕士学位论文，杭州师范大学，2013 年，第 31 页。
③ 洪子诚、刘登翰：《中国当代新诗史》，北京：人民文学出版社，1993 年，第 407 页。
④ 金煜：《白衣飘飘的朦胧诗年代》，《新京报》，2008 年 12 月 17 日。

思潮、社团、语言、体式和作家心态之发生、嬗变和演进的一种机缘与动力"，① 它能影响甚至是决定文学发展的方向。1980 年"南宁诗会"和"青春诗会"的召开，促使报刊编辑、文学评论家、诗人自身以及文学史家都做出了相应的姿态调整。

"南宁诗会"后的一个直接产物即是《诗探索》的创办，"是'南宁诗会'的副产品和'可持续发展'的学术平台。"② 《诗探索》以全国第一份诗歌理论刊物著称，其目的"简单地概括为三个短语：自由争论、多样化、独创性""真理总是越辩越明"。③ 正如艾青在答记者问中所说，"让大家吵。没有吵就发展不了诗歌。所以，如果说对《诗探索》有什么希望，那就是希望在刊物上大家都来探索，你探索你的，我探索我的，百家争鸣在一个'争'字。要发展论争。"④ 所以，《诗探索》延续着"南宁诗会"的争论，在《诗探索》编委中即可看出：

主编：谢冕

副主编：丁力、杨匡汉

编委：丁力、公木、公刘、尹一之、易征、孙绍振、宋垒、沙鸥、杨匡汉、闻山、张炯、唐祈、袁可嘉、晓雪、雁翼、谢冕

编委中既有老一辈诗人批评家，也有青年批评家，既有对朦胧诗热情支持的，又有对朦胧诗进行批判的，延续了"南宁诗会"的风格，"第一次把中国的大多数诗评的力量集聚了起来，第一次把原先各自为战的、分散而互不联系的专家汇集而为可观的队列。"⑤ 《诗探索》在此基础上，"体现各种不同观点的交锋，……我们鼓励说理的批评，更鼓励说理的反批评，我们希望经常保持一种不同意见自由论战的热烈局面。"⑥ 谢冕解释说，"《诗探索》不想充当某一诗歌

---

① 岳凯华：《〈新青年〉编委会与中国新文学方向的生成》，《文学会议与中国现当代文学的发生》，北京：知识产权出版社，2020 年，第 17 页。

② 杨匡汉：《〈诗探索〉草创期的流光疏影》，《诗探索·理论卷》2011 年第 2 期，北京：九州出版社，2011 年，第 7 页。

③ 本刊编辑部：《我们需要探索》，《诗探索》1980 年第 1 期，第 1—6 页。

④ 艾青：《答〈诗探索〉记者问》，《诗探索》1980 年第 1 期，第 11—14 页。

⑤ 本刊编辑部：《我们需要探索》，《诗探索》1980 年第 1 期，第 1—6 页。

⑥ 本刊编辑部：《我们需要探索》，《诗探索》1980 年第 1 期，第 1 页。

流派的代言人，也不谋求成为某一种风格的鼓吹者。"① 伴随着《诗探索》的创刊，刊物内部的纷争也是不断，原因不外乎诗歌观念的争议，对朦胧诗看法的不同，但在总的办刊理念上的一致性，大大超出了双方观念的分歧。《诗探索》创办之后的争鸣，在客观意义上推动了朦胧诗的经典化之路，是其对"南宁诗会"的一种积极响应，也是朦胧诗走向经典的一个助推器。

与《诗探索》的创办同时，越来越多的刊物和报纸参与到朦胧诗的讨论中，它们有意向地开设专栏提供发表的阵地，在朦胧诗的传播上起到了关键作用。《诗刊》从 1980 年第 8 期起开辟"问题讨论"专栏，它每期刊发一组争鸣文章，以供批评家百家争鸣、各抒己见。同期刊发了章明的文章《令人气闷的"朦胧"》，文中作者把"十分晦涩、怪僻，叫人读了几遍也得不到一个明确的印象，似懂非懂，半懂不懂，甚至完全不懂，百思不得一解"的诗命名为"朦胧体"，② 朦胧诗自此摆脱无名状态，关于它的争论也由此全面展开。地方刊物《福建文艺》紧随其后，它于 1981 年更名为《福建文学》，为了呼应《诗刊》组织的"青春诗会"，在第一期的"关于新诗创作问题的讨论"专栏下，《福建文学》集中刊发了十则"青春诗论"，其中影响较大的有杨炼《我的宣言》、顾城《学诗笔记》、梁小斌《我的看法》、王小妮《我要说的话》等，到了第二期，它又发表了舒婷的《生活·书籍与诗——兼答读者来信》，这意味着《福建文学》的新诗讨论已不再拘囿于舒婷一人，而是彻底参与到全国朦胧诗的大讨论中。除了《诗刊》和《福建文学》，"'南宁会议'直接推动了《诗探索》的创刊。"③《诗探索》在创刊号上专门开辟"新诗发展问题探讨"栏目，刊发了谢冕等人的讨论文章以及王光明整理的"探索新诗发展问题的意见综述"，再次增加朦胧诗的热度。此外，《花城》于 1981 年第 1 期开辟"尝试小集"专栏，《河北师范学报》于 1981 年第 1 期刊出"关于朦胧诗问题的讨论"专栏，《文学评论》于 1983 年召开座谈会讨论有关诗歌发展和"现代派"的问题。如果没有幕后这些诗刊、报纸等媒介的助推，"朦胧诗"很难那般迅速地成为整个文学界

---

① 谢冕：《为梦想和激情的时代作证——纪念〈诗探索〉创刊 30 周年》，《诗探索·理论卷》2011 年第 2 期，北京：九州出版社，2011 年，第 4 页。

② 章明：《令人气闷的"朦胧"》，《诗刊》1980 年第 8 期，第 53 页。

③ 霍俊明：《〈诗探索〉与"朦胧诗"》，《中国当代文学研究》2021 年第 2 期，第 1—15 页。

热烈讨论的话题。

　　两次诗歌会议促使"朦胧诗"成为文坛热点，随之也点燃了"朦胧诗论争"的导火线，引发了评论家的激烈争鸣，产生了两种截然不同的批评话语：或批评其"脱离生活、脱离群众"，或激赏其"标志着'诗歌现代化'的开始"。① 但是诗歌通过会议产生论争的方式却保留了下来。正如洪子诚的观察，"20世纪中国新文学的历史，是以'运动'的方式展开的历史。新诗也不例外，甚或表现得更加明显。……'文化大革命'后的诗歌运动在性质、方式上的重要变化是：第一，'运动'特别集中在'新诗潮'内部。第二，越来越近于那种通过刊物（包括编选诗歌选本、诗歌年鉴）组织社团、建立流派、发表宣言的方式。"② 定福庄诗歌会议就是在这样的思维模式下召开的。

　　1980年秋，在北京郊区的定福庄，由《诗刊》副主编邵燕祥主持召开的"全国诗歌理论座谈会"拉开了帷幕。"这是一次真正的理论的而不是感觉印象的交锋"，③ 对阵的双方分别是谢冕、孙绍振、吴思敬、钟文和丁力、宋垒、李元洛、闻山，"这个会的最大好处，是有一种自由争鸣的空气。"④ 虽然从会后侧记来看，这是一次友好而和谐的诗会，但是从回忆录等资料来看，会上剑拔弩张，各方互有攻防，且更多的是理论的交锋。"前一天，丁力嗓子都争哑了……对朦胧诗一直持保留意见的诗人丁芒听得都哭了。"⑤ 从诗歌理论内部进行问题的延伸，无疑对于朦胧诗能够展开论争是起到了积极的宣传作用，支持和推动了朦胧诗的经典化之路。

　　但是形势急转直下，朦胧诗争论超出了论战双方的预料，"他们三家被统称为'三个崛起'遭到批判，成为干扰'方向路线''大是大非'的'异端邪说'的代表了。"⑥ 1983年的"重庆诗会"，在北京方面的授意下召开，会后，时隔

---

① 编者按：《"问题讨论"专栏》，《诗刊》1980年第8期，第53页。
② 洪子诚、刘登翰：《中国当代新诗史》，北京：北京大学出版社，2010年，第139页。
③ 孙绍振：《我是怎样成为〈诗探索〉创刊编委的》，《〈诗探索〉之路》，北京：学苑出版社，2020年，第15页。
④ 舒晋瑜：《吴思敬：亲历诗歌40年》，《中华读书报》2018年5月2日，第5版。
⑤ 孙绍振：《我是怎样成为〈诗探索〉创刊编委的》，《〈诗探索〉之路》，北京：学苑出版社，2020年，第17页。
⑥ 邵燕祥：《答〈南方都市报〉记者田志凌问》，《南磨房行走》，哈尔滨：北方文艺出版社，2011年，第216页。

一月之久，《人民日报》在 11 月 9 日发表了题为《三十多位诗人、诗歌评论家在重庆举行讨论会——批评诗歌界三个"崛起"的错误理论》的新闻报道，报道里直接指出：

> 兴旺、活跃的我国诗坛上，近年出现了一股值得注意的错误思潮。这就是以《在新的崛起面前》《新的美学原则在崛起》和《崛起的诗群》为代表的三个"崛起"论，它们的错误理论程度不同地背离了社会主义的文艺方向和道路，脱离了广大人民群众，给诗歌创作和诗歌理论带来了混乱和损害。社会主义文艺工作者应该对这股错误思潮做出认真分析并进行必要的批评和斗争。①

随后，间隔一个月后，《诗刊》在当年第 12 期发表了《开创一代新诗风——重庆诗歌讨论会综述》，并做出了"编者按"的定性：

> 本期发表了重庆诗歌讨论会的综述。我们认为，这次讨论会是值得诗歌界重视的一次富于战斗性的讨论会。与会同志在充分肯定十一届三中全会以来诗歌战线所取得的成绩的同时指出近几年相继出现的三个"崛起"的诗论就其实质来说，是资产阶级文艺思潮向社会主义文艺方向的一次挑战。回顾过去，由于我们对这种理论给诗歌界造成的思想混乱和精神污染的严重性认识不足，虽然组织过批评，但论战的力量和深度是不够的。在今后的工作实践中，我们将通过党的十二届二中全会文件学习，继续深入地总结经验教训，更高地举起社会主义文艺旗帜，为防止和清除诗歌领域里的污染，为开创新时期社会主义诗歌建设新局面，做出我们应有的贡献。②

与此次会议综述同时发表的也多带有批判性质的文章，如臧克家的《臧克家谈要站在清除精神污染斗争前列》，艾青的《艾青谈清除精神污染》、郑伯农的《在"崛起"的声浪面前——对一种文艺思潮的剖析》以及柯岩的《关于诗的对话——在西南师范学院的讲话》。从《人民日报》的新闻报道的题目即可以嗅出浓浓的批判意味，果不其然，在《诗刊》所组织的这场活动中，《诗刊》的"编者按"也表达了这层含义。如果将身影拉长，其实质仍然脱离不出文学

---

① 《三十多位诗人、诗歌评论家在重庆举行讨论会——批评诗歌界三个"崛起"的错误理论》，《人民日报》，1983 年 11 月 9 日，第 3 版。

② 吕进：《开创一代新诗风——重庆诗歌讨论会综述》，《诗刊》1983 年第 12 期，第 33—36 页。

与政治关系的纠缠。联系到徐敬亚的《崛起的诗群》此时正在中央和吉林等地受到批判，不难想象，配合此次运动的"重庆诗会"自然也难逃时代的重压。虽然朱大可认为"这场大批判在1983年'重庆诗歌讨论会'上达到高潮，极左派诗人及其理论家们，刚刚摆脱"文革"政治迫害的阴影，却又比任何人都更娴熟地挥动权力的棍棒，假借'清除精神污染'的名义，对诗歌风格'异端'展开围剿。在威权体制下，任何艺术流派之间的分歧，都会成为文化围剿的庄严借口"。但是，相比起徐敬亚受到的批判，"重庆诗会"只是这场表现的一次预演，应该说，预演的结果达到了预期，却完全背离了诗歌的精神和人文的方向。

事隔经年，当邵燕祥再次回忆起当时"重庆诗会"的情景时，也不免唏嘘：批判"三个崛起"的"谬论"，称要坚持诗歌的社会主义方向。其后不久二中全会就提出"清除精神污染"问题，重庆这个会果然是得其先机，提前配合了。①

从"南宁诗会""青春诗会""定福庄诗会"到"重庆诗会"，诗歌风潮的流变在会议中表现得分外鲜明，一方面体现着文学在新时期初期努力探讨自身合法性的艰难，另一方面也表现着政治之于文学干扰不是一种纯理论化的凌空虚蹈。对于受到批判的诗人和理论家来说，"政治是想回避都回避不了的事情，它是整整一代人的记忆、良心、号召、经验、词和梦想的一种含混而扰人的综合，是诗歌写作中的个人语境必须面对的公共语境"，②那么对于话语权力掌握者又何尝不是。当徐敬亚等人在深圳策划两报大联展，推出第三代诗人的同时，意味着朦胧诗争论中所涉及的人物与故事都渐入尘埃，无论何种缘由，一切纷争似乎尘埃落定。

当历史的车轮行将进入新的世纪，"盘峰诗会"的论争像是回光返照，为这一以会议形式和论争形态的文学发展贡献了最后一丝气力。诗歌会议的公共空间开始收缩，当诗歌所激起的浪花不能再一次涌向潮头的时候，个人只是沉浸在自身鞋子有没有湿的境遇中。新世纪以来的各种会议随着经济的发展也层出

---

① 邵燕祥：《答〈南方都市报〉记者田志凌问》，《南磨房行走》，哈尔滨：北方文艺出版社2011年，第216页。

② 张桃洲：《论20世纪中国新诗的政治维度》，《华中师范大学学报》（人文社会科学版）2012年第1期，第123—130页。

不穷，但是争论却是罕见，大家客客气气一团和气，达到了团结和稳定的目的，却很难再有因为会议而生发的文学发展的心潮澎湃。

总而言之，朦胧诗从地下走向地上，从不被主流文化圈子接受到进入文学史叙述就是它的经典化之路。"南宁诗会"和"青春诗会"的典范在朦胧诗的经典化中起到了助推的作用，促使其形成了从首登诗坛到引起争论到形成大观的发展路径，完成了真正意义上的崛起。诗歌会议深深地影响了朦胧诗的走势，推进了文学观念的更新、审美的多元，让诗歌深入人心，促进了朦胧诗的经典化。诗歌会议之后，许多刊物开设专栏参与讨论，评论家展开激烈论战，作者在理论和创作上也走向自觉，推动了朦胧诗经典化的文学史走向。

第二节　新时期诗歌评奖活动与朦胧诗经典化

在朦胧诗趋向崛起、走上经典化的过程中，诗歌评奖活动是不容忽视的重要力量与制度保障。1978 年 5 月 27 日，中国文学艺术界联合会第三届全国委员会第三次扩大会议召开，"这是粉碎'四人帮'后，文艺界召开的第一个全国性的会议，是文艺界承前启后、拨乱反正、具有重大历史意义的一次会议。"[1] 自此，文艺界不断调整优化文艺政策，冲破"两个凡是"禁锢的力量日趋稳定壮大。党的十一届三中全会的召开为文艺届的能量更新再添动力，将"双百"方针写进宪法，重新阐释"二为"方向，关于真理标准问题的谈论推动了文艺界的思想解放。在文艺秩序恢复正常的情况下，为促进我国社会主义文学艺术的繁荣与发展，"1978 年全国优秀短篇小说评选"应运而生。此次评奖活动在当代文学史上具有开创性意义，因为"这一次是经过群众评选的"，[2] 且"首次以制度化的形式确立了文学奖项"。[3] 从 1978 年 9 月正式启动至 1979 年 3 月尘埃落定，这场以民主化、科学化形式为主导的小说评选活动为中国当代文学评奖制度的建立奠定了基础，小说界的成功实践也为诗歌评奖活动提供了重要参照。

---

[1] 郭沫若：《衷心的祝愿》，《文艺报》1978 年第 1 期。

[2] 茅盾：《在一九七八年全国优秀短篇小说评选发奖大会上的讲话》，《人民文学》1979 年第 4 期，第 3—5 页。

[3] 孟繁华：《1978：激情岁月》，济南：山东教育出版社，1998 年，第 240 页。

一、诗歌评奖对象的扩容与朦胧诗经典化的发生

在《人民文学》编辑部与广大读者的共同参与下，"1978 年全国优秀短篇小说评选"开启了新时期文学评奖的先声。在此种背景之下，1980 年 9 月，中国作家协会委托诗刊社举办 1979—1980 年全国新诗创作评奖活动。本次评选范围为 1979 年 1 月 1 日至 1980 年 12 月 31 日公开发表的诗歌，这是新时期以来第一次关于新诗的评奖活动，是在小说的评奖取得很大的反响之后对新诗进行的一次实践。从活动的启事来看，一方面是为了反映"文革"后诗坛的精神面貌，另一方面也是为了"发扬成绩，总结经验，促进新诗的进一步繁荣"。①

1981 年 5 月，《诗刊》公布"全国中青年诗人优秀新诗获奖作品篇目并作者简介"，朦胧诗人舒婷入选其中。同年，《星星》在 9 月号上发出了"星星诗歌创作奖"的评奖活动启事，经由读者推荐和评选小组多次讨论之后，朦胧诗人顾城凭借其《抒情诗十首》获奖。鉴于全国中青年诗人优秀诗歌奖以单篇诗歌为主要对象，在某种程度上不足以反映此时诗歌发展的全貌，从 1983 年起，诗歌评奖的范围便由单篇诗歌扩容至诗集，由中国作家协会主导举办两年一届的全国优秀新诗（诗集）奖。

如果说此前两次诗歌评奖活动中朦胧诗人还处于被遮蔽、被否定的状态，那么《诗刊》在 1980 年代所举办的三届优秀诗集评奖活动便是进一步促进朦胧诗走向经典化的重要转折点。1983 年，中国作家协会启动第一届（1979—1982）全国优秀新诗（诗集）评奖活动，评选规则发生较大的改变，参选者不再局限于中青年，评奖委员会成员同样拥有参选资格。在此次诗歌评奖活动中，朦胧诗派有舒婷凭其诗集《双桅船》获二等奖。1985 年 12 月，第二届（1983—1984）全国优秀新诗（诗集）评奖工作启动。最终，评委会评选出 16 部诗集，集中反映这两年我国诗歌创作的新成就与新水平。总体而言，此次获奖者虽然包含老中青三代，但多数为老诗人，如艾青、杨牧、牛汉、邵燕祥、曾卓与李瑛等。

朦胧诗的蓬勃发展在诗歌评奖中蓄积了能量，在第三届诗集评奖活动中彻

① 《一九七九——一九八〇年全国新诗创作评奖办法》，《诗刊》1980 年第 11 期，第 63—64 页。

底爆发。1988 年 3 月，《诗刊》正式启动第三届（1985—1986）新诗评奖工作，经过严肃的筛选、评议，最终有十部诗集获奖，北岛的《北岛诗选》名列其中。从评奖的最终结果来看，朦胧诗的成绩算不上很高，但如果从整个评奖过程来看，我们就可以窥见"朦胧诗派"此时的辉煌成就。实际上，第三届优秀新诗（诗集）评奖工作改变了评奖规则，为保证评选的公平性与科学性而在此前基础上加上初选一环。初选结果共有 14 部诗集，江河、顾城、傅天琳三位朦胧诗人分别凭借《从这里开始》《黑眼睛》《音乐岛》入选。在初选篇目之外，以诗评家为主的初选组又对余下的诗集进行讨论评议，以投票方式选出这两年间出版的较为优秀的诗集推荐给广大读者，杨炼的《荒魂》与舒婷的《会唱歌的鸢尾花》成为其十一分之二。在最终当选的十部诗集里，江河的《从这里开始》再次入选。由此可见，朦胧诗在此时已经成为了诗坛上不可忽视的力量。

实际上，无论是诗歌还是诗集，评奖的着眼点始终在诗歌本体，这对于朦胧诗的经典化具有促进作用。除此以外，对诗人的评选评奖也是不容忽视的环节。1985 年 7 月 1 日，《拉萨晚报》创刊，并刊登一则小启，开展"你最喜欢的中国十大青年诗人"活动。虽然《拉萨晚报》作为刚创刊的地方性报纸，影响力不大，权威性不高，但由于该项评选的首开先河与《文学报》的"转播"，最后在全国范围内引起广泛谈论与强烈反响。同年 9 月 29 日，晚报公布评选结果，按照得票多少顺序分别为：舒婷、顾城、北岛、杨炼、傅天琳、徐敬亚、江河、马丽华、李钢、王小妮、杨牧（王小妮与杨牧票数相同，并列第十位）。此次评选出的"中国十大青年诗人"代表了当时中国诗坛的新星，作为广大读者眼中的优秀诗人而获得殊荣。在诗歌热浪席卷全国之时，作为全国诗歌重镇的《星星》诗刊根据诗歌发展形势，于 1986 年决定举办"我最喜爱的中国当代中青年诗人"评选活动，分别在第五期与第六期刊登了题为《本刊开展"我最喜爱的中国当代青年诗人"评选活动》的诗讯和《评选"我最喜爱的中国当代青年诗人"活动启事》，并呼唤能"得到各地诗社、同行和诗人们的关心与帮助"。① 凭借诗刊本身在国内广泛的知名度与巨大的影响力，《星星》所启动的这项活动很快在全国范围内引起热烈反响。1986 年 10 月号，《星星》刊出"我最喜爱的当代中青年诗人"评选结果，以得票数量为序，分别是：舒婷、北岛、

① 《评选"我最喜爱的中国当代中青年诗人"活动启事》，《星星》1986 年第 6 期，第 61 页。

傅天琳、杨牧、顾城、李钢、杨炼、叶延滨、江河、叶文福。"这次评选，选票是唯一依据。参加这次评选活动的读者遍布全国各地，小的只有 15 岁，年长的已是 78 岁的古稀老人，但更多的是 20 来岁的年轻人。这次评选，是当代中青年诗人在读者中的一次民意测验。"① 通过以上两次诗人评选活动来看，朦胧诗人在读者心目中里占据非常重要的地位。北岛、顾城、舒婷等诗人不仅入选，还均以高票结果名列前茅。

从诗歌到诗集，从诗集到诗人，在诗歌奖项扩容与评奖对象转移的进程里，朦胧诗与朦胧诗人的影子从未消失，而这个评奖重点转变的过程实际上也是朦胧诗经典化的过程。如果说单篇诗歌评奖只是针对这一首诗的思想性和艺术性，那么诗集与诗人评奖则是对这个诗人乃至他所代表的诗人群体的肯定。就前者而言，获奖诗歌或许并不能代表他的主要思想倾向，而只是因为刚好契合评奖的标准与要求而被纳入其中。就后者而言，诗集作为诗人某阶段的成果，必然渗透着他深入骨髓的思想，凝聚着自己的艺术审美结晶。也就是说，与单篇诗歌相比，对诗集与诗人的评奖更具有综合性特质，获奖者也就在诗人圈、评论圈与读者圈中能够拥有更加广泛的认同。就此来看，从舒婷凭借《祖国啊，我亲爱的祖国》获得全国优秀青年诗人开始，至北岛依靠《北岛诗选》荣获第三届全国优秀新诗（诗集）奖，且与顾城、杨炼、傅天琳等诗人在全国青年诗人评选中获得高位排名，朦胧诗已经在不知不觉中成为读者与专家眼中的代表性诗群，也在悄然之中走上了经典化之路。

在朦胧诗与《今天》诗人所获得的诗歌奖项之外，还有一股独特的力量亟待重视——大学生群体。二十世纪八十年代是诗歌的黄金时代，而朦胧诗无疑是当时诗坛上最受瞩目的焦点。《今天》诗人初次亮相，便在全国范围内引起了一阵喧哗骚动。朦胧诗的读者多为青年知识分子与大学生，他们在深受震撼的同时不断传播诗歌，正如徐敬亚回忆说，"《今天》从我们寝室传遍了七七级，传遍了中文系，再后来，传到了东北师大。在此同时，它也传遍了中国各高等院校。"② 坐落在西北的《飞天》，自 1981 年 2 月开设"大学生诗苑"以来，竟然引发 700 多所高校的学生来稿，刊物的销量一度飙升。随着各种评奖活动的

---

① 《"我最喜爱的当代中青年诗人"评选揭晓》，《星星》1986 年第 10 期，第 122 页。
② 徐敬亚：《中国第一根火柴——纪念民间刊物〈今天〉杂志创刊三十年》，《当代作家评论》2009 年第 1 期，第 96—99 页。

袭来,《飞天》在 1982 年第 1 期也刊出了"《飞天》短篇小说、诗歌、插图奖"的评奖启事,针对的主要对象是大学生这一特殊群体。自 1977 年恢复高考以来,一大批学生涌入大学。他们来自于不同的阶层,思想活跃,勇于用各种形式表达自己的想法。从 1978 年到 1980 年全国有 100 余所高校编印出版了大学生文学刊物约 200 余种,虽然都有自己的刊物,也都发表文学作品等,但大多都处于地下的活动状态。他们急于获得官方的认可,发出自己的声音。而《飞天》"大学生诗苑"的设置无疑契合了他们的需求,再加上《飞天》诗歌奖的设置,更是将这一需求推向了高潮。大学生这一特殊群体是朦胧诗最大的接受者,他们对朦胧诗的接受,在某种程度上反映了新时期以来人们对渴望了解新思想和新观念的一种追求,同时大学生在思想转变和观念接受方面较快,这一种接受使得朦胧诗在大学校园获得了一种支持的力量,也有了其生存发展的坚实土壤。在后来的第三代诗歌浪潮中,这些人喊出的"打倒北岛、Pass 舒婷"可以看出他们的诗歌观念是建立在对朦胧诗人的接受、反叛之上的。如果没有朦胧诗的营养滋润,很难说第三代诗歌会不会走出现在的诗歌道路。

二、诗歌评奖标准的流变与朦胧诗经典化的发展

中国作家协会作为全国性文学奖的始创者,从"1978 年全国优秀短篇小说评选"肇始,就试图建立一套符合国家主流意识形态与中国特色社会主义文化潮流的评奖标准,坚持思想性与艺术性的统一。而由中国作协委托《诗刊》所举办的历届诗歌评奖活动,必然也会贯彻落实此项评奖标准。伴随着"文化大革命"的结束,"双百"方针再次焕发出新的活力,为文学评奖提供了重要的多样化风格、题材与主题的参照,"二为"方向的重新阐释也必将为诗歌评奖提供相关的指导思想,即"为人民服务,为社会主义服务"。对于全国性诗歌评奖来说,"弘扬主旋律"的价值评判标准似乎更加强调诗歌与诗人的意识形态,而审美功能则往往会成为"牺牲品"。

实际上,诗歌评奖标准与细则也有一个流变的过程。最初,诗歌评奖标准脱离不了政治抒情性的基调、反思身后历史与展望讴歌新时代的主题。1980 年诗刊社举办 1979—1980 年全国新诗创作评奖活动,这次评选范围为 1979 年 1月 1 日至 1980 年 12 月 31 日公开发表的诗歌,要求参选诗歌"具有较高思想和艺术水平，在群众中反映较好，影响较大"。① 从整体上看，此次获奖的作品是"为人民服务、为社会主义服务的实际成果"。② 艾青在此次评奖的《祝贺》中表示肯定："获奖的这些诗歌代表了近两年来中国诗歌创作的主流，那就是抒发人民的心声，反映社会现实，表达诗人的真情实感。"③ 与此同时，艾青也再次谈到关于朦胧诗的一些问题，"写诗，首先得让人看懂。一些青年在诗歌创作中，有否定一切的情绪。"④ 就艾青对于朦胧诗的不认同态度来看，北岛的《一切》中带有怀疑和批判的口吻惹得老诗人连连摇头，他作为朦胧诗的骨干，被排除在评选活动外也就成了顺理成章的事。李元洛也在新诗评奖后发表文章，认为诗人必须"具有强烈的时代感和庄严的社会责任感，将个人之情和时代、人民之情融汇在一起"，⑤ 如此才能恢复到似大唐时期的黄金时代。在这样的评选体系与评选标准下，只有参加了"青春诗会"的舒婷及其符合高雅格调的《祖国啊，我亲爱的祖国》获奖也就理所当然了。但无论从什么角度来看，此次评奖活动对推动诗歌的创作与繁荣都起到了极大的作用，更为重要的是为青年诗人登上诗坛提供了一个崭新的平台，这一平台也为后来的诗歌评奖开了一个先河，更多的青年诗人从此走上诗坛，走上文学道路。

参与《诗刊》评奖的《星星》编辑白航，实际上对诗歌评选的时代标准有所质疑。白航在《东风吹开花千树——1979—1980 新诗评选漫记》中为此次获奖的作品寻找到一个共同之处，即"言志诗色调的特别强烈"，诗歌的背后蕴藏着诗人的理想，"诗人们非常关心国家大事，非常关心政治与生活，他们的门窗总是大敞大开着的。他们没有脱离政治，也不可能脱离政治。"⑥ 因此，在他看来，此次当选的诗作过于浅露，说理过多与直接干预时事的处理方法导致诗歌的形象性较差，甚至有趋向报告文学的嫌疑。在《诗刊》公布"全国中青年诗

---

① 《一九七九——一九八〇年全国新诗创作评奖办法》，《诗刊》1980 年第 11 期，第 63—64 页。
② 张光年：《发展百花齐放的新局面——在全国优秀中篇小说、报告文学、新诗评选发奖大会上的开幕词》，《诗刊》1981 年第 7 期，第 3—5 页。
③ 艾青：《祝贺》，《诗刊》1981 年第 7 期，第 6 页。
④ 艾青：《祝贺》，《诗刊》1981 年第 7 期，第 6 页。
⑤ 李元洛：《呼唤新诗的黄金时代——新诗评奖的联想》，《诗刊》1981 年第 8 期，第 44—47 页。
⑥ 白航：《东风吹开花千树——1979—1980 新诗评选漫记》，《诗刊》1981 年第 7 期，第 13—17 页。

人优秀诗歌奖获得者"之后，白航于 1981 年 8 月在《星星》上发出了不同的声音：一是"诗坛的争论——特别是对朦胧诗的争论也很激烈（但愿对文艺问题，不要生硬地往政治问题上去拉扯，过去的经验教训，难道这么快就忘怀了吗？），这比一潭死水似的平静、顺风倒样的一致，要有生气和希望得多"；二是"对优美的抒情小诗，艺术上别具一格的诗似乎注意得不够"。①

鉴于此种情况，1981 年 9 月号上，《星星》发出了"星星诗歌创作奖"的评奖活动启事，与《诗刊》不同的是此次在评奖的目的上加了一条"鼓励从事诗歌创作的诗人和诗坛新人"，这一启事反转《诗刊》评奖的弊病，更好地为诗歌的繁荣与青年诗人的创作提供了动力支持和展示舞台。在其评选标准中，第一次将"艺术性"与"思想性"拉到同等位置：既注重思想性，也注重艺术性，这两者应是完整的统一。最终，在经由读者推荐和评选小组多次讨论之后，诗人顾城凭借其《抒情诗十首》获奖。由此可见，《星星》的此次评奖活动，既是对中国作家协会"全国中青年诗人优秀新诗评奖活动"的一种延续，也是对其注重政治性和意识形态性的反拨。这不仅与四川作为中国诗歌重镇所具有的活跃氛围有关，更与《星星》的办刊方针有关。在 1981 年 12 月号的《〈星星〉诗刊稿约》中，明确提出在坚持"二为"和"双百"方针的前提下，"充分发表各种不同流派、不同风格、不同形式、不同题材的诗歌作品及画稿，让他们汇集成灿烂的星群，而放射出五颜六色的光辉，引人向上，为'四化'而讴歌、战斗"！② 到 1986 年"我最喜爱的中国当代青年诗人"评选活动，"这次评选，选票是唯一依据"。③ 因此，《星星》诗歌评奖活动在西南一隅发出了自己独特的声音，并伴随着这种声音进行了诗歌的独特探索实践：在关注时代洪流的前提下，重视诗歌的艺术性。这也正是在一种对艺术的宽容与开放的状态下，朦胧诗才获得了一份可以进军的空间，并且获得诗坛的认可。

如果说白航引领的"星星诗歌创作奖"是作为地方或个人对此前《诗刊》那极具意识形态色彩的评选标准的反拨，那么《诗刊》与中国作家协会举办的全国优秀新诗（诗集）奖便是主流与官方对诗歌评奖标准的修正与调整。在第

① 白航：《从新诗评奖想到的》，《星星》1981 年第 10 期，第 92—93 页。
② 星星诗刊社：《〈星星〉诗刊约稿》，《星星》1981 年第 12 期，第 112 页。
③ 《评选"我最喜爱的中国当代中青年诗人"活动启事》，《星星》1986 年第 6 期，第 61 页。

一届评选结束后，白航在《我爱读这样的诗》中强调本次当选诗集的闪光之处，"一，情真；二，有时代感；三，生活气息浓郁；四，有诗的个性。"① 此次诗歌评选的标准已经与上一次诗歌评选活动有了一定差距，呈现出更加宽容、开放的姿态。作为评奖委员会的一员，白航所提出的特质在某种程度上就是本次诗集评选标准的印证。在这次评选活动中，舒婷凭借书写青年迷惘、彷徨的心灵历程的《双桅船》与反复出现"人民""激情"的其他获奖作品拉开距离，以"细腻含蓄、下笔有情"的神韵荣获二等奖。舒婷作为朦胧诗人的主将之一，她的获奖在一定程度上是官方与民间、政治与艺术妥协的结果，但也正因为如此，为此后朦胧诗的经典化撕开了一道口子。

发展至第三届全国优秀新诗（诗集）评奖活动，注重思想与艺术多样化，坚持思想性与艺术性统一的评选标准再次得到确认并被不断强调。《诗刊》编辑部在第三届评奖活动的初选揭晓中公开了评选要求，即"严格掌握质量第一的标准，在坚持社会主义文艺方向前提下，特别瞩目于那些思想内容健康、艺术表现上富有创造精神，深刻、新鲜、美感作用强烈的作品"② 。在这个标准之下，江河、顾城、傅天琳三位朦胧诗人分别凭借《从这里开始》《黑眼睛》《音乐岛》入选其中。在最终评选结果出来后，《诗刊》再次突出本次评选标准，"坚持文艺为人民服务、为社会主义服务的方向，在保证思想、艺术质量的前提下，尊重不同风格、不同流派诗人们的创作个性，多角度地审视诗歌的创作成果。要充分重视那些贴近现实、反映时代风貌和人民心声、富于生活气息和民族特色的优秀诗作，也要热情鼓励大胆探索、勇于创新的有益尝试；看重朴实、刚劲、廓大的气派，也肯定精巧、华美、细腻的风格，但摈弃那种虚夸、浮泛、大而空的倾向以及纤巧、矫饰近于摆设的'小而精'的流弊。"③

总而言之，诗歌评奖标准已经逐渐转变为从诗歌的实际情况与发展趋势出发把握原则，而并非局限在意识形态的框架内。因此，曾一度被否定的北岛也带着《北岛诗选》获得第三届全国优秀诗集的殊荣。张同吾在诗集评奖后对此次获奖作品做了总结，确定这些当选诗集的主题，即情思之海、祖国之爱、时

① 白航：《我爱读这样的诗》，《诗刊》1983年第4期，第8页。
② 《中国作家协会第三届（1985—1986）新诗（诗集）评奖初选揭晓》，《诗刊》1988年第3期，第4—7页。
③ 《第三届新诗评奖揭晓》，《诗刊》1988年第5期，第4—5页。

代精神与生命之火。他认同北岛在《回答》与《结局或开始》中深入文化心理层面进行自审的倾向，肯定北岛发出"我——不——相——信"的宣言以挑战"长久的以假乱真的思维形态道德规范"的行为。① 由此可见，在朦胧诗的发展历程中，《诗刊》作为官方意识形态与国家权力控制下的诗歌刊物，实际上是影响或扭转诗歌与诗人命运的关键力量。在日趋完善的文化政策之下，伴随着朦胧诗争论的深入与《今天》诗人在读者中地位的巩固提高，《诗刊》对待朦胧诗的态度也在发生变化。作为朦胧诗的领头人之一，北岛那以追寻生存意义与生命价值的精神内核已然受到专家与官方的认可，由此成功助推朦胧诗的经典化。

三、诗歌评奖机制的触发与朦胧诗经典化的制度保障

在朦胧诗经典化进程中，诗歌评奖机制是具有权威性、制度性保障的重要条件。随着"十七年"文学的结束与新时期文学的启程，文学生产中的政治性标准已经悄然消解，文学评价的尺度也在不断扩容。党和政府直接干预文学艺术的现象逐渐隐退，这是否意味着文学与国家意志的完全分离？答案显然是否定的。自新时期伊始，政治正在以一种隐蔽的方式参与文学艺术的生产与传播。具体到文学评奖领域内，我们就会发现文学评奖机制实质上仍然无法脱离国家和党的权威领导。在官方与民间、专家与读者的共同参与下，极具科学性与公平性的评奖程序成为朦胧诗经典化的制度保障。

从诗歌评奖活动的主办方来看，国家的权威性领导力量始终占据主导地位，意识形态正在通过文学评奖潜在地实现自己的文学领导权。根据相关资料显示，从1978年以来的诗歌评奖活动大多是在中国作家协会这一框架内进行的，《人民文学》《诗刊》《文艺报》等刊物都是在作协主导下创办的。1978年，在《人民文学》编辑部与广大读者的共同参与下，"1978年全国优秀短篇小说评选"开启了新时期文学评奖的先声。之后，中国作家协会委托诗刊社举办1979—1980年全国新诗创作评奖活动，舒婷入选其中。1983年起，中国作协再次主导举办两年一届的全国优秀新诗（诗集）奖。从1983、1985与1988年的三届优

---

① 张同吾：《时代音响的和鸣——中国作家协会第三届新诗评奖获奖诗集读后》，《诗刊》1988年第6期，第51—58页。

秀新诗（诗集）评奖结果来看，舒婷、顾城、北岛、杨炼等今天派诗人从未缺席。作为国家管理文学的重要机构，中国作家协会无疑代表着国家的意识形态，是国家对文学进行管理的组织。在由国家文艺部门发起并倡导的诗歌评奖活动中，最终获奖的诗人及其作品无疑就被官方意识形态所肯定。

　　在关注"谁主持"的同时，"谁来评"这个问题也不容忽视。合理的评奖方式与合格的评委群体是新时期以来诗歌评奖的重要组成部分，"通过文学评奖对作家出色的创造性劳动进行肯定与鼓励，使得文学评奖成为促进文艺繁荣和科学进步最为有效的方式之一。"① 从诗歌评奖方式上来看，众多评选活动大部分是采取"群众推荐与专家评议"的方式。在作协委托《诗刊》举办的全国新诗创作评奖中，主要采用的是"读者投票、有关单位（报刊、出版社、文化单位）推荐、专家（组成评奖委员会）评议相结合的方法"。② 第二届（1983—1984）全国优秀新诗（诗集）评奖采取"出版社、诗人、评论家共同推荐与专家评议相结合的方法"。③ 第三届（1985—1986）全国优秀新诗（诗集）评奖采取"由各省（市）作家协会分会、出版社、文学研究单位、诗人、评论家和读者共同推荐与专家评议相结合的方法"。④ 既然《诗刊》编辑部曾称借鉴了兄弟单位的经验，即"全国优秀短篇小说奖"的"群众与专家结合"的方式，那么就必然肯定了专家在评奖活动中的作用，"通过认真而又全面的评议，推荐给广大群众，让人民从日臻繁荣的民族新文艺中得到思想教益和艺术享受"。⑤

　　专家在文学评奖中不仅要挑选出符合审美准则与思想准则的诗作，更重要的是要避免诗歌评选中出现政治标准占据主导地位的现象。如此来看，评委群体的组成对朦胧诗的经典化具有重要影响。实际上，《诗刊》举办的诗歌评奖活动的评委群体拥有明显特征。从横向来看，各个诗歌评奖活动的评奖委员会名

---

① 王鹏：《中国当代文学评奖制度研究：以全国性小说评奖为核心》，北京：中国社会科学出版社，2019 年，第 7 页。

② 《一九七九——九八〇年全国新诗创作评奖办法》，《诗刊》1980 年第 11 期，第 63—64 页。

③ 杨流昌：《第二届（1983—1984）全国优秀新诗（诗集）评奖工作进入筹备阶段》，《诗刊》1985 年第 12 期，第 48—49 页。

④ 石平：《第三届（1985—1986）全国优秀新诗（诗集）评奖工作开始筹备》，《诗刊》1987 年第 11 期，第 49 页。

⑤ 本刊记者：《欣欣向荣又一春——记一九七九年全国优秀短篇小说评选活动》，《人民文学》1980 年第 4 期，第 8—10 页。

单有重叠性。从纵向来看，历届全国优秀新诗（诗集）评奖委员会名单的变化并不大。

表 3-1　全国新诗创作委员会评奖名单

奖项名称	年　份	委员名单
1979—1980 年 全国新诗创作评奖	1981 年	艾青、田间、阮章竞、严辰、李瑛、邵燕祥、克里木·霍加、邹荻帆、张志民、臧克家、赵朴初、柯岩、公木、白航、冯牧、李元洛、张光年、闻山、贺敬之、谢冕
中国作家协会 第一届新诗（诗集）奖	1983 年	公木、艾青、白航、冯至、朱子奇、严辰、李瑛、邵燕祥、徐迟、晓雪、臧克家
中国作家协会 第二届新诗（诗集）奖	1985 年	艾青、邹荻帆、公木、冯至、白航、朱子奇、朱先树、杨牧、杨子敏、李瑛、李元洛、严辰、邵燕祥、吴家瑾、徐迟、晓雪、屠岸、谢冕、臧克家
中国作家协会 第三届新诗（诗集）奖	1988 年	艾青、公木、杨子敏、冯至、吕进、朱先树、李瑛、李元洛、阿红、张同吾、屠岸、晓雪、谢冕、臧克家

　　由此可见，在中国作家协会官方主导的诗歌评奖活动中，评委结构虽然出现过个别评委的调整，但总体上相对稳定。从评委名单来看，诗人、诗评家、编辑都占有一席之地，艾青、冯至、公木等著名诗人的加盟，既以一流的艺术和思想创作为参选诗人树起一座标杆，又同时以独到的眼光发现、审视当下诗歌之林与诗人群体中的"金子"。实际上，评委名单里的不少诗人与诗评家都比较倾向于意识形态色彩浓厚的诗歌写作方式，倡导个人"小我"与时代"大我"的结合。艾青对朦胧诗有所质疑，但并非对处于"异端"的朦胧诗人持完全否定态度，"但是，未来终究是属于年轻一代的。"① 在舒婷获奖之后，公木也曾表达对于《舒婷、顾城抒情诗选》中朦胧诗的大方态度。如果多一些了解则可以知道，公木不仅参与诗歌评奖，对朦胧诗提出肯定性意见，而且对朦胧诗重要的理论旗手徐敬亚的重要文章《崛起的诗群》》亲自过问与指导。可想而知，朦胧诗并非难获青睐。此外，在历届诗歌评选活动中有极力支持朦胧诗

---

① 艾青：《祝贺》，《诗刊》1981 年第 7 期，第 6 页。

人的评委——白航。《星星》自创刊起就一直热衷于扶植青年诗人，当朦胧诗处于激烈的争论中时，诗刊在白航的带领下始终坚持刊载舒婷、顾城等人的诗歌。作为官方主流刊物之一，《星星》对舒婷、顾城、杨炼等朦胧诗人的推介成为推动朦胧诗经典化不可或缺的一支力量。

　　实际上，在诗人、诗评家与编辑之外，读者组成的评选群体也在评奖中占有不可或缺的地位，在一定程度上保证了评奖的公平性。且不说完全由读者投票评选的"你最喜欢的中国十大青年诗人"与"我最喜爱的中国当代青年诗人"，即使是在《诗刊》主持、专家评议的诗歌评奖活动中，读者的作用与影响力也不容小觑。在第一届全国优秀新诗（诗集）评奖活动中，舒婷虽然获奖，但实际上也引起了不小的争议，而这个争议的焦点不在于《双桅船》当选是否名副其实，而是舒婷作为年轻诗人此时是否能与艾青此等诗坛泰斗并列入选。据邵燕祥回忆，这在当时是极其不妥的，有人写信给作协的上级主管部门，"指名道姓说像舒婷这样年轻的作家，怎么能跟例如艾青这样的大诗人并列获奖"，[①] 要求改变获奖名单。但实际上此时评委会已然顾及"国情"特色，"基本上采取了'资望'为主兼顾年龄的原则"，[②] 如果按照实际得票情况，舒婷的名次甚至将会大大提前。因为根据吕进所言，舒婷和傅天琳"虽然是年轻的新人，但是当时已经名满全国。傅天琳的《绿色的音符》和舒婷的《双桅船》都拥有巨量粉丝"。[③] 因此，为了协调二者之间的矛盾，评委会最终只能设置一、二等奖拉开老诗人与年轻诗人的距离，舒婷与傅天琳获得二等奖。

　　一方面，在专业诗人与批评家的共同探讨下，获奖作品必然具有一定程度的信服力。极具权威性的评奖机制为朦胧诗的经典化提供了制度保障，比如主办单位《诗刊》的地位与其背后中国作家协会这种权威机构的支持，评委群体的专业性与知名度，都会为获奖者带来极大的影响力。正如布尔迪厄所说，人们对规则和机构的集体信仰，很容易导致某些东西立即成为"圣物"。[④] 当舒婷、北岛、顾城与杨炼等朦胧诗人与其诗作不断获奖，在得到了官方肯定之后

---

① 邵燕祥：《岁暮忆胡昭》，《作家》2005 年第 2 期，第 32—34 页。
② 邵燕祥：《岁暮忆胡昭》，《作家》2005 年第 2 期，第 32—34 页。
③ 吕进：《八十年代：诗歌与评奖》，《星星》2020 年第 29 期，第 81—86 页。
④ ［法］皮埃尔·布尔迪厄：《艺术的法则》，刘晖译，北京：中央编译出版社，2011 年，第 275 页。

的诗歌也就成了"圣物",往往会在一时之间在社会上与读者中得到广泛传播,成为一股时尚潮流。由此,朦胧诗人们的获奖作品与他们自己的朦胧诗人身份也就逐渐在传播过程中获得"经典"地位。另一方面,读者组成的大众评审本身就具有自己的审美力,他们共同推举出来的优秀诗人与诗集本就是愿意支持、关注乃至学习的对象。从这个层面来看,在"群众推荐与专家评议"结合的评奖机制下,读者也是促进朦胧诗经典化的主要群体。

从"1978 年全国短篇小说奖"开始,文学评奖制度由此建立。在朦胧诗经典化过程中,诗歌评奖既是重要的推动力量,也是树立经典的关键环节。选择谁的作品、什么样的作品获奖在某种程度上影响着诗歌或诗人能否成为经典。从诗歌到诗人的诗歌奖项的扩容与评奖对象的转移,从以"意识形态"与"政治抒情性"为主的评奖标准到以"思想性与艺术性结合"与"包容开放"共生的评奖细则,在"群众推荐与专家评议"相结合的评奖机制之上,诗歌评奖制度的不断完善为朦胧诗的发展与经典化提供了经久不衰的动力与良好的契机。诗歌评奖以一种"肯定的、鼓励的积极性方式代替了以往的否定的、惩罚的消极方式",① 为朦胧诗的经典化提供了制度性保证。

第三节　诗歌选集与朦胧诗经典化

二十世纪七十年代末,朦胧诗犹如地下运行的烈火,经过长时间地酝酿后喷薄而出,席卷整个文学界,成为学者们持久关注和言说的话语对象。时隔四十余年,朦胧诗早已经过时间的检验与淘洗,成为当代文学中的经典,它已经"被一种文化的主流圈子接受而合法化,并且其引人瞩目的作品,被此共同体保存为历史传统的一部分。"② 当我们对朦胧诗的经典化之路进行历时性考察时,会发现朦胧诗被主流文化圈子接受而合法化、经典化的过程与朦胧诗选本的出版与传播有着密切的关联。朦胧诗选的出版扩大了朦胧诗的传播空间,它们以公开出版的方式存在于社会,这在某种程度上是获得了官方的认可,并建立起

---

① 张丽军:《文学评奖与新时期文学经典化》,《南方文坛》2010 年第 5 期,第 26—29 页。
② [加]斯蒂文·托托西:《文化研究合法化》,马瑞奇译,北京:北京大学出版社,1997年,第 43—44 页。

朦胧诗与世界诗学和中国新诗的谱系，确立了自身的合法性。各种正式的或非正式的诗歌选本，把当时尚处于争议状态的和尚未公开发表的"朦胧诗"集中起来，加以遴选、编辑，从而构筑了朦胧诗的代表诗人，完成了真正意义上的身份认定与经典化。随着朦胧诗合法性的确立和代表诗人的定型，朦胧诗派也被成功建构并走向经典化，从而使朦胧诗获得了一种"象征资本"。

一、诗集发行与朦胧诗合法性问题的提出

在朦胧诗发轫之初，它的传播范围十分有限，其传播渠道还仅仅局限在手抄本的传阅和民刊的发表上。朦胧诗肇始于"文革"时期的地下诗歌，当时的白洋淀诗人完全没有公开发表的机会，只能以手抄的形式相互传阅，直至1978年北岛、芒克等人组织成立民刊《今天》，朦胧诗才逐渐浮出历史地表出现在公众视野中。民刊上的发表一定程度上促进了朦胧诗的传播，然而它的传播圈子依然狭窄。这一方面是因为官方刊物很少发表朦胧诗，只有《诗刊》《星星》这种兼容性较大的杂志偶尔转载舒婷、顾城等人的作品；另一方面是源于民刊《今天》的发行量不多，它从1978年创刊到1980年停刊，一共出了9期和3期《今天文学研究会文学资料》，其中《今天》9期每期1000册，第5期后才加印第1期1500册。连阎月君女士也感慨地说："她们那时在学校看不到民刊《今天》，这些诗大部分是从《诗刊》《星星》《福建文学》《萌芽》《春风》《青春协奏曲》等杂志上抄录下来的已经发表的诗作。"① 新出现的诗歌现象冲击着青年人的思想世界，他们对"新的美学原则"的好奇和对新潮诗歌的阅读欲望都随之剧增，而朦胧诗的发行却远远满足不了诗歌爱好者的需求。

朦胧诗传播空间的大幅度扩张，应是伴随着二十世纪八十年代初朦胧诗选本的激增而实现的。一开始，朦胧诗选集还只能以内部形式发行（一般都是铅印、油印），比如中国作家协会江西分会编的《朦胧诗及其他》（1981）、阎月君等大学生编的铅印版《朦胧诗选》（1982）、老木编的《新诗潮诗集》（1985）。直到1985年11月，第一部公开发行的《朦胧诗选》才与读者见面。据统计，第一版《朦胧诗选》只印了5500本，一上市就被抢购一空，1986年4月又印刷了

---

① 叶红：《重读〈朦胧诗选〉——不该尘封的历史记忆》，《文艺争鸣》2008年第10期，第118—122页。

30000 本，1986 年 6 月第三次印刷激增到 50000 本，半年时间印刷总量高达 85500 册，它的传播效果产生了一种"魔弹效应"。① 《朦胧诗选》以书籍的媒介形式将朦胧诗推到大众面前，使先前十分零散、难以获得的诗歌变得方便阅读了，既满足了读者的好奇又无形中完成了朦胧诗的地位认可和价值承认的工作。值得重视的是，这本《朦胧诗选》还编录了现当代诗歌研究专家谢冕撰写的序言《历史将证明价值》，其意图不仅仅是向读者介绍新潮诗歌及其创作特点，更重要的是试图声明朦胧诗的合法性，因为"序言担负着概念解说、合法性辩护和历史描述等使命"。② 随后，各种朦胧诗选本陆续出现，扩大了朦胧诗的读者群，迎来了朦胧诗发展的高潮。据不完全统计，1980—1990 年发行的朦胧诗选本如下：

表 3-2　1980—1990 年朦胧诗选本发行情况

选集名称	编　者	出版单位	出版时间
《朦胧诗及其他》	中国作家协会 江西分会编	《星火》文学月刊社	1981 年
《朦胧诗选》	阎月君、高岩、梁云、顾芳	辽宁大学中文系	1982 年
《部分青年诗选》	《当代文艺思潮》	参考资料	1983 年
《新诗潮诗集》	老木	北京大学五四文学社 未名湖丛书编委会	1985 年
《朦胧诗选》	阎月君、高岩、梁云、顾芳	春风文艺出版社	1985 年
《南风——抒情诗、朦胧诗选》	福建省文学讲习所编	鹭江出版社	1985 年
《中国当代青年诗选（1976—1983）》	谢冕	花城出版社	1986 年

① 叶红：《重读〈朦胧诗选〉——不该尘封的历史记忆》，《文艺争鸣》2008 年第 10 期，第 118—122 页。
② 姜涛：《"新诗集"与中国新诗的发生》，北京：北京大学出版社，2005 年，第 144 页。

续　表

选集名称	编　者	出版单位	出版时间
《朦胧诗精选》	喻大翔，刘秋玲	华中师范大学出版社	1986 年
《五人诗选》	关正文	作家出版社	1986 年
《朦胧诗·新生代诗百首点评》	李丽中	南开大学出版社	1988 年
《朦胧诗名篇鉴赏辞典》	齐峰、任悟、阶耳	陕西师范大学出版社	1988 年
《朦胧诗赏析》	柳槐	华岳文艺出版社	1988 年
《中国现代朦胧诗赏析》	章亚昕、耿建华	花城出版社	1988 年
《中外著名朦胧诗欣赏》	王幅明	四川文艺出版社	1989 年
《朦胧诗 300 首》	肖野	花城出版社	1989 年

　　诗歌选集是朦胧诗进行集束式"二次传播"的重要媒介与平台，它们的出版发行为朦胧诗提供了全新的"传播空间"，为读者进一步熟悉朦胧诗搭建了桥梁，同时也极大地扩大了朦胧诗的社会影响，在朦胧诗的推广和建构中"暗中完成着价值的估定和经典的塑造"。① 当然，除了上述这些朦胧诗选本之外还有大量的年度诗选，其中最著名的、产生很大影响的莫过于中国青年出版社编选的《青年诗选》（1981），之后又连续出了五本：《青年诗选 1981—1982》《青年诗选 1983—1984》《青年诗选 1985—1986》《青年诗选 1987—1988》《青年诗选 1989—1990》。这些年选诗集以集体为单位出版，使当时具有争鸣性质的朦胧诗能够登上诗歌舞台，为当时处于青春期的年轻人吹来新鲜的空气。

　　从某种程度上来说，朦胧诗选集能够以公开出版的方式存在于社会，意味着它已经获得了官方的认可，具有一定合法性，但这种说服力还是很微弱。因为朦胧诗最初是以"异质"的姿态出现在诗坛，其异质性不仅表现在彻底反叛现实主义诗歌的体式规范，更表现在对域外诗歌艺术资源广收博采，所以才引起了章明、鲁扬等一批学者的责难，称其为思想朦胧、艺术怪异的"古怪诗"，它的合法性问题引起巨大争议。面对争议，选本编者以收入作品选的方式表明

---

① 姜涛：《"新诗集"与中国新诗的发生》，北京：北京大学出版社，2019 年，第 31 页。

了他们对朦胧诗公开的、广为认可的肯定立场，自然也需要向读者证明朦胧诗符合诗歌发展的历史规律，具有历史合法性。为此，编者在选本编排上做了一些策略性安排，他们将朦胧诗置于现代和外国的诗歌脉络中加以定位，以中外现代诗歌史上被肯定的诗人诗作来肯定朦胧诗，通过建立诗学谱系来生成对朦胧诗的"期待视野"和"前理解"。

首先，编者将朦胧诗纳入中国诗学谱系，建立起朦胧诗与中国现代派诗歌的对应关系，以凸显朦胧诗创作的合法性及其实验性。"朦胧诗"的源头可以追溯到二十世纪二十年代以李金发为代表的象征诗派，在此之后中国新诗还进行了多次现代性艺术实验，如三十年代以戴望舒为代表的"现代派"、四十年代以穆旦为代表的"九叶诗派"、五六十年代的台湾现代诗运动等。编者将朦胧诗置于中国现代派诗歌这个绵长进化链条中的最后一环，旨在说明朦胧诗沿承了上述新诗流派的诗艺传统，是"应运而生的历史产物"。[1] 例如，1981 年 3 月《星火》文学月刊社内部发行了《朦胧诗及其他》一书，这也是第一部将散见的朦胧诗汇集成册的朦胧诗选集，编者首选了郭沫若（4 首）、李金发（5 首）、徐志摩（3 首）、何其芳（14 首）、卞之琳（3 首）、戴望舒（5 首）等人的诗歌，再选了舒婷（12 首）、顾城（20 首）、北岛（2 首）的诗，意在建构中国现代以来的诗歌脉络以肯定舒婷等朦胧诗人的诗歌创作。又如，1988 年广州花城出版社出版了章亚昕、耿建华编选的《中国现代朦胧诗赏析》，该选本将朦胧诗的谱系延伸到白话新诗的草创期，也把徐志摩、李金发、戴望舒、辛笛等一系列现代新诗发展过程中的不同流派、不同风格的诗歌归为朦胧诗。章亚昕和耿建华在《后记》中坦言，他们编选这本朦胧诗集的目的"就是在这并不明晰的历史脉络里，帮读者'寻'一下什么是新诗的'根'"。[2] 吴开晋则在该书的《序言》中认为："新时期的一些青年诗人的作品，其创作渊源与此有关。"[3] 这样朦胧诗就不再是一种新的诗歌现象，也不再是异类的突显，而是继承和延续了前辈诗人的艺术创作，为新诗花园开出了一朵小小的花，不必诧异也无须惊讶。

---

① 王幅明：《中外著名朦胧诗赏析》，成都：四川文艺出版社，1989 年，第 370 页。

② 章亚昕，耿建华：《中国现代朦胧诗赏析·后记》，章亚昕、耿建华编《中国现代朦胧诗赏析》，广州：花城出版社，1988 年，第 238 页。

③ 吴开晋：《中国现代朦胧诗赏析·序》，章亚昕、耿建华编《中国现代朦胧诗赏析》，广州：花城出版社，1988 年，第 2 页。

其次，在论证朦胧诗的合法地位时，提倡者更不忘从欧美现代派诗歌发展史中寻求强有力的支撑，他们将朦胧诗纳入世界诗学谱系，建立起朦胧诗与域外诗歌的联系，为其找到世界性存在依据。王幅明在编选《中外著名朦胧诗欣赏》时曾说，"许多人都把朦胧诗当作现代派诗歌或具有现代派倾向的诗歌看待"，① 他本人也赞同这种观点，因而他打破了朦胧诗局限于一隅的框架，大胆地将西方意象派、象征主义、表现派、未来派、超现实主义等诗歌流派和风格归入到朦胧诗，从欧洲到美洲，从台湾到大陆，致使朦胧诗的谱系更加宏大。我们且不管其编选的合理性，但就从这一策略来说，也不失为一种声音，一种对朦胧诗现象的再认识，从而将二十世纪八十年代朦胧诗纳入到整个世界的诗学谱系中来，言外之意是谁反对朦胧诗谁就是逆世界潮流而行，似乎如此我们便无法言说朦胧诗的异端与古怪了。

将朦胧诗放到新诗发展的长河以及世界诗歌的文学谱系中定位，这种编排策略意在表明，当前的"朦胧诗"创作并不是无源之水，而是其来有自。其言外之意是，朦胧诗的创作合乎中外诗歌的发展脉络，自是合理合法而不必要大惊小怪。这无疑使得二十世纪八十年代朦胧诗获得了一种合法的地位，进而也为朦胧诗的经典化走出了一条新路子。

二、诗集编选与朦胧诗经典性诗人的流变

从前面的分析可以看出，朦胧诗选集不仅使朦胧诗得到了极大的推广，而且它们通过建立诗学谱系成功地将朦胧诗"去异化"，确立了其存在的历史合法性，使朦胧诗从一个"争鸣对象"成功转化为一种"诗歌风格"。当人们开始论及作为诗歌风格的"朦胧诗"时，他们的目光不自觉地从顾城、舒婷身上抽离，转而聚焦于一批青年诗人群体。作为青年诗人群体中的一员，北岛、舒婷、顾城、江河、杨炼这五人之所以能脱颖而出，一定程度上有赖于各式各样的朦胧诗选本的推广宣传，选本通过遴选与编辑的方式为北岛、舒婷等人提供了一个亮相的平台，促进了他们的经典化以及文学史地位的确立。换句话说，朦胧诗集的编选构筑了朦胧诗的代表诗人。

---

① 王幅明：《中外著名朦胧诗赏析·附录》，王幅明编《中外著名朦胧诗赏析》，成都：四川文艺出版社，1989年，第353页。

最早的朦胧诗作者名单出现在 1982 年辽大中文系刊发的油印本《朦胧诗选》里，其中被列为朦胧诗人的有舒婷、芒克、北岛、顾城、江河、杨炼、梁小斌、王小妮、吕贵品、徐敬亚、杜运燮、傅天琳等 12 人。这本集子在诗人诗作的选择上呈现出鲜明的大学生编者特点：第一，她们认同官方标准，因而所选诗歌大多是从在官方刊物上发表过的诗作中筛选，而且每位诗人的第一首诗均为勇敢奋斗、追求光明的政治抒情诗；第二，她们坚持大学生标准，关注"青春诗会"、新诗评奖和官方诗选等活动以及民刊《今天》的情况，所以才能将位于诗潮边缘的芒克诗歌选录其中，并将其提到与北岛并重的地位。事实上在朦胧诗初创之期，与之同步的《朦胧诗选》难以拉开历史距离，因而在代表性诗人诗作的遴选以及"朦胧诗经典"塑造方面也就存在错选、漏选的现象，比如因杜运燮的《秋》引发朦胧诗争论而将他归类为朦胧诗人。其后，徐敬亚在 1983 年发表的《崛起的诗群》一中进一步确认了朦胧诗派成员名单，文章写道："青年，成了新倾向的热烈追求者和倡导力量。中国诗坛找到了一种新形式的喷发口，全国涌现出了一大批青年诗人：北岛、舒婷、顾城、江河、杨炼、梁小斌、王小妮、孙武军、傅天琳、骆耕野……同属于这一倾向的年轻人名字可以排出一串长长的队形。"[1] 这一批创作新潮诗歌的青年诗人开始驰名于文坛。

　　朦胧诗的成员名单已然明了，但他们之中谁的诗歌成就更高？或者说谁能作为朦胧诗派的代表？这是一个值得思考的问题。对于读者来说，经典诗人的形成取决于读者对这位诗人及其作品的熟悉与认可程度，那么选本的发行量，诗人在选本中的作品入选量和排列顺序都会影响到诗人和诗作的知名度，甚至关系到诗人在文学史叙述中的排列问题。换句话说，"诗歌选集直接影响着诗歌及其作者的知名度和经典化。"[2] 综观 1981—1989 年间发行的朦胧诗选集，没有任何选本明确提出朦胧诗派的代表诗人问题，但从它们的选录数量和诗人排序来看，该诗派出色的代表人物又清晰可见，即北岛、舒婷、顾城、江河、杨炼。（如图：较重要的朦胧诗选本所选诗人及诗作数量前五名）

---

① 徐敬亚：《崛起的诗群——评我国诗歌的现代倾向》，《当代文艺思潮》1983 年第 1 期，第 14—28 页。
② 陈唯：《朦胧诗的经典化历程研究》，硕士论文，华中师范大学，2012 年，第 23 页。

表 3-3   重要朦胧诗选本所选诗人及其诗作数量

版　本	所选诗人（所选诗作数量）				
1981《朦胧诗及其他》	顾城（20）	舒婷（12）	北岛（2）		
1982《朦胧诗选》	舒婷（29）	顾城（24）	北岛（15）	梁小斌（12）	江河（4）
1983《部分青年诗选》	舒婷（16）	北岛（10）	顾城（8）	梁小斌（4）	江河（4）
1985《新诗潮诗集》	北岛（48）	顾城（46）	舒婷（37）	多多（27）	芒克（24）
1985《朦胧诗选》	顾城（33）	舒婷（28）	北岛（27）	梁小斌（25）	江河（9）
1986《朦胧诗精选》	顾城（14）	北岛（10）	舒婷（9）	昌耀（6）	江河（5）
1986《五人诗选》	北岛（45）	江河（35）	顾城（22）	舒婷（19）	杨炼（13）
1988《朦胧诗名篇鉴赏辞典》	北岛（9）	舒婷（8）	顾城（5）	江河（5）	杨炼（4）

由上表可见，1981 年版《朦胧诗及其他》只选入了 3 位朦胧诗人，顾城的诗歌高达 20 首，舒婷的占 12 首，而北岛只有 2 首，至于其他朦胧诗人则没有提及，这显然与当时朦胧诗争论的核心主要集中在顾城和舒婷上有关。1985 年版《新诗潮诗集》首次将多多与芒克提升到了前五名的地位，更有意味的是该选本上集中选择的诗人，除了林莽，其他几位皆为《今天》杂志的诗人，而且食指、多多、方含、严力、田晓青、肖驰等人都是首次进入朦胧诗的汇编集中，这种筛选背后指向的是编者有意发掘被埋没的《今天》一代，有追认《今天》为新诗潮起点的意图。但无论是从诗歌选录数量还是从诗人排列位置来看，北岛、舒婷、顾城都毫无疑问是朦胧诗的"三驾马车"，北岛冷峻、舒婷温婉、顾城童趣自然，三人迥异的诗风深受读者喜爱，各自拥有大量的粉丝，在之后的几十年发展历程中，没有其他诗人能打破这三人的垄断地位。

其中值得注意的是北岛地位的变化，在 1981 年版《朦胧诗及其他》和 1982 年版《朦胧诗选》两部诗集中，北岛诗歌入选数量不多，最直接的原因是他在报刊上公开发表的诗作不多，正如阎月君所说，"如果收集没有公开发行的有争议的朦胧诗，这本《朦胧诗选》就有可能遭遇不能出版的厄运"，[①] 加之北岛在诗坛的活跃程度不如舒婷、顾城等人，当然也有他的诗歌意识形态浓重而不受官方青睐的因素。自 1985 年之后，北岛的诗歌录选数量逐渐增多，排列顺序也

---

① 叶红：《重读〈朦胧诗选〉——不该尘封的历史记忆》，《文艺争鸣》2008 年第 10 期，第 118—122 页。

在逐步靠前，这表明选本编者慢慢认识到诗人北岛的独特性，即北岛的诗歌往往既符合诗歌史的标准，也兼具诗歌审美因素。以《回答》为例，如果单纯从诗歌的思想艺术上来谈，《回答》以其精警的格言和振聋发聩的怀疑以及质问，反映了时代大潮和处于转折时期青年一代内心的孤苦与愤懑，处处闪烁着思想的光辉。时代在他们身上的烙印，任何人也无法躲避。这样，《回答》就兼具了一种诗歌史的地位，既标志着"文革"时期的文学从地下走到地上，又代表了"文革"时期一代人的思想与情感。因此，在大多数朦胧诗的选集中，北岛的《回答》无一例外地排在其作品的第一位，似乎如果不这样做，就很难被读者接受，很难迎合读者的阅读期待和阅读视野。这样一来，出版社和读者都达到了双赢的效果。

1986 年 12 月北京作家出版社出版《五人诗选》，标志着代表诗人的最终定型，诗人代表从"三驾马车"上升到"朦胧诗五人"。该选本并没有明确提出"朦胧诗五人"的概念，但编者的意图非常明显，诚如张立群在《杨炼论》中所说："北京作家出版社编选了《五人诗选》，有明显将北岛、舒婷、顾城、杨炼、江河五人作为朦胧诗代表的倾向，此后，在 1980 年代后期至 1990 年代出版的当代文学史、诗歌史中，基本将上述五人作为朦胧诗最重要的研究对象并长期沿用。"① 实际上，《五人诗选》的出现与此前舒婷、北岛、顾城等人的个人诗集的出版也有一定的关系。（如表：1982—1986 年间个人诗集出版与发行情况）

表 3-4 1982—1986 年间个人诗集出版与发行情况

出版时间	出版社	诗集名称	诗人	印刷册数
1982 年 2 月	上海文艺出版社	《双桅船》	舒婷	0.95 万
1982 年 10 月	福建人民出版社	《舒婷、顾城抒情诗选》	舒婷、顾城	0.948 万
1986 年 5 月	世纪出版社	《北岛诗选》	北岛	0.96 万
1986 年 8 月	人民文学出版社	《黑眼睛》	顾城	0.76 万
1986 年 9 月	上海文艺出版社	《荒魂》	杨炼	0.45 万
1986 年 9 月	花城出版社	《从这里开始》	江河	0.438 万
1986 年 10 月	四川文艺出版社	《会唱歌的鸢尾花》	舒婷	1.5 万

---

① 张立群：《杨炼论》，《南方文坛》2014 年第 2 期，第 83—89 页。

由上表可知，在已出版的个人诗集中，可以排列出舒婷、顾城、北岛、杨炼、江河的顺序。舒婷诗歌出版与发行得最多，这不止是因为舒婷温婉的抒情风格更能打动读者，还有出版社出于对商业利益的考虑，舒婷当时是诗坛讨论最多、争议最多、最为大众所熟知的一个人，而且她又在1980年获得了全国中青年优秀诗歌奖，相对而言更有商业卖点。个人诗集的出版提升了诗人自身的知名度和影响力，因而关正文主编的《五人诗选》对此进行了总结，奠定了"朦胧诗五人"的排列次序和地位（即北岛、舒婷、顾城、杨炼、江河）。但值得注意的是，五人的先后次序在目录和封面上有两种不同的安排，宣传封面上的次序为：北岛、舒婷、顾城、杨炼、江河，而目录和正文内容的次序则是：杨炼、江河、北岛、舒婷、顾城。排列次序的变化一方面反映了出版社的编辑们对五人成就的高低存有争议，一方面也暗示出以"文化史诗"著称的杨炼与江河凭借先前积聚的象征资本在文化寻根火热的年代中得到了着重推介。1988年，齐峰等人编选的《朦胧诗名篇鉴赏辞典》出版，从作品入选量来看，居于前五名的诗人依次是北岛（9首）、舒婷（8首）、顾城（5首）、江河（5首）、杨炼（4首），这种安排代表了文学评论界的主流观点。其后，一些影响甚广的文学史，如洪子诚的《中国当代文学史》（1999），陈思和的《中国当代文学史教程》（1999），程光炜的《中国当代诗歌史》（2003），孟繁华、程光炜的《中国当代文学发展史》（2004）都采用了"朦胧诗五人"这一说法。

从朦胧诗作者名单的出现，到"三驾马车"的形成，再到"朦胧诗五人"的定型，诗歌选集通过"编选"完成了代表诗人的认定过程，是朦胧诗作者经典化的必要途径。当"第三代诗人"提出"打倒北岛""Pass舒婷"等口号时，进一步证明了"北岛们"早已迈进经典作家行列。

三、诗歌选集与朦胧诗派的经典化

实际上，无论是确立朦胧诗的合法性，还是构筑朦胧诗的代表诗人，其根本意图还是在于构筑朦胧诗派。诗歌不像长篇小说那样规模庞大，体制短小的诗歌很难依靠单篇作品的影响力来介入或推动诗歌创作向前发展，因而只有建立诗歌流派，以团队作战的方式才能彰显诗歌自身存在的价值和影响力，"只有这样才能与现代性的线性发展逻辑和时间观相抗衡。"①

　　就诗歌选本而言，把某一类体例相近的作品并置一处编辑出版，本身就表达了对这一体例的推崇，而这样一种"辩体"式的挑选恰恰成为了建构诗歌流派的第一步。以 1982 版《朦胧诗选》为例，编者将具有共同创作倾向的 12 位诗人的朦胧诗歌并置一处，"对这些有着大体相同的追求目标和在这一目标下表现了大致相近的创作倾向的诗人群作了最初的总结与描写"，② 选本的编纂不仅表达了编者自身对现代主义诗风的推崇，又向其他读者推介了一种诗歌潮流。据阎月君回忆，她们编选诗集最初的动机仅仅只是"把好诗与大家分享"，③ 然而她们在搜索与挑选诗人及其诗作的过程中，设定了选择标准、圈定了所选范围，一个新的诗派轮廓不自觉地显现。如果说阎月君等人的"辩体"工作是无意识构筑诗歌流派，那么其后的一些选本则体现了编者有意识地将朦胧诗作为一个潮流整体编入诗集。如 1985 年老木编选的《新诗潮诗集》，该选本分为上下两册，上册选录了北岛、舒婷、江河、芒克、顾城、杨炼、食指、多多、方含、严力、林莽、肖青、肖驰等 13 位朦胧诗人的诗；而下册则选录了韩东、王家新、骆一禾、白马、西川、于坚、海子等几十位年龄更小、成名更晚的青年诗人的诗作。很显然，这是一部朦胧诗和第三代诗的合编本，老木以"分缉"编选的方式将"文革"结束以后的"新诗潮"分为前后两个阶段，书名中的"新诗潮"之说是对"朦胧诗"和"第三代诗"两个诗潮的总称。与此类似，1988 年李丽中编选的《朦胧诗·新生代诗百首点评》也采取了两种思潮并列而立的编选方式，选本的第一缉为朦胧诗，选录北岛、舒婷、顾城、杨炼、梁小斌等 20 人的诗；第二缉为新生代诗，选录李钢、王家新等 31 人的诗，编者还在前言中声明，中国诗届的现代诗歌运动"由'新诗潮'和'后新诗潮'汇合而成……按照流行的习惯称呼，就是'朦胧诗'和'新生代诗'"。④ 编者把朦

---

① 徐勇：《选本批评与当代诗歌创作场域的构筑》，《中山大学学报》（社会科学版）2021
　　年第 4 期，第 94—106 页。

② 谢冕：《历史将证明价值·〈朦胧诗选〉序》，阎月君等编《朦胧诗选》，沈阳：春风文
　　艺出版社，1985 年，第 5 页。

③ 姜红伟：《两个版本〈朦胧诗选〉的出版考证》，《当代作家评论》2019 年第 4 期，第
　　172—178 页。

④ 李丽中：《惊涛拍岸，卷起千堆雪（序）》，《朦胧读·新生代诗百首点评》，天津：南
　　开大学出版社，1988 年，第 1 页。

胧诗作为一个整体潮流编选和命名，其构筑诗歌流派的意图不言而喻。

当然，"辩体"往往只是诗歌流派构筑的第一步，其真正的宗旨还在于建构诗歌流派特征。编者对朦胧诗的思想艺术特征的归纳总结，其落脚点却是诗歌流派的构筑。如1985版《朦胧诗选》采用了谢冕的《历史将证明价值》作为序，作者在序中介绍了诗坛上一种新起的与传统诗在题材、内容、表现手法上都形成对照的诗歌现象，并表明了"时间最终将证明，二十世纪七十年代后半期中国出现的诗的变革运动，其意义是深远的"① 这一诗学发展观。此外，谢冕还对朦胧诗的基本特征进行了总结：内容上，它深刻地表现了这一代人的思考和内心的感受、矛盾和奋进的决心；形式上，它吸收了西方现代派的手法，如意象组合、空间跳跃、电影蒙太奇手法的运用等。对比1982版《朦胧诗选》和1985版《朦胧诗选》的增删情况就会发现，编者有意识地删去了杜运燮的《秋》。当初阎月君因为这首诗引起了有关诗歌"朦胧"的争论而将其收入到1982版《朦胧诗选》中，而实际上这首诗不具备朦胧诗的基本特征，反而带有归来者诗人的沧桑印记。1985版《朦胧诗选》删去了这首诗，意味着编者已经开始以流派特征为依据来建构全新的诗歌派别。1988年李丽中在《朦胧诗·新生代诗百首点评》中进一步总结朦胧诗的流派特征：它在意象上具有朦胧性；艺术技法上常采用隐喻、通感、超感、错觉、幻觉、艺术变形、语言的反逻辑等西方现代派诗歌常用方法；结构上以多层结构取代过去的单线或平面式结构；抒情方式上以跨度组接和散点辐射代替线型连续抒情；审美取向上，以不完整、不对称的破缺美代替了以往的和谐匀称；价值取向上以多元化的审美价值代替了单一的社会功利性价值判断。② 出于流派特征的考虑，其后的许多选本对诗人所属的位置重新进行归置，剔除了不具有突出代表性的李钢、孙武军、傅天琳、吕贵品、岛子等人的诗作，这都说明了朦胧诗的流派已然建构。

1988年徐敬亚和孟浪主编的《中国现代主义诗群大观（1986—1988）》第一次明确采用了"朦胧诗派"这种说法，标志着"朦胧诗派"的诞生及其经典地位的确立。二十世纪八十年代各种思潮选本的刊发成功建构了朦胧诗派，直

---

① 谢冕：《历史将证明价值·〈朦胧诗选〉序》，阎月君等编《朦胧诗选》，沈阳：春风文艺出版社，1985年，第5页。
② 李丽中：《朦胧读·新生代诗百首点评》，天津：南开大学出版社，1988年，第2—3页。

接推动了朦胧诗发展的经典化。不过朦胧诗选集的出版相较于其他文学思潮有一个不一样的点。那就是朦胧诗与以往任何时代的思潮都不一样，它是先有文学现象再有相关的文学理论，先有作品再有争鸣。如第三代诗歌则是大声宣扬口号，要"Pass 北岛"，宣扬反庸常等，但他们的创作追不上理论，形成理论与创作不平衡的现象；"十七年"文学更是在政治影响下的创作，主题先行，大部分为模式化和公式化创作，在写作纲领和宣言的指导下叙述相关；而朦胧诗则是先有了大量的诗歌作品，在文学界引起了热烈的争鸣随之而起的"三个崛起"批评为朦胧诗打下了理论的基础，从诗歌现象上升到对理论的总结。朦胧诗更像是一种"他构性"的诗派，是类似于柄谷行人所说的"风景"的追溯，即"谈论'风景'以前的风景时，乃是在通过已有的'风景'概念来观察的"。①而思潮选本如徐勇所说："思潮选本的编选又最受制于文学创作的流变，只有文学创作表现出思潮流派的特征或倾向，才可能有思潮选本的出现。从这个角度看，80 年代文学思潮选本的出现，是 80 年代文学新变的最明显特征。"② 朦胧诗在时代转折时期出现了明显的特征，以最早的地下诗人食指为首，随之涌现的北岛、舒婷等人都将朦胧诗思潮推到了文学界，具有强烈的历史现场感。

朦胧诗派的经典化促使朦胧诗获得了一种"象征资本"，其后各种披着朦胧诗外衣的非朦胧诗选本的大量编选与刊发反向推动了朦胧诗的经典化。1985 年以后，随着朦胧诗争鸣的结束，大批非朦胧诗陆续出版，如飞茂编的《爱情朦胧诗选》、徐荣街和徐瑞岳主编的《古今中外朦胧诗鉴赏辞典》等，这些诗歌选本并非朦胧诗派的诗歌选集，但都披着朦胧诗的外衣出版，这种大规模的文学选本出现一定程度上助推了朦胧诗的雅俗共赏。对于普通读者来说，专业性的诗歌选集吸引力远不及这些具有吸睛标题的选本，而这些诗歌选集选择以朦胧诗命名则是在某种程度上反证了朦胧诗已经成为一种流行的诗歌风格。"这些都是借'朦胧'之名而展开的选本编纂实践，其一方面是在借助朦胧诗这一象征资本而抬高自己，另一方面也是赋予朦胧诗以新的象征资本之价值。"③ 当朦胧

---

① ［日］柄谷行人：《日本现代文学的起源》，赵京华译，北京：生活·读书·新知三联书店，2003 年，第 10 页。

② 徐勇：《选本编纂与八十年代文学生产》，北京：人民文学出版社，2017 年，第 124 页。

③ 徐勇：《选本编纂与"朦胧诗派"的建构》，《厦门大学学报》（哲学社会科学版）2021年第 5 期，第 55—64 页。

诗与历史拉开一段距离之后，对朦胧诗经典的追认便成了题中应有之义，这种追认带领我们回到当时的历史现场，感受当时的历史氛围，此时的朦胧诗不只是一个流派思潮，更是一种风格的彰显。

1985 年前后，各种现代派文学的层出不穷实际上也标志着现代主义在文学秩序构建中获得了合法性。这种借朦胧诗的外壳"夹带私货"的行为是在第三代诗"影响的焦虑"之后出现的出版现象，当第三代诗面临朦胧诗这一难以翻越的高山时，只能另辟蹊径，张扬自己的个性主张。当时的新生代诗人们没有经历过上一代诗人所经历的政治活动，因此"莽汉主义""非非主义"等诗社提倡反崇高反英雄倾向，消解诗歌的意义，最终宣布与朦胧诗不同的诗歌纲领。但不论是之后第三代诗"影响的焦虑"还是更后面的非朦胧诗选本，都能反面印证朦胧诗已逐渐经典化。

"朦胧诗"在中国诗坛上的历史功绩是不可磨灭的，诚如吴思敬所言："没有'朦胧诗'就没有今天狂飙突进、流派纷呈的'新生代'，也将没有群星灿烂的诗坛的明天。"① 诗歌选集的意义绝不仅仅在于传播，而更重要的是宣告某种秩序的建构已经完成，这种建构可以理解为经典化的过程。

第四节　文学史书写与朦胧诗经典化

朦胧诗传播很重要的一个场域就是大学校园。而考察朦胧诗的经典化过程，不得不谈到的就是作为权威的文学史的书写在校园传播中的功用。在校园文化传播的语境中，文学史作为学院派的理论产物，对朦胧诗的经典化在某种程度上是一种积极而肯定的态度。学院派的学者们也曾积极参与到这场争论中，进而把对这场争论的认识拓展为一种学术机制，并将其经典化。

然而文学的经典化历来不是一蹴而就的，它有一个流变的过程。在这个过程中，文学史参与其中进行构建，同时对文学史而言也产生了一种流变，从对一种现象外围的感知进入到内部的观察，从对他的感性评价上升到理性回归，这都是有意义的环节。从最早的 1985 年由中国科学院文学研究所当代文学教研

---

① 吴思敬：《朦胧诗名篇鉴赏辞典·序言》，齐峰等编《朦胧诗名篇鉴赏辞典》，西安：陕西师范大学出版社，1988 年，第 2 页。

室编的《新时期文学六年（1976.10—1982.9）》开始，到2007年由洪子诚编著的最新修订版《中国当代文学史》，文学史在对朦胧诗的关注上一直是一个争议不断的话题。研究文学史对朦胧诗的书写这一动态变化，从细处观察这种流变的过程，有助于我们一睹朦胧诗经典化的流变历程。因此在这里选取洪子诚史著作为分析对象，即《中国当代文学史》（1999年）、《中国当代文学史》（2007年）和《中国当代新诗史》（1993年）、《中国当代新诗史（修订版）》（2005年），以文学史和诗歌史两个分类来取样进行分析。

一、从轮廓的勾勒到谱系的建立

洪子诚从1985年开始着手编纂《中国当代新诗史》到2007年《中国当代文学史》的出版，其间历经二十余载，可谓呕心沥血。这二十年也正是中国自"文革"结束以来剧烈变化的二十年，一系列的社会思潮和文化现象风起云涌，文学也跟着复杂多变起来。

1978年创刊的《今天》将一个诗歌群体从地下推出地表，跟随着的是轰轰烈烈的诗歌活动以及随之而来的诗歌批评，这一凸显的诗歌现象立刻引起人们的关注。在几次大的朦胧诗争论中，稍显落寞的是文学史的书写，有关这一时期的书写在争论中大多处于一个空白期。这个空白期使得对于朦胧诗的认知和评论在一定意义上活跃了思想，各种争议和批评的声音纷至沓来，抗辩和声援的声音也层出不穷。对于文学史的书写，一个原因在于距离太近，看不清朦胧诗的全貌，不便于在较短的时间内理清其全貌，另一方面从当代文学史一开始书写就伴随着"当代文学能不能写史"的讨论让朦胧诗在文学史上的出现犹豫缓慢。当然在洪子诚1993年出版的《中国当代新诗史》之前，关于朦胧诗争论和研究的专著也有，如1987年10月出版的田志伟的《朦胧诗纵横谈》和1988年7月出版的宋耀良的《十年文学主潮》，这可以看作是洪子诚文学史著作出现的一个过渡，或者说是对其文学史出现的一次理论上的尝试。毕竟在时间稍近的叙述中，很难以一个完整全面和客观公正的立场和角度对一次文学运动或文学现象进行细致和独到的把握，更不用说以一人之力完成文学史的理论建设。不可否认个人在修史方面有独特的优势，那就是一以贯之的史学观念以及精准独到的史学理论的实践，但是个体的能力毕竟有限，随着历史的发展，一系列社会文化和思想的变动使得文学史的书写难以与时俱进，不断更新和变化的社会时时影响着理论的变化和生成。

对于朦胧诗的文学史书写亦不例外。洪子诚最早的关于朦胧诗现象论述的著作是于1985—1987年完稿，1988年4月后记于北京，1991年冬略改，1993年5月正式出版的《中国当代新诗史》。这本是成书较早、距朦胧诗争论最近的诗歌史专著，可以说代表了二十世纪八十年代中后期一大批文学史著者对朦胧诗的认知和观点。在对朦胧诗整体的感知中，初版借用徐敬亚"崛起的诗群"一词来概括二十世纪八十年代"青年诗人"的创作，同时又将"青年诗人"按照"一开始表现出来的互异的发展趋向"和"他们与中国当代诗歌'传统'的联系方式上"进行划分，将北岛、顾城、舒婷等朦胧诗人为主体的"青年诗人"以"革命"和"叛逆"的标准廓清出来。在章节的分配上，以"崛起的诗群"命名，分为上下两章：上章主要陈述的是作为"青年诗人"的雷抒雁、张学梦、骆耕野等的诗歌创作，下章则主要论述作为另一种"青年诗人"舒婷、顾城、杨炼、江河等朦胧诗人和"新生代"诗人的创作。相较于2005年《中国当代新诗史》的修订版，这一论述已经发生了很大的变化，作为"青年诗人"的这一概念逐渐淡出，雷抒雁、张学梦、骆耕野等一批"青年诗人"也淡出诗歌史视野，代之而起的则是对以朦胧诗人为主体的"青年诗人"进行了详细的论述；同时也对朦胧诗的诗歌谱系进行了梳理，除重点关注在"文革"期间的地下诗歌活动和对诗人食指的发掘以外，对围绕在《今天》周围的诗人或游离于朦胧诗之外的诗人多多都进行了重点的关照。

在1993年版《中国当代新诗史》中，从一种看似对二十世纪八十年代诗歌现象的整合来看，对于朦胧诗的论述试图通过对于传统的继承寻求理解和突围，将其作为"文革"中反对"四人帮"的产物，以个体命运与民族、国家和时代命运相结合的方式，解读出在新的历史条件下整个"新诗潮"的共同趋向。换句话说，在这一时期的文学史著作中，研究朦胧诗对于新诗的贡献不在于个体在诗歌艺术上对新诗做出的努力，而是作为整体与反抗"文革"时期文艺观念捆绑在一起，虽然在论述中，对顾城、舒婷等诗人的表述力图显现出个体的诗艺，但是却被强大的主流话语所掩盖。同时在梳理朦胧诗的发展流变中也显得含混不清，一方面是资料搜集整理的缺憾，另一方面所表现出的是忽视。这种忽视在2005年版的《中国当代新诗史》中有所补缺。2005年版《中国当代新诗史》中，对诗歌的整体概貌、诗歌的理论建树和诗歌的谱系都有所涉猎，尤其在诗歌的谱系建立上，肯定了食指等地下诗歌的地位，为朦胧诗的发展找到其合理性的源头，同时将"白洋淀诗群"作为朦胧诗从地下浮出地表的历史沉淀，为其做了大量的铺垫。这样完整体系性的建设，清楚地了解了朦胧诗从发生、发展到衰落的整个流变过程。虽然一再强调历史的叙述并非线性的表达，但是对作为新诗阅读者的大学生了解整个诗歌发展的潮流和脉络无疑具有很好的普及作用。于朦胧诗而言，谱系化体系的建立，使朦胧诗从一开始的争论到最终的接受这个过程的文学史研究向经典化迈出了重要的一步。

二、细节化历史叙述的深入

细节存在于文学形象和文学事件的描述上，也存在于文学史或历史的叙述上，大量丰富而具体的历史细节，使得在面对历史或文学时更加可感可知。我们一再强调的"回到现场"和"还原历史"虽说只是一种向往，但是这种无限止的接近与触摸，弥补了一丝遗憾，增添了在认知和判断时一种客观公正的理性。

朦胧诗出现伊始，首先面临的就是对其概念的廓清。洪子诚在 1993 年的《中国当代新诗史》中以"一批青年诗人的崛起和一个新诗潮的出现"并论，在这里他采用"青年诗人"和"新诗潮"这个概念，将青年诗人作为新诗潮的主要群体，这里不仅包含着以雷抒雁、张学梦、骆耕野为代表的"干预"现实的青年诗人，也包含着"叛逆"的朦胧诗人。在其详细的论述中将继承"政治抒情诗"传统的"干预"现实的青年诗人和与时代格格不入的新潮前卫的朦胧诗人区分开来。这样一来，作为"新诗潮"的"新"就完全沦落在一个含混的概念里，何为"新"？成了初识新诗潮的一个问题。

随着研究的深入，1999 年出版的《中国当代文学史》将"新诗潮"作为一整章节论述，而这一次的论述中，摒弃了之前对于论述中雷抒雁、张学梦、骆耕野等青年诗人的讨论，重点放在以北岛、顾城、舒婷等为代表的朦胧诗人。换句话说，朦胧诗代表了整个新诗潮，这里可以看出作为发展中的"新"概念的变化，通过比较可以得出，"新诗潮"的"新"不仅体现了时代对于文学在反映社会现实方面的要求，更重要的是代表了一种文学发展的方向，一种有别于旧文学所带来的革新的力量和求变的精神，使得历史的叙述朝着一种更理性化的方向发展。在随后有关于二十世纪八十年代诗歌的论述中，2007 年修订版的《中国当代文学史》则继续沿用了这一概念。新诗潮的代表不仅为朦胧诗，其后也增添了"第三代诗"，整体上反映了诗歌观念的流变。

除对整体方面的论述进行修订之外，对作为朦胧诗内部的诗歌现象也进行了修正。在朦胧诗代表人物的指认方面，1993年初版本的《中国当代新诗史》中，北岛直接被过滤掉，在综述中一笔带过。到1999年初版本的《中国当代文学史》，北岛开始进入朦胧诗代表诗人的序列，并将其排在舒婷、顾城、江河、杨炼之后进行了简单的论述。再到2005年修订版的《中国当代新诗史》，这一排序发生了变化，北岛居于朦胧诗代表诗人首位并进行了详细的阐述，顾城也排在舒婷前面进行了阐述，这也延续到后来修订版的《中国当代文学史》中。同时，由于对朦胧诗的考古使得一些"文革"时期的地下诗人走出地下，在对朦胧诗的诗歌地图的绘制中，食指、芒克、多多等也加入进来，一起作为朦胧诗代表诗人。

细察北岛诗歌排位的问题，大致与1993年《中国当代新诗史》初版本同时的文学史著作，大抵都是采取这样一种方式，即整体表述时一笔带过，详细讨论时集体忽略。北岛成了文学史上的一个尴尬存在，尤其是在政治气候的变幻莫测时期，这样的变动更显得文学史在叙述方面的谨慎和小心。不提或者是少说成了问题回避的最好的办法，这也是当代文学能不能写史的一个尴尬存在。

同样在细节的叙述中，作为民刊的《今天》在文学史的表述上也成了一种尴尬。考察现代文学的历史，大多的文学流派都围绕这一个或几个刊物存在，刊物成了文学发声的前线阵地，例如《现代》与"现代派"，新月派与《新月》等。《今天》无疑在朦胧诗的出现和新诗潮的发展中有着举足轻重的作用和地位，然而作为民办刊物被取缔所面临的合法性的问题和叙述中的政治话语问题，在1993年《中国当代新诗史》和1999年《中国当代文学史》的论述中，只是将其作为朦胧诗存在的一个载体进行简单的略写。二十世纪九十年代后期市场经济的深入发展，各种期刊改制以及文学史研究对于刊物的重视，《今天》作为朦胧诗重要的载体和理论发生地，越来越得到重视。在2005年版的《中国当代新诗史》和2007年版的《中国当代文学史》中，作为讨论朦胧诗的重点章节，开篇专门辟出一节来书写《今天》对于朦胧诗重要的理论意义和现实意义。这一重要的变化不仅得益于文学研究视阈的开阔和变动，更来自于市场经济的发展，更多的注意力转向以经济为中心的物质追求，文学日益边缘化。当然宽松

的文化环境对于异质文化的包容，即使这一异质是在原有的文化基础之上生成
与发展的，也使得文学史在历史细节深处叙述显得更加地丰富和客观。

三、文学史"重写"视阈下的经典建构

1988 年《上海文论》开辟了一个由陈思和、王晓明主持的"重写文学史"
的专栏，是"对过去把政治作为唯一标准研究文学史的结果的怀疑"，① 而这一
怀疑的结果则是拉开了"重写文学史"思潮的大幕。

"主要部分完成于 1988 年"的 1993 年出版的《中国当代新诗史》似乎没有
赶上这个重写的浪潮，虽然早在 1985 年中国现代文学馆召开的"中国现代文学
研究创新座谈会"上已经提出"20 世纪中国文学"这一新的文学史视野，但是
对这一理论的实践显得并不是那么积极。由于理论的提出需要经过多方的讨论
和论证，构建理论的框架和确认文学史实的细节等方面有待加强，稍显迟缓的
文学史在这一问题上的展现则约略有十年之久的间隔。而这个间隔时间依然沿
用了重写思潮开始之前的文学史史学观念和叙述方法，洪子诚在 1993 年的《中
国当代新诗史》中的表现亦是如此。

具体到朦胧诗，随着对朦胧诗资料的挖掘和完善，对于朦胧诗整体的面貌
有了较为清晰的辨识，一反过去以"新诗潮"或"崛起的诗群"的概念来评述
二十世纪八十年代的诗歌现象，在 1999 年版的《中国当代文学史》中对于朦胧
诗逐渐有了谱系上的认识，同时也将朦胧诗为代表的"新诗潮"现象进行了廓
清，这样历史在经过了十年的发展之后，由厚变薄的历史书写逐步得到实现。
与此同时，由于距离朦胧诗发生发展的时间较短，1993 年版的《中国当代诗歌
史》在作家作品的历史表述上显出的"当代性"，即文本的叙述多有文学批评的
性质，其优势就是除了一定的历史眼光的梳理之外，当事人的见证和参与提供
了现场感，批评家所做的倾向性的批评展现出的鲜活性。这也就牵扯到当代文
学史在写作中如何处理文学批评、文学理论和文学回忆等复杂资源之间的关系，
由此而带来的对于文学史中"文学性"的讨论。所以在 2005 年《中国当代新诗
史》的修订版中，洪子诚除了将带有专著性质的教材进一步教材化之外，在内

---

① 陈思和、王晓明：《关于重写文学史专栏的对话》，《上海文论》1989 年第 6 期，第 4—6
页。

容方面力图表现出史的叙述。而这带有史的努力方向的表现，在朦胧诗经典化的建构中，首先谱系化地构建了朦胧诗发生发展的脉络，将朦胧诗的发生延续到"前史"时代，在"前史"时代的叙述中增加了对朦胧诗具有影响力的食指和哺育朦胧诗产生环境的"白洋淀湿地"。其次在对朦胧诗的建构过程中，随着市场经济的深入，各种文化语境和研究发生的变化，着力点放在《今天》以及围绕着《今天》所做的文学生产、传播和接受的论述上。这一论述增添了进入文学场域的历史现场感，将一鳞半爪的叙述丰富到具有代入感的语境中，可以说看出了文学史在吸收和接纳最新文学研究成果方面的努力。最后，在对主要诗人和诗歌的论述中，除了将北岛放在朦胧诗具有代表性诗人首位，增添了其对朦胧诗所做的贡献和努力之外，更加注重文学理论在文学史叙述中的功用。可以说北岛从朦胧诗边缘地带到中心地位的位移，不仅是人们审美意识的提高和文学观念的深入，更重要的是作为文学史写作重要参考标准的政治逐渐将文学从其战车上松绑了下来，文学不再以政治标准为唯一标准，文学史也就避免了政治文学史的结果。当然这里面我们重点是在文学观念的变动上，过去"知人论世"的批评方法，过于强调朦胧诗人过去的"上山下乡"经历带来的诗歌创作上的同一性，而忽视了诗歌艺术个性化的特质。

　　他们作为"流派"的意义主要在于，他们的艺术创造和探索，在精神实质和主导意向上存在着共同点。这表现为：在个人与民族历史的关系上揭示这一代青年心灵历程的诗的主题；对于窒息着新的审美追求的传统艺术规范的反叛姿态；对于诗人的工作、诗人与世界的关系的带有理想主义色彩的信念；……当然，这一"流派"在它取得最大影响、并被诗界接纳的时候实际上已经解体、分化，成为"历史"，① 从这一历史的理论分析中，一方面可以看出作为朦胧诗群体出现不是因为他们在诗歌艺术上的追求，同声相应、同气相求，而是在以"朦胧诗"的诗歌艺术聚集在"反叛"的姿态这一面大旗之下；另一方面，这种对于诗歌的理解流于传统的历史事实和背景的结合，忽视了在艺术个性方面个人的表现力和着重点。这种叙述在"重写"思潮的影响之下不再是简单的归纳和罗列，在 2005 年再版的《中国当代新诗史》中，以一种开放性的方式从"诗歌精神""时代意义""诗学贡献"等多方面加以解读。

---

① 洪子诚、刘登翰：《中国当代新诗史》，北京：人民文学出版社，1993 年，第 414 页。

不可否认，在重写思潮影响下的朦胧诗经典的建构在文学史的书写上发生了巨大的变化，不断的重塑和再造确立了其在中国当代诗歌史上的地位，但我们也看到，文学史在重写思潮影响下的经典建构的有限性。换句话说，历经多次文学思潮变换的文学史，在历史的叙述上一再地发生变动，这一变动不仅因时而异，甚至会因观念而异，这样文学的经典就具有了一种流动性，在这一点上，朦胧诗的经典建构也就有了时间的限度，甚至是历史的局限。虽然朦胧诗在后世文学史的书写中会历经怎样的变化不得而知，但可以肯定的是不会被遗忘。

杜威说过："历史无法逃避其本身的进程。因此，它将一直被人们重写。随着新的当前的出现，过去就成了一种不同的当前的过去。"① 因此文学史也就处于一种不断变化的过程中，而这个过程又符合经典的开放性这一特点。这就是时代洪流影响下的文学史观念的作用，由于不能拉开距离，进行一种"历史性"的观察并辅以客观冷静的判断，文学史的表述在某一时期也就出现了相同的现象。这种"距离"在洪子诚 1993 年这本《中国当代新诗史》和同时期的其他文学史著作中得到了体现。例如在对朦胧诗代表诗人的处理上大致也经历了同样的阶段，由金汉、冯云清、李新宇主编，华东地区高师院校协编，于 1992 年杭州大学出版社出版的《新编中国当代文学发展史》中也没有北岛的身影，舒婷单列一节，顾城和梁小斌列一节，江河和杨炼列一节。在 1997 年孔范今主编、山东文艺出版社出版的《二十世纪中国文学史》中，北岛和舒婷作为朦胧诗的第一个浪潮而被单列一节进行论述。大致同时，在 1999 年洪子诚初版本的《中国当代文学史》中，北岛也进入文学史的视野专节的叙述之列。

当然文学史的叙述除了时代洪流的影响之外，由于著作者的个人的文学史观念、艺术审美观念的不同，同时期的文学史对朦胧诗的论述也呈现出千差万别的风景。洪子诚著于 1999 年的《中国当代文学史》在编写体例上主要采取对"重要的作家作品和重要的文学运动、文学现象"的重点关注，以传统的小说、诗歌、散文、戏剧为主体的分类方式，"努力将问题'放回'到'历史情境'中去审查"以增加"靠近历史的可能性"。而同年由陈思和主编、复旦大学出版社出版的《中国当代文学史教程》则重点以文学作品解读的方式介入对中国当

---

① ［美］约翰·杜威《逻辑：探究的理论》，转引自《美国文学的周期》，王长荣译，上海：上海外语教育出版社，1990 年，第 7 页。

代文学的理解。具体到对朦胧诗的评论问题上，洪著以朦胧诗现象的发生为出发点，比较详细地论述了朦胧诗发生发展过程的来龙去脉，并同时对代表诗人进行了重点阐释，其语言平实，力求客观、冷静。而陈著则以"新的美学原则的崛起"为大标题，以西方现代主义为主要判断标准，将朦胧诗运动缩略为其中一个部分，并且以朦胧诗代表诗人舒婷的两首诗《致橡树》和《双桅船》为介绍对象，以点代面地评述了这种诗歌现象，其语言稍显感性。这两种不同的文学史表述，体现了著者不同的文学史观念和对历史真实的个体感知，正如洪子诚先生在面对当代文学能不能写史所谈到的："我们还是明知不可而为之，目的不仅为'当代人'立一块碑碣，还希望给后来者提供一份同代人的一种认识的参照。"① 无疑两本交相辉映的文学史著作在这一点上达成了一种默契，共同展示了当代人对当下文学的一种个体的理解和把握。

　　洪子诚在 1993 年的《中国当代新诗史》后记中不无遗憾地谈到当代人写当代史的困境："生活是瞪着明天走去，而写史却是朝着后面张望。虽然必须是站在'今天'张望，但'今天'却是一块漂浮的土地，永远都在移动。"② 我们既不认同某一本文学史或某个文学史家更具有权威性，又不认为其对当下文学的阐释更具权威性，其千百年后依然正确。然而他们在某一时间段所做的文学史的努力是不应该被忽视的，这也构成了文学史的一种独特风景，毕竟文学史所反映的是对当下文学生态的一种或多种解读。从对朦胧诗代表诗人的确认，到对其诗歌谱系的梳理，再到其长时间内稳定性的积极评价，文学史在参与文学经典的流变与朦胧诗的经典化过程中的作用也就不言而喻了。

---

① 洪子诚、刘登翰：《中国当代新诗史》，北京：人民文学出版社，1993 年，第 549 页。
② 洪子诚、刘登翰：《中国当代新诗史》，北京：人民文学出版社，1993 年，第 550 页。

第四章

顾城及其诗歌的经典化

　　郁达夫认为,"五四运动的最大的成功,第一要算"个人"的发现。"① 在二十世纪八十年代的语境中,"个人"似乎作为政治话语反拨的一个对立面而存在,其实我们恰恰忽略的是其本身的政治性属性。对于新时期的朦胧诗而言,试图从"个人"话语体系中抽离出一个"自我"的存在,并将其上升到哲学的层面,本质意义上也是对"个人"话语中政治属性的一种遮蔽。但是对于寄托政治话语的载体而言,"个人"或"自我"不仅是话语体系中最具张力的热点话题,而且是一个个具体可感的生命实在。选取顾城及其诗歌作为朦胧诗争论中的一个典型个案,不单是如雷蒙·威廉斯评价奥威尔所言的"范例","把他用作一个普遍论点的基础""他和我们一起继承了一个伟大而人道的传统;和我们一起试图把这个传统应用于当代这个世界";② 更重要的是呈现在顾城身上那种"悖论":他对于古典文化深深的迷恋,从庄子到《红楼梦》都无不涉猎,却表现出"反文化"的倾向;他对于现代"自我"意识觉醒的追求却走向"女儿国"的梦幻之境。也许正是这种"悖论"与"范例"使其无论是诗歌还是人生都呈现出"朦胧"的诱惑,诱惑着我们试图去进入他的人生与诗歌世界去一窥究竟,也把他作为一个视角去观察朦胧诗变动之际的理想轨迹。

---

① 郁达夫:《现代散文导论(下)》,《中国新文学大系导论集》,长沙:岳麓书社,2011年,第175页。

② [英]雷蒙·威廉斯:《文化与社会(1780—1950)》,高晓玲译,长春:吉林出版集团有限责任公司,2011年,第300页。

第一节　顾城如何进入《今天》

在中国当代诗歌发展史中，民刊《今天》的地位可谓举足轻重，不仅源于它与朦胧诗的发展紧密相关，是促使"文革"地下诗歌浮出地表的关键一环，同时也源于它所引发的朦胧诗热潮间接并持续催生了第三代诗歌。正因《今天》与朦胧诗同根同源且较为错综复杂的历史关系，使得人们很容易想当然地将朦胧诗派等同于"今天派"。事实上，人们所熟知的朦胧诗五位代表诗人北岛、舒婷、顾城、江河、杨炼，只有北岛是《今天》最初的创办人之一，且每期《今天》上都有其诗作发表，其他几位诗人则仅有零散作品刊登。据统计，北岛发表33首，江河发表11首，舒婷发表8首，顾城发表7首，杨炼发表6首。值得注意的是，顾城在《今天》上发表诗歌的数量并不多，但是这样一位热爱诗歌的文学青年何以顺利地进入和融入《今天》，甚至一度成为"今天派"的代表诗人，尚未受到学界关注。因此，重返历史现场，对顾城进入《今天》相关史实进行全面梳理和探究，既有利于廓清史实，又有利于加深对民刊《今天》、"今天派"诗歌以及朦胧诗的认识和理解。

一

顾城虽未参与《今天》的创刊工作，却是较早参与《今天》诗歌活动的人员之一。顾城得以顺利进入《今天》作者群并非偶然，而是在多种条件和因素的助推之下完成的，其中既有《今天》勇敢发出青年之声对顾城的吸引，又包括时代条件下《今天》发展方针的调整，同时也与顾城的诗歌特点密切相关。

顾城进入《今天》的可能性首先来自于顾城对《今天》办刊观念的认同。"文革"结束后，青年人们用各种各样的方式释放着自己内心被压抑已久的声音，多种油印的民间刊物如《四五论坛》《北京之春》等相继出现，《今天》也在此时应运而生。1978年9月的一天傍晚，北岛、芒克、黄锐三人合计办一个文学刊物，他们组建起了"七人编辑部"，并定刊名为《今天》。1978年12月23日，《今天》创刊号顺利油印出版。此时，党的十一届三中全会召开，思想解冻，《今天》抓住这个难得的历史机会，坚定地发出自己的声音："历史终于给了我们机会，使我们这代人能够把埋藏在心中十年之久的歌放声唱出来，而不致再遭到雷霆的处罚。我们不能再等待了，等待就是倒退，因为历史已经前进了。"① 《今天》的诗歌深深吸引了顾城，顾城的姐姐顾乡曾拿着几页《今天》的诗歌给他："快看，有人写像你《无名的小花》那样的诗！"读完后，顾城深感共鸣，于是"掀起床单，用手帕擦去《无名的小花》上经年累月的灰尘"。② 《今天》的诗歌让顾城回忆起真和美的世界，这个热爱诗歌的青年人便怀抱着青春激情和发出自我声音的期盼，不顾家人的反对，情愿失掉大好前程，③ 毅然带着自己的诗去了《今天》编辑部。

关于顾城最初进入《今天》的细节，当前存在几种不同的说法。二十世纪九十年代后期，芒克曾在一次访谈中提及，"顾城是他姐姐顾乡带着找去的，夹着他的一大卷诗。他那时像个孩子，见了我们就往后退。"④ 直到 2006 年，芒克在其所写的《顾城》一文中，仍然保持这一说法："我和顾城头一次见面是在 1979 年初。那一天他姐姐顾乡把他带到了《今天》编辑部。"⑤ 北岛也曾回忆和顾城初次见面的情景："1979 年早春，在北京东四十四条 76 号（《今天》编辑部），有人敲门，顾城和顾乡走进来，我们初次相见。……在顾城怂恿下，直奔《今天》编辑部。"⑥ 顾乡的说法与芒克、北岛基本相符："说到我和顾城当年去'今天'，那个时候我们用极为可贵的休息日，第一次还是冒着大雪，从万寿路穿过整个北京，辗转找到东四十四条 76 号中的一个小屋。"⑦ 不同的是，蔡其矫曾在访谈中提到，"顾城是来看'星星美展'被吸引而参加了'今天'派。"⑧

---

① 《今天》编辑部：《致读者》，《今天》1978 年创刊号，第 1 页。
② 顾城：《剪接的自传》，《顾城文选·卷一：别有天地》，哈尔滨：北方文艺出版社，2005 年，第 17 页。
③ 顾乡：《顾乡致芒克的一封公开信》，2006 年 6 月 19 日，顾城之城（网站），http：//www.gucheng.net/gc/gcgs/gcws/200606/4416.html.
④ 唐晓渡：《芒克访谈录》，《沉沦的圣殿》，乌鲁木齐：新疆青少年出版社，1999 年，第 347 页。
⑤ 芒克：《顾城》，转引自刘春：《生如蚁，美如神：我的顾城与海子》，北京：译林出版社，2013 年，第 77 页。
⑥ 北岛：《序》，北岛编《鱼乐：忆顾城》，北京：中信出版社，2015 年，第 V 页。
⑦ 顾乡：《顾乡致芒克的一封公开信》，2006 年 6 月 19 日，顾城之城（网站），http：//www.gucheng.net/gc/gcgs/gcws/200606/4416.html.
⑧ 廖亦武、陈勇：《蔡其矫访谈录》，《沉沦的圣殿》，乌鲁木齐：新疆青少年出版社，1999 年，第 493—494 页。

而杨炼则回忆道："我记得 1978 年底《今天》刚刚出来，我和顾城对上面的诗歌感到非常震撼，于是有天晚上，我和顾城决定探访这个神秘的编辑部。"① 可以推断的是，蔡其矫的说法不太可信，因为第一次"星星美展"举办于 1979 年 9 月，这与芒克所说的"1979 年初"以及顾乡所说的"冒着大雪"相悖。而对于芒克、北岛、顾乡以及杨炼的两种说法，显然前三人的说辞可以相互印证而更为可信。

其次，顾城的个人意愿是他进入《今天》的主观前提，而他得以进入《今天》更重要的原因则来自于《今天》其时发展策略和办刊方针的调整，这是影响顾城进入《今天》的直接因素。1979 年 1 月，北京市委针对社会形势的变化召开会议，强调要用"敌我态度"解决当前的"串联闹事"。对此，部分民刊签署《联合声明》并举行"民主讨论会"，坚决争取发声权利。在办刊方向这一问题上，《今天》编辑部成员存在很大分歧，除北岛、芒克之外的其他编者更倾向于纯文学立场，这直接导致了《今天》编辑部的分裂、重组。为了明确《今天》发展路径，在《今天》第二期出版（1979 年 2 月）前后，新任主编北岛、副主编芒克确立了《今天》的编辑方针："一是尽可能发表'文革'中的'地下文学'作品。二是努力扩大作者群，每个人都通过自己的关系去寻找、发现知道和不知道的作者。"② 在这个编辑方针的指导下，《今天》吸纳了一批新作者，这其中就有方含、田晓青、江河、甘铁生、严力和顾城。在《今天》纳新的需求之下，顾城顺势加入了《今天》，正是《今天》的重组和新编辑方针的确立为顾城进入《今天》提供了可能。

最后，顾城个人天真、童趣、非对抗性的诗歌特点契合《今天》在特定阶段下的需要，这也是推动顾城进入《今天》的重要因素。北岛曾在 1978 年 12 月 9 日写给哑默的信中谈到，"就目前的形势看，某些时机尚不成熟，应该扎扎实实多做些提高人民鉴赏力和加深对自由精神理解的工作。"③ 顾城喜欢徜徉在大自然的海洋中，感受花草虫鱼的生命律动，体会风霜雨雪的自然脉搏，在自

① 《专访诗人杨炼：和顾城探访〈今天〉杂志，回头再看朦胧诗派》，2016 年 1 月 4 日，澎湃新闻，https://www.thepaper.cn/newsDetail_ forward_ 1416564.

② 唐晓渡：《芒克访谈录》，《沉沦的圣殿》，乌鲁木齐：新疆青少年出版社，1999 年，第347 页。

③ 北岛致哑默的信，1978 年 11 月 17 日。转引自李建立：《北岛致哑默七封书信校释》，《现代中文学刊》2020 年第 6 期，第 67—72，119 页。

然的怀抱中用诗歌写下孩童眼中纯净、清澈的自然世界。顾城的诗歌天真童趣、含意蕴藉、文辞优美，表现出对自由的探寻和向往，并且没有明显的对抗性，这与《今天》出于生存需求考虑之下对诗歌风格的要求较为吻合。

二

顾城非常顺利地进入了《今天》作者群，开始参与《今天》的组织活动，而这并非文学意义上的进入，他仍然是北岛所认为的"外围分子"，① 因为顾城诗歌所着力营造的理想、和谐、宁静的个人"童话"世界与《今天》诗风在一定程度上是相背离的。但对于《今天》这样的民刊而言，顺利生存并非易事，为了争取更大的生存发展空间，《今天》不得不根据形势做出适当调整，韬光养晦，迎合主流，而顾城在官方诗坛的影响力这时就成为《今天》接纳顾城的助推器。

顾城进入《今天》作者群后未能很快在《今天》上发表诗作，因为负责诗歌筛选工作的芒克"对他的诗并不太满意，直到第二次诗歌专号才发了他署名'古城'的两首诗"。② 究其根本，是因为顾城的诗歌并不十分符合《今天》对诗歌的编选要求。从《今天》来看，这份民刊是为反映新时代精神而生，它登载的诗歌在写作主题上具有相对一致性，大致可以分为以下几类：其一，冷峻的反思批判诗，表达了《今天》诗人们对十年"文革"的质疑和诘问，也显示出他们的叛逆姿态和担当精神，如芒克的《天空》《冻土地》、北岛的《回答》等。其二，温和的抒情诗，描写和呼吁理想的亲情、友情、爱情，祈盼人道主义的复归，如舒婷的《啊，母亲》《致橡树》、北岛的《一束》等。其三，恢弘的纪念悼亡诗，传达纯净的亲友思念之情或凝聚坚韧的民族力量，如芒克的《写给珊珊的纪念册》、江河的《纪念碑》等。《今天》的诗歌编选，总体上呈现出对历史的反思和诘问，对人情温情的呼吁以及对个人或国家民族的悼念或感怀，风格或沉重悲戚，或温和感性，这与顾城诗歌清新明净、自然童趣的特点存有较大差异。"顾城早期的小诗《生命幻想曲》等，以儿童奇思妙想的自然

---

① 孙武军：《青春的聚会：忆 1980 年青春诗会》，《文学港》2000 年第 1 期，第 97—112 页。
② 唐晓渡：《芒克访谈录》，《沉沦的圣殿》，乌鲁木齐：新疆青少年出版社，1999 年，第 347 页。

比拟见长，与《今天》心智成熟、受难反抗、自觉进行现代主义艺术试验的小诗并不相容。"① 顾城对现实采取逃避态度而只想活在自我的世界之中，这从根本上违背了《今天》的办刊意旨，从这个意义上来说，顾城的诗歌一开始没能受到《今天》的青睐并不令人意外。

　　然而，受生存环境的影响，《今天》要想争取生存发展空间就需要对官方做出适度的迎合。二十世纪七十年代末，尽管政治文化环境开始松动，但作为与意识形态密切相关的文学刊物，尤其是民刊，难以摆脱政治的干预。"不管《今天》的创办者是如何地试图纯文学，都无可奈何地与初衷相背离，而一旦介入其中，将不可避免地被逐出主流社会，其命运的坎坷也是可想而知的。"② 《今天》毅然决然地选择了关涉现实，这就注定了它发展的举步维艰。因此，《今天》想要生存就必须积极争取主流的认可，以在官方主导的话语场中获得立锥之地，接纳顾城就是《今天》为争取主流认可做出的选择。

　　一方面，《今天》对顾城的接纳来自于官方刊物对顾城的认可。不同于舒婷先在《今天》发表诗作后被官方刊物接受的发展路径，顾城早在进入《今天》之前就已经在众多官方刊物上发表诗作并且小有名气。接纳顾城既契合《今天》开辟公共话语空间的需要，又使《今天》架起了一座调和与官方紧张关系的桥梁。在对待官方刊物的态度上，北岛主张尽可能在官方刊物上发表作品，以扩大《今天》的影响，这也是北岛在《今天》第一期印发以后选择送一份给《诗刊》编辑部主任邵燕祥的原因。官方刊物对《今天》诗歌的接受和传播有利于提高其社会影响力，同时这也代表着《今天》所建构的诗歌观念对官方场域的渗透。从顾城发表作品情况来看，从 1974 年回京起，他就开始在《北京文艺》《少年文艺》《体育报》《北京日报》《解放军报》等刊物零星发表诗作。1979年—1980年，他在《诗刊》《星星》《安徽文学》《福建文艺》等著名刊物上发表了《歌乐山诗组》《年轻的树》等 30 余首诗。顾城本就在官方诗坛占有一席之地的优势在此时就成了他被《今天》接纳的"催化剂"。

　　另一方面，《今天》对顾城的接纳来自朦胧诗争论无形中对二者关系的拉近。除了在官方刊物发表诗作之外，顾城的诗还受到官方诗坛的关注和热烈讨

　　① 张志国：《〈今天〉的创办与诗歌构型》，《诗探索》2010 年第 7 期，第 4—42 页。
　　② 徐晓：《〈今天〉与我》，《沉沦的圣殿》，乌鲁木齐：新疆青少年出版社，1999 年，第387 页。

论，甚至引发了持续数年的朦胧诗争论。由于朦胧诗争论所针对的实际是《今天》诗歌，顾城在争论过程中就被赋予了《今天》代表诗人的角色，这使顾城与《今天》之间建立起不可分割的联系，《今天》在这一条件下对顾城的接纳可谓必然选择。1979 年 3 月，北京西城区文化馆创办的《蒲公英》小报，以"无名的小花"为总题半版选载了顾城同名诗集中的诗作，后连续选载二期。顾城的诗歌引起了公刘的注意，这位老诗人于 3 月 14 日写成《新的课题——从顾城同志的几首诗谈起》一文，10 月发表于《星星》诗刊复刊号。公刘针对青年诗歌创作活动提出了较为中立的看法："要有选择地发表他们的若干作品，包括有缺陷的作品，并且组织评论。既要有勇气承认他们有我们值得学习的长处，也要有勇气指出他们的不足和谬误。"① 这篇对顾城诗歌的评论文章逐渐引发了全国性的"朦胧诗"争论，还无意中使顾城"糊里糊涂地成为了《今天》的'代言人'"。② 如此一来，虽然"顾城在《今天》中并不占据重要位置，但他的童话诗早在公开诗坛引发争论，反过来影响《今天》选发他的诗歌"。③

　　《今天》接纳顾城可谓是二十世纪七十年代末政治文化影响之下的产物，为的是满足刊物生存发展空间以及开辟公共话语空间的需要。在《今天》主动接纳顾城这一行为的背后，映射出的是《今天》为维护刊物生存安全以及争取言论自由所做出的努力。

三

　　如果说多种合力的推动使顾城得以顺利进入《今天》作者群，《今天》出于自身生存发展考虑接纳受官方认可的顾城使得二者之间建立起更为紧密的联系，那么顾城成为《今天》名副其实的一员则来自于顾城在进入《今天》后对《今天》的主动"拥抱"。这里的主动"拥抱"既包括顾城积极参与《今天》的相关活动，又包括顾城在理论上对《今天》诗歌的拥护，还包括顾城在《今天》影响下创作上的变化。顾城对《今天》的主动靠近最终帮助他实现了对

---

① 公刘：《新的课题——从顾城同志的几首诗谈起》，《星星》1979 年复刊号，第 85—90 页。
② 梁艳：《〈今天〉（1978—1980 年）研究》，博士学位论文，华东师范大学，2010 年，第 96 页。
③ 张志国：《〈今天〉与朦胧诗的发生》，博士学位论文，暨南大学，2009 年，第 56 页。

《今天》真正意义上的进入。

　　尽管顾城一开始只是进入了《今天》的作者群，但这却为他参与《今天》的组织活动提供了不可或缺的重要契机，顾城正是在参与《今天》相关活动的过程中实现了与《今天》的深度融合。其一，顾城深度参与了《今天》有关的文学活动，并从中获益匪浅。从1979年4月1日到1980年12月，《今天》定期召开作品讨论会，这个会议可以"直接影响到《今天》的文学旨趣和面貌"。① 顾城长期参与《今天》的作品讨论会，这也直接影响到了顾城诗歌的"文学旨趣和面貌"。顾城还积极参与《今天》组织的"文学沙龙"活动，尽管有时是自己不擅长的小说主题，他仍愿与志同道合者们一同挤在黑乎乎的院子里，与大家共同探讨文学。② 其二，《今天》从文学领域跨界到艺术领域的实践活动，也对顾城诗风的转变发挥了重要作用。"'星星画会'是从《今天》派生出来的美术团体"，③ 其与《今天》的联系可谓十分紧密，因此两次"星星美展"《今天》都参与了协办工作。根据多人回忆，顾城曾为"星星美展"配诗。④ 然而，从"星星画会"公布的"第二届星星美展配诗宣传单"⑤ 来看，第二届"星星美展"并无顾城的诗句。具体史实因资料缺少难以考证，但可以肯定的是，作为《今天》成员的顾城一定参观过"星星美展"，结合蔡其矫的回忆，更加可以确定这一推断。"'星星美展'上各种不同流派的西方现代画的表现手法，对他会有一定的启发，会有一定程度的影响。"⑥《今天》解散之后，顾城仍没有停止与《今天》诸人的交往，黄锐曾在1981年以顾城、北岛等《今天》成员为模特作画，记录下了值得纪念的历史一瞬。在对各项活动的参与之中，顾城与

---

① 万之：《也忆老〈今天〉》，刘禾编：《持灯的使者》，香港：牛津大学出版社，2001年，第307页。

② 姜红伟、徐敬亚：《八十年代，被诗浸泡的青春——徐敬亚访谈录》，《诗探索·理论卷》2016年第1辑，第88—101页。

③ 查建英：《八十年代访谈录》，上海：上海三联书店，2006年，第75页。

④ 参见孙武军：《青春的聚会：忆1980年青春诗会》，《文学港》2000年第1期，第110页；李爽：《我们的圆明园》，《爽：七十年代私人札记》，北京：新星出版社，2013年，第209页；宁肯：《美术馆》，《北京：城与年》，北京：北京十月文艺出版社，2017年，第248页。

⑤《1980第二届星星美展》，2010年1月21日，http://www.shigebao.com/html/articles/zhan/3244.html.

⑥ 寒山碧：《评朦胧诗的缺点和成就》，《中国作家作品琐谈》，香港：东西文化事业出版公司，1984年，第237页。

《今天》成员之间的关系日益紧密。

　　《今天》诗歌的出现和传播引发文坛的关注和批评，顾城作为《今天》的一员同时也是备受官方诗坛关注的一员，积极发声，从理论的高度拥护《今天》诗歌，在这个过程中，顾城的文学观念与《今天》逐渐靠近。顾城在发表于《诗探索》1980年第1期的《请听听我们的声音》一文中指出："新诗之所以新，是因为它出现了'自我'，出现了具有现代青年特点的'自我'。"① 他坚决抵制过去文艺中所宣传的非我的"我"，赞扬新诗中具有现代特点的"自我"，并且肯定了新诗因表达内容的需要而采用的现代表现手法，有力地反击了"让人读不懂"的批评论调。这篇文章可以视为顾城为《今天》所代表的"新诗"做出的表白和辩护。之所以如此拥护《今天》，是因为《今天》对顾城而言绝非"过客"，它在顾城的整个生涯中占据着较为重要的地位，所以直到《今天》停刊后十二年，顾城仍表达着对《今天》的怀念："至今我仍感真切，在那个小屋里坐着，看几行字，我感到的是精神，那么破的屋子，那么坏的纸，那么可爱的人。"②

　　《今天》崇尚自由之精神，热切发出"自我"之声，这很契合顾城的诗歌追求，在这种氛围的感染下，顾城的诗歌创作也在有意无意之中逐渐向《今天》靠近。顾城加入《今天》这一期间，《今天》对顾城的诗歌创作产生了较为显著的影响，表现为创作数量和创作主题两方面的变化。创作数量方面，顾城在1979—1980年的现代诗创作数量相较1974—1978年大幅增长。根据2010年由江苏文艺出版社出版、顾乡编选的《顾城诗全集》来看，顾城在1974—1978年的四年间创作了65首现代诗（包括寓言故事诗、歌词和连环画配诗，后同），而在1979—1980年两年间就创作了303首现代诗，数量之对比可谓悬殊。与此同时，在创作主题方面，顾城的诗歌风格也逐渐受《今天》的影响，从钟爱自然童趣的清新自然转向绵密深沉的哲理思考，这一时期顾城创作了一系列暗指、影射"文革"这一特殊年代的诗，如《骑士的使命》《眨眼》《定音》《解释》《昨天，像黑色的蛇》等，以及暗讽"文革"的寓言故事诗，如《善于发明的农人》《杨树与乌鸦》《大猪小传》《自负的猴子和同伴》《光荣竞赛会》《马

---

① 张学梦、高伐林、徐敬亚等：《请听听我们的声音——青年诗人笔谈》，《诗探索》1980年第1期，第46—59页。
② 顾城：《给〈Today〉的信》，《顾城哲思录》，重庆：重庆出版社，2015年，第89页。

驹》等，还有直接反映革命历史的诗，如《红卫兵之墓》《歌乐山诗组》《永别了，墓地》等。

此时，顾城的诗歌已不似从前那般与《今天》诗风相背离，而呈现出与《今天》的某种契合性，他对《今天》的主动靠近终于得到了《今天》的"回应"。1980年4月，《今天》第八期"诗歌专辑"刊发了顾城《山影》《海岸》《暂停》《雪人》四首小诗。四首诗均创作于1979年5月到1980年2月之间，《山影》中"远古的武士"的侠义和"今天像恶魔/明天又是天使"所体现出来的复杂韵味，《海岸》中"猛烈扭曲的枯叶"以及"灾难的星星"等富有隐喻义的意象，《暂停》中"女孩"对权贵的反抗，《雪人》中对美好爱情的守候，这都与《今天》的诗歌主题不谋而合。除此之外，顾城还在《今天》文学研究会内部资料之一、三中发表了《赠别》《小巷》《简历》三首小诗，离别怀旧中暗含着顾城对《今天》的不舍与眷恋之情。《今天》的文学精神魅力感染着顾城，促使他转变创作风格以契合《今天》诗歌主题，《今天》刊发顾城诗作实是应有之义。

如果说一开始顾城只是在形式上进入了《今天》，其诗歌并不被《今天》所接受，顾城与《今天》的关系实为"貌合神离"，那么随着《今天》对顾城的影响逐渐加深，顾城开始转变诗风不断向《今天》靠近，他最终得以在文学观念上进入《今天》，成为《今天》名副其实的一员。

总之，从在《今天》上发表诗歌数量的角度来看，虽然顾城不算《今天》的核心人物，但这并不影响他进入、融入《今天》的历史进程，这里面既有顾城诗歌对《今天》生存之需的契合，又有顾城主动靠近《今天》刊物风格的努力。回到历史现场，结合具体史实探究顾城进入《今天》这一简单而又复杂的过程，可以清晰地看出《今天》在二十世纪七八十年代的生存境况和发展趋向，看出《今天》为实现言论自由所做的努力，同时也看出青年诗人顾城在创作中不断成长成熟的履历。从另一意义上讲，正是顾城这般诗人的存在，助推"地下"的《今天》诗歌进入"合法"的"朦胧诗"时代，尽管精神内核已经发生变迁，但这在某种程度上可以称作《今天》的胜利。

第二节　体验的诗学：顾城诗歌中的"自我"观念

在二十世纪八十年代新启蒙话语的召唤之下，对于"朦胧诗"以降的诗人与诗歌的理解逐渐进入"现代性"谱系之中，这样的方便之处在于，将诗人置于一个时代的潮流之中，便于准确定位个体在时代洪流中的价值与意义。但与此同时，带来的另一个弊端则是，在一个混装无差别的装置中，个体被压抑的同时，也丧失了对启蒙话语或"现代性"观念更为丰富而又复杂的展开。因此，从追寻"自我"出发，对诗人"个体"体验的考察，在还原其独异而又张扬的个体文学观念的同时，有助于丰富与延展"现代性"观念的内涵。而顾城，正是处于时代洪流中独异而又合流的样本之一。

顾城诗歌的生成与其个人体验密不可分，无论是他孩童时期随父亲下放火道村，还是青年时期参与《今天》诗歌活动；也无论是他对北京城以及整个故园的依恋，还是进入新西兰之异域的生存实感，对其诗歌产生了不可磨灭的影响，可以说正是他跌宕起伏的一生酝酿了他不可复制的文学才力。作为一个天才型诗人，他的作品不事雕琢，任由思绪徜徉，从自己的生命中流淌出一首首真的诗。终其一生，顾城无论是个体的经历还是诗歌的养成，都是对"自我"这一观念执着探寻的一种结果。也正是他对"自我"观念的找寻，丰富并拓展了二十世纪八十年代诗歌"现代性的多副面孔"。

一、法"自然"而享"自我"的原初本能

身处繁华的都市生活之中，无处不被时代与社会的洪流裹挟着，那种"漂泊"的生存实感与"孤独"的内心警醒，时时吞噬着处于现代生活中的个体。因而对于纯粹精神理想的追寻往往显得弥足珍贵，不仅因为这一精神理想是对麻木与疲倦后病态躯体的一种精神性疗治，而且更因为无处安放的灵魂亟须一个等待栖息的诗意居所。所以无论是西方作家梭罗对于"瓦尔登湖"那种理想精神生活的营造，海德格尔、荷尔德林等诗人、哲学家对于"诗意栖居"精神原乡的召唤，还是顾城在激流岛所构筑"女儿国"的亲身实践，抑或是其诗所言，"在灵魂安静之后，血液还要流过许多年代"的现实困境，都使得这种孜孜

不倦的追寻，形成了一种现代性探求的原动力，而"自我"正是顾城努力探索的结果之一。

　　不同于从理论层面高屋建瓴地去反思和批判现代性的哲学家，顾城从一开始对于"自我"意识的追寻就表现出一种个体经验的独异。在整个人类社会都表现出对于大工业、大机器生产的现代文明的向往之时，顾城对于现代文明呈现出一种内省或反思的视角，如其《烟囱》一诗中所刻画的"烟囱"意象，"犹如平地耸立起来的巨人/望着布满灯火的大地/不断地吸着烟卷/思索着一件谁也不知道的事情"。① 虽然我们不能将之简单地呈现为"自然"与"都市"两种文明的冲突对比，但是，借此可以探寻的是，顾城对于"自然"的认识，也远非简单的对于"大自然"的喜爱这一朦胧而又模糊的情感表达所能概括，其中既有对于原生态状况下造物主所缔造的自然这一风景的独爱，也有着"自然"状态下个体对于生命自由的"自我"追求。正如老子哲学所言："人法地，地法天，天法道，道法自然。"这里的"自然"也就具有了双重意味，那就是庄子"齐物论"思想中的人与自然同一的平等观念，以及人类通过对于大自然的"效法"、探求的自然规律来实现"自我""自然而然"的理想形态。

　　同样的，顾城对于"自然"的体察，也兼具了这双重意味。一方面，顾城通过对"自然"的观察来寻找属于自然的"自我"。首先呈现为对自然的摹写，在自然中寻找快乐，获取灵感，构成其"自我"意识萌发的最初来源。如其八岁时所写的诗句，"松枝上/露滴晶亮闪亮/好像绿漆的宝塔/挂满银铃铛"（顾城《松塔》），那种对自然观察细腻，充满童趣的诗歌在顾城的笔下摇曳生姿，以至于在其六七岁时就通过姐姐写了一首诗在明信片上寄给父亲，并且在受到父亲鼓励后喊出了"我将来是诗人！"的愿望。接触大自然，顾城获得了一种无拘无束的自然情态，这既是大自然给予顾城童年生活的一个礼物，也是奠定顾城诗歌创作的起点。其次，对于自然的摹写并不等于简单的观察记录，而是带有了歌者的一己之思。马克思曾指出："人是自然界的一部分"，② 自然与人类所具有的平等的价值观念，使得孩童时期的顾城能够细心地去感受自然所赋予万物的各自情态，进而有了对人类社会初步的探查。顾城对于自然的观察无疑都

---

① 顾城：《烟囱》，《顾城诗全集》（上），南京：江苏文艺出版社，2021 年，第 9 页
② ［德］马克思：《1844 年经济学手稿》，《马克思恩格斯全集》（第 42 卷），北京：人民出版社，1975 年，第 95—97 页。

赋予了其自己的情思，"我觉得在一个人的话，就显现为一种自然的心境，即与自然合一的状态。"① 天上人间的一切，因为有了自然的比附，显得自然而多情起来，并显露出哲思的趋向。最后，因为对大自然的执着与向往，使得顾城的诗歌，在某种程度上有了"自然"的底色，构成了其诗歌不同于其他朦胧诗诗人的自我诗学。从孩童时期对自然的观察和书写到青年时期借助"朦胧"来表达自己的观念，这中间，自然作为"底色"成为其最为显著的特点。《一代人》中的"黑夜"，《远和近》中的"云"，《门前》的"草""风"，《我是一个任性的孩子》中的"天空""羽毛""苹果"等自然意象，空灵、清新，不染一丝尘埃的清境，正如舒婷《童话诗人》对顾城的理解，"你的眼睛省略过/病树、颓墙/锈崩的铁栅/只凭一个简单的信号/集合起星星、紫云英和蝈蝈的队伍/向没有被污染的远方/出发"。② 这些没有被"眼睛省略过"、没有被污染的自然意象，与现代社会形成明显的反差，平添了对尘世生活逃离的冲动。"'我'可以看作是一个社会观念产物，是人为造出来与自然相对的。没有了这个相对，就没有了'自我'的'丧失'和'寻求'。"在相对观念的影响下，逐渐形成一种以自然为底色，以哲思为内核的"自我"诗学。

另一方面，顾城对于"自然"的理解，是将"触景生情"的自然之景与个体的经验相融合，使得童年时期的顾城，在享受大自然给予自由烂漫的自然风景的同时，也产生迥异于童年所应有的深沉思考。顾城在幼年所接触到 J·H. 法布尔的《昆虫记》之后，被灰琐生活困扰的他仿佛打开了一扇科学与生命之窗，他开始关注周围一切有生命力的东西，感慨它们发出的生命吟唱，哀叹寒夜里一只蟋蟀的消亡。幼年时的顾城很少与周围人沟通与交流，孤独成了他生命的常态，"这么多年我可以感觉到：我就像一滴水从云里落下来，我是一个孤独的个体，我从离开云的一刹那，完全忘记了我的来源和我要到哪里去。"③ 当然，这种孤独并非天生的敏感，而是其来有自。

首先，顾城诗歌的孤独感来自现代诗歌所普遍具有的思想品格，这种孤独

---

① 顾城：《从自我到自然》，《顾城文选·卷一：别有天地》，哈尔滨：北方文艺出版社，2005 年，第 110 页。

② 舒婷：《童话诗人》，《舒婷自选诗集》，北京：作家出版社，2009 年，第 164—165 页。

③ 顾城：《无目的的"我"》，《顾城文选·卷一：别有天地》，哈尔滨：北方文艺出版社，2005 年，第 234 页。

感恰恰构成了顾城诗歌"自我"意识觉醒的开端。而这一最直接的思想来源则是作为诗人父亲顾工的言传身教，所以无论顾城是否理解父亲被下放这一历史现象，无疑，生存环境的变化在顾城身上刻下了明显的烙印。在同辈群体中找不到归属感的顾城，只能转向无私接纳自己的自然——别有天地非人间，在那里畅所欲言，正如他自己所说的"最早的诗是自然交给我的"，在观察自然中发出"人可生如蚁而美如神"的感慨。

其次，孤独不仅来自顾城随父下放的个体经验与生存实感以及由此而享受的自然万物所给予的自由烂漫、无拘无束的馈赠，也有自老子"常德不离，复归于婴儿"的对于人类生命自由状态的反向追寻以及庄子"道法自然"观念影响下对自然中"自由"的渴求。正如他在演讲中所提及的，"我像一个婴儿那样醒来了。长久以来，我不知不觉中把我的思想、把我自己全都忘记了，忽然醒了，就像一个孩子那样新鲜地看着这个世界，我才发现一切都非常的美。"① 这种独自探寻世界，无忧无虑、自由自在的状态和生命体验给了顾城极大的生命愉悦，为其找寻精神自由、实现自我意识觉醒提供了新的视野，让其能在童年时代找到一种自我归属感。

最后，转向自然的顾城，因为有了别样的境遇，"自然"也就有了不同的内涵。他将这种人与人的疏离、平添了的孤独，在相对平和的自然中，上升到一种哲学的高度。正如日本学者柄谷行人所指出的那样，"风景是和孤独的内心状态紧密联接在一起的。这个人物对无所谓的他人感到了'无我无他'的一体感，但也可以说他对眼前的他者表示的是冷淡。换言之，只有在对周围外部的东西没有关心的'内在的人'（inner man）那里，风景才能得以发现的。风景乃是被无视'外部'的人发现的。"② 所以顾城转向自然的书写，不仅是其对"外部世界"无视的产物，也是其内心精神"自我发现"的生成之由。在"风景"中，个体的内省与反思，借由孤独这一人类在现代文明普遍存在的病态形式显露出来。而"所谓的孤独和边缘，除了个体的存在状态，例如诗人的生活空间或者文学场域中的位置，它其实更加真实地、无孔不入地落实到了诗人面对生

---

① 顾城：《从自我到自然》，《顾城文选·卷一：别有天地》，哈尔滨：北方文艺出版社，2005年，第110页。

② ［日］柄谷行人：《日本现代文学的起源》，赵京华译，北京：生活·读书·新知三联书店，2003年，第15页。

活的局促不安和脆弱无助的具体情境之中"。① 他无法理解周围人在说什么，别人也无法同感他的语言系统，两相作用之下，顾城习惯了与自然为友，在春风花草中感受真实的自我，感受不被认同的自我，在自然中发现生命的契机。

二、"文化—反文化"的自我流变

围绕体验展开，其实就是个人在不同时代，对自我的理解发生了变化，一个是时代的突变使然，一个是个人人生经历的发展促使其不断反思。两者叠加交织，使得顾城的自我呈现出一种既有时代感又有个人化的感觉。而从自然回归城市的顾城，必然会在新的时代与社会中生发出新的体验，不论是时代社会的跌宕还是对社会活动的参与，都让顾城对自我有了新的认识，这样的转变更能彰显其内部对自我装置的更新。结束下放返回城市的顾城，因为时代的转换，过早地结束了自己的少年生活，开始了人生新的旅途。在二十世纪七十年代动荡时期的北京，顾城开始了从油漆工、翻糖工、商店营业员到报社记者、文字编辑、美术编辑的工作，并先后有零星的文字见诸报刊。此一时期，两个重要的经历影响了顾城，使其开始从"自然之我"转向了"文化的我"，那就是与谢烨的爱情以及参与《今天》杂志的诗歌活动。文化到反文化，像一个双螺旋结构的生物分子，他们缠绕着发生发展，共生共存，在文化中孕育着反文化的东西，在不同时代和年龄的影响下，隐现着不同的主流特征，呈现出文化到反文化的自我流变。

一方面是文化的"我"的形成。爱情是生命中较为重要的一部分生命体验，不同的爱情会带给人不同的心境和人生路径，顾城则是在与谢烨的爱情中找到了被隐藏和被遮蔽的文化自我。在谢烨身上，顾城找到了自己所不曾预料到的另一性格面——"隐藏的女儿性"。由于对孤独的参悟和体味，以及和外界无效的交流，顾城在人群中向来保持缄默，"我没办法弄清他们在说什么"，"最好的办法是不说话。我有一阵儿就不说话，光听"。② 但在火车上初见谢烨时，顾城却主动伸出了橄榄枝，在谢烨的身上，他看到了久已消失的光，那种纯洁无暇

① 陈昶：《背向生活的理想主义者——论顾城与海子》，《中国现代文学研究丛刊》2017年第6期，第141—152页。
② 顾城：《等待这个声音……》，《顾城文选·卷一：别有天地》，哈尔滨：北方文艺出版社，2005年，第54页。

的品质。顾城欣赏宁静的佛性和清静的女儿性，欣赏《红楼梦》中的林黛玉，认为其"质本洁来还洁去"。① 所以他想要如贾宝玉般建立一个属于自己的"女儿国"，而在遇到谢烨之后，更加坚定了自己的选择。在与谢烨相处的过程中，顾城内心纯洁的女儿性被唤醒，犹如一面镜子照出了另一个真实的顾城："她是真实的我，长大，生活，使周围灰暗的世界变得洁净；她是真实的我，正向我走来，我们将在时间的某一点相遇，我灰色的翅膀为此变成眼泪。我知道，我有两次生命，一次还没有结束，另一次刚刚开始。"② 顾城曾不止一次与朋友谈到谢烨对他的影响，在其生命终结前的最后 14 天里，他还多次与姐姐顾乡谈到谢烨对他的意义："她是天空，是土地，是我的呼吸……我可以没有，我的呼吸应该还在，那是我的天空和土地，它不应该给毁掉……我真是愿意谢烨照耀我……喜欢让人都能看见她的光芒。"③ 在与谢烨相处的那段日子，顾城的诗风与以往大有不同，钟文就曾谈到："回顾顾城的诗歌，我认为他写得又多又好的就是 1982 年到 1985 年期间的作品，而这段时间正是他和谢烨恋爱到结婚的过程。"④ 总的来说，在与谢烨和英儿相处的那段日子里，顾城是开心的，更是自由的，精神处于一种极大的愉悦之中。可以说，在古典文学文本中顾城找到了实现自我的一条路径，那就是"文化的我"的养成。

如果说爱情激发了顾城作为诗人最伟大的才情，形成了独异的个体"文化的我"，那么参与《今天》的诗歌活动，更是将其文化功能从个体的独异向群体的合流转变，在这个过程中，顾城的标新立异，既有其作为诗人个性独特的一方面，也有为《今天》诗歌整体上被时代和社会所接受呈现的合力性。从 1979 年开始，顾城不顾家人的反对，毅然决然地积极参与诗歌活动，这与在火道村下放时期牧猪的顾城有着千差万别。顾城不仅参与了《今天》的文学沙龙，而且先后参与了与《今天》有关的"星星美展"。即使在《今天》被解散以后，顾城都没有停止与《今天》诗人的交往，以至于在《今天》停刊十二年后，顾城仍表达着对《今天》时代的怀念："至今我仍感真切，在那个小屋里坐着，看

---

① 顾城、雷米：《英儿》，北京：华艺出版社，1993 年，第 59—62 页。

② 顾城，《生活》，《顾城哲思录》，重庆：重庆出版社，2005 年，第 138 页。

③ 顾乡：《我面对的顾城最后十四天》，北京：国际文化出版公司，1994 年，第 46 页。

④ 钟文：《一个本真的诗人无法逃避的悲剧》，北岛编《鱼乐：忆顾城》，北京：中信出版社，2015 年，第 155 页。

几行字，我感到的是精神，那么破的屋子，那么坏的纸，那么可爱的人。"① 与这种实际交往活动相关联，顾城此一时期的创作也迎来井喷，据不完全统计，在《今天》存在的1979—1980的两年时间里，顾城创作了至少417首诗，② 这是在其他时间段内都无法比肩的存在。与这种诗歌创作实际相同步，顾城的诗歌创作风格也明显地发生了转换。从早期对于大自然的摹写，追寻自然"自我"的孤独感到这一时期社会参与与时代互动等"文化"自我与"社会"自我的转向逐渐成为重点关注的对象。从其《世界和我》组诗中对"自我"与世界关系的重新定位，到对"安徒生""阿富汗"等一系列世界话题的关注，从《赠师友》组诗中与诗人朋友的唱和到《一代人》中对于这一群体的素描以及对社会历史的反思，都可看出其从"自然"向"文化"过渡的迹象。这种转向既是历史变动带来的开放性与包容性所呈现的结果，也是个体在不同阶段的经历带来的丰富多彩的变化所致。在这个过程中通过反思历史来寻找自我的历史根基，通过批判社会来达到自我的现实根基，通过爱情来体现自我的个体根基，这一切的根基都指向自我与社会、历史以及个体深度的融合与参与，进而与历史的转向、社会的变动以及个体的成长形成合流，在突显自我的理论同时，也彰显出时代发展的脉络与流向。

但是正如老子《道德经》所言，"有无相生，难易相成，长短相形，高下相盈"，事物的发生并非简单的线性逻辑，而是由复杂的合力左右，只不过在一个主流作为显性特质存在的同时，非主流的思想作为隐性特质隐藏了起来，随着事情发展往往会发生逆转。所以，在顾城受到爱情的刺激焕发个体独异的文化自我以及参与《今天》派活动而形成群体性的文化自我同时，一种潜在的"反文化"的自我也在暗潮汹涌。

这种反文化态度的隐现潜伏已久，在度过了自然而然的儿童时代，成人期后的顾城在工作、爱情等生活经历都让他逐渐感觉到社会文化对他的挤压，一边努力地适应文化带给自我的荣光，放逐文化充盈个体的精神生活，一边逐渐想挣脱文化对他的统治和束缚，逃离这被世俗和社会熏染的酱缸，于是生发了

---

① 田志凌，汪乾：《青春诗会：这里能看到中国诗歌发展的缩影——王燕生访谈》，《南方都市报》，2008年6月29日。

② 赵小克、丁绪辉、傅柱：《面向数字人文的顾城诗歌解读——基于词频分析法》，《图书馆杂志》2020年第11期，第106—119页。

反文化的自我。此时的顾城以《红楼梦》中的贾宝玉自喻"我"，颇有离经叛道之感，"用反文化的方式来对抗文化对我的统治，对抗世界"，① 以实现对自我的追寻。

另一方面则是反抗文化对自我的统治。顾城家早年被下放到山东省昌邑市火道村，直至 17 岁时才返回北京城，习惯了在自然中奔跑的顾城一时难以适应北京的社会文化形式，开始以自己的话语对抗社会。"17 岁我回到城里，看到好多人，我很尴尬，我不会说话。人都在说一样的话，你说的不一样，他们就不懂……我不能适应这一切，就跑到楼顶上看书……"② 顾城在火道村生活的时候，经常与父亲在猪棚里对诗，然后再将其投入火焰，付之一炬，习惯了如此表达自己的顾城很难再重新融入当时的集体话语，他以自己独有的方式反抗着社会。顾城主动从事油漆工、翻糖工、搬运工、商店营业员等工作，任由别人叫自己"六傻"，努力地与社会文化试图融合，但无形中又构成对峙的紧张情形。顾城一直有着叛逆的思想，他喜欢孙悟空式的英雄人物，因为他摆脱了生死的束缚，"他是一切秩序的破坏者，也是生命意志的实现者"，③ 满足顾城对英雄人物的想象。

同时，顾城在爱情体验中也隐现了这种反抗文化对自我的统治。顾城与社会的关系一直处于一种紧张对峙的状态，他对社会认知充满了恐惧，不愿轻易与他人交流，因此一直反抗着社会话语对他的冲击和包围，直至认识谢烨。虽然作为社会具象化呈现的谢烨带给了顾城新的人生认识，但在与谢烨相处的朝夕里，顾城仍然固守着自己的天地，谢烨无形中成了顾城与社会沟通的桥梁。不论是在国内还是国外，在与谢烨相处的日子里，顾城都十分依赖谢烨，不仅日常起居都由谢烨照顾，甚至将需要与外界交流的一切事务都交给了谢烨，他始终惧怕与社会互动交流。二人移居国外之后，顾城坚决不学英语，在激流岛上基本不与他人来往，与原住民们只有简单的手势等互动，他拒绝自己以外的任何东西。谢烨不得不学习外语，充当顾城与外界交流的传声筒。在舒婷等人

① 顾城：《无目的的"我"》，《顾城文选·卷一：别有天地》，哈尔滨：北方文艺出版社，2005 年，第 233 页。
② 顾工：《答伊凡、高尔登、闵福德》，《顾城诗全编》，上海：上海三联书店，1995，第 920 页。
③ 顾城：《传统》，《顾城哲思录》，重庆：重庆出版社，2005 年，第 191 页。

的回忆中，顾谢二人的婚姻并没有表面那样平静，爱情并非生活的全部，当面临世俗社会的经济压迫时，顾城与谢烨经常因为金钱而发生争执，房屋的贷款让顾城不得不接受各种投稿和讲座，必须在"对付完社会后再对付自然（顾城语）"。文学的意义在此被消解，如他所说，在创作中只注重写的感觉，享受写作时情绪流淌的快感，写完之后发行量如何等皆与他无关，他一直都是个孤傲的诗人。

反文化的自我还体现在顾城对女儿性的渴求与传统文化之间的参差。男性刚健女性柔软的传统思想一直根深蒂固，但顾城却一直遗憾自己的男儿性，"他憎恨一切生殖的、社会的产生的事物……所有的生长、发育都使他感到恐惧；他幻想一种永远不实现的生活。一个女孩洁净的日子，这在他诞生时就已经错过了。他一直反抚着他的性别，他的欲望……"① 顾城尤为推崇《红楼梦》，他认为这是中国文学史上第一次大规模地描写女性，扭转了古代和现代社会中残留的"男尊女卑"文化。同时，在顾城的认知里，女儿性并非等同于女性，而是一种天生的纯洁，一种佛性和人性的代表，它不受世俗的污染，是世俗社会缺失的和谐人性，准确地说是当时顾城从社会中未曾感知但又渴望的理想人性。同时，传统文化对他的裹挟也侵袭到了爱情生活中，他与英儿相处之时便将其视为自己灵魂共颤的另一半，现代社会一夫一妻制的婚姻关系在他那里失效，畅游在自己天地里的顾城固执地建立着自己的女儿国，甚至将自己的孩子送给了当地的毛利人，他以自己的方式与社会文化对峙着。直到英儿的离开致使他的王国坍塌，无法接受乌托邦幻灭的顾城选择了极端的方式来对抗破碎的现状。他执着地反抗着社会文化对他思想的侵蚀，试图在传统文化中寻找对抗的路径，但是，现实的婚姻以及爱情的危机时刻警醒着他，使得他从对文化的迷恋走向反文化的迷思。岛由子也曾分析道："但是反思、反抒情何等强烈，反思、反抒情，换句话说'反文化'的后面都藏有作者的自我和主观。"② 在这样分裂的自我中，顾城呈现出了从"文化的我"向"反文化的我"的流变。

---

① 顾城、雷米：《英儿》，北京：华艺出版社，1993 年，第 59—62 页。
② ［日］岛由子：《论顾城的"自我"及其诗歌的语言》，《江汉学术》2014 年第 2 期，第 69—77 页。

三、异域体验下"自我"的消解

不仅社会与时代的变化会带来个人体验的不同，并随之引申出顾城对自我的多重思考，而且异域的新鲜体验也会带给顾城新的思考空间。在异域体验的影响下，顾城对自我的追寻有了新的思考路径，消解了先前对自我的一些认知。首先，他跳出了孩童时期的"常德不离，复归婴儿"的自然状态，开始出入高校课堂，重新尝试与社会接轨；其次，自我的认知与城市缔结成的文化社会环境相辅相成，尤其是在异域文化的体验中，顾城重新认识了精神故乡北京城，也消解了旧北京城中那个孤独而落寞的自己；最后，对有关生死等哲学层面的认知也打破了先前的自然认知观，走向了"无我"的虚无，最终烛照自己，照亮他人，消解了道教文化认知中的自我。

不论是儿时《昆虫记》的启蒙还是在《今天》期间与朦胧诗人的交往，以及成年后的两段爱情经历都汇聚成了顾城独一无二的人生体验，形成了顾城早期对自我的认知。二十世纪八十年代中后期的顾城，其异域的生存体验在很大程度上构成了他后期自我观念的另一大主题。中西文化碰撞与交流产生的人生体验不仅仅是自然风物、社会风俗等可观可察的生活实际，还有内蕴在思想深处的文化冲突与精神危机。正如刘复生所言："对于那些具有跨文化生活经验的诗人来说"，"对他们的部分作品的解读无法绕开或明或暗的中国身份，他们的诗作有时也会直接涉及语言或语言中的身份，及母语或另一种语言中的生存经验"。① 不仅如此，语言的生存经验带来的还有思想沟通与交流的经验反映。映照在顾城的思想体系中，则是一种对现实生活的隐居或逃避，对于陌生语言的拒斥和反感，遁入一种汇聚不同哲理情思的冥思与自我中。在这一精神向度下，顾城对自我的思索走向了人类灵魂深处，偏向了生与死的思考，最终殉道于此，烛照他人。

首先是异域文化映照下对自我的重新定位。顾城自小到大接触了多层次和多维度的文化，其知识结构一直是完整且丰富的，因此他能在童年、爱情、异域等不同生活经历的参照下重新认识自我的同时达成对旧的自我的消解。顾城

---

① 刘复生：《九十年代诗歌关键词》，《在北大课堂读诗》，北京：北京大学出版社，2014年，第358页。

面对多元文化的冲击时，精神上本能地会以某种方式予以回应，从而在这种冲击与回应的过程中找到参照物，进而确认一种阶段性的自我。在未赴国外以前，顾城就受到西方文明的启迪，《昆虫记》是其启蒙的最佳读物，后来在进入《今天》杂志以后，顾城开始系统地阅读西方现代派读物。这些文化读物的积淀会使远赴国外的顾城真切地感受异域文化，拥有另一番体味。

这种异域文化体验不同于观念中所获得的，因为它是内置于顾城诗歌的资源和营养之中，而异域的实体感受进一步扩大了这种差异，甚至走向观念文化想象的对立面。在德国、巴黎等地出席活动时，顾城总是会无意识地注意当地的思想文化，以兹辨别东西方文化的不同，在这样一种文化的冲击中，对西方的哲学思想和政治文化便产生了新的认识，并且在此之中，重新定位自我的认知。"当个人生活的区域发生转移就意味着个体的文化环境随之改变。个人从这个区域向那个区域的转移不仅是从已知地域向未知地域的地理转移，同时也是从一个熟悉的文化环境向另一个不熟悉的文化环境的文化转移。"① 当认知的环境发生变化时，认知的参照物也会随之改变，尤其是中西方关于自然认识的不同，顾城对自然的认识多倾向于老庄观点，而西方是将自然作为一个对象来看，多采用科学分析的方法，限定自然界。因此，当二者对同一事物的认知产生不同层面的体验时，认知主体会不自觉地受到另一主体的影响，从而寻找新的参照物重新认识事物，在思维转换的过程中，主体对自我的认知也会发生改变，而顾城在之后的异域生活中，在中西方文化的共同影响下也确实对自然和自我产生了新的认识，这种异域体验带来的新认识也让顾城对旧的自我有一定程度的消解。

其次是在追寻精神故土中对自我的审视造成了对先前自我认识的改变。异域生活的生存实感带来的是情感上的失落和对精神故土的追寻，尤其是在语言不通、离家万里的异域，加之在激流岛上的生活并不如顾城想象中的乌托邦那样美好。顾城就曾在采访中说道："自然并不美好，自然中间有老鼠、跳蚤，并不是我们度假时看到的自然。在没有电、没有水，没有现代文明的情况下，你必须一天到晚和自然作斗争。"② 如此种种，加剧了顾城情感上的失落。诗歌和

---

① 郭少棠：《旅行：跨文化想象》，北京：北京大学出版社，2005年，第140页。
② 顾城：《从自我到自然》，《顾城文选·卷一：别有天地》，哈尔滨：北方文艺出版社，2005年，第107页。

生命一直是一体的，虽然二者都有自己的活动轨迹，但最终都是交叠在一起的，而在顾城这样真性情的人身上，这一点更是体现得尤为明显，"当生存环境发生了重大改变，那么诗人的生存体验和情感方面也会有所不同，作为这种体验与情感载体的诗歌自然便会有所呈示。"① 因此，这种异域情感呈现在顾城1991年开始的回忆性作品《城》组诗中，组诗多以北京地名命名，显示出此时顾城身处国外对其精神故乡北京的再认识。不同的生命体验致使人在不同时间或不同地点对同一个地方的感悟会有所差异，成年后的顾城由于认知和生命体验的丰富，对北京也有了新的认识，产生了不一样的乡土感。"乡土感源自熟悉。对于中国知识分子，北京是熟悉的世界，属于共同文化经验、共同文化情感的世界。北京甚至可能比之乡土更像乡土，在'精神故乡'的意义上。"② 此时的顾城身处国外，无论是其赖以栖身的新西兰还是偶尔到访的其他国家，这些地方的所见所闻都给他留下了极深的印象，尤其是在德国街头漫步时，看到与北京相似的建筑群落，眼下的所见所闻便与之前的创作主体《城》产生了精神上的呼应与共鸣，二者之间不免碰撞出思想的火花，个体的生命体验被唤醒，由此从生命中吟唱出一些诗歌。

城与人的关系会随着时间地点等的变化而发生实质性的改变。在幼时顾城的认知里，北京是一座充满了政治气息的城市，旧有的城墙被从内到外彻底地翻修了一遍，历史留下的余韵被消耗殆尽。特殊时期的口号标语漫天飞，整个城市都笼罩在一种高压的气氛下，顾城对当时北京城的印象只有一些血腥残暴的画面。而在异域的生活让他对北京城有了新的认知，此时的北京城对顾城而言已不再是一座具象化的城市，而是一种情绪的寄托，是一种抽象的情感，寄寓对家人、朋友情感思念的一个载体，北京成了一个温暖的回忆。此时的北京城已经成了顾城魂牵梦萦的地方，"在梦里，我常回北京，可与现代无关，是我天经地义要去的地方。"③ 此时顾城对北京城的追忆已不再是单纯意义上的追寻故乡，而是对精神故土的再回忆，追寻精神故土的经历必然会带出对自我内心世界的重新认识、灵魂的何处安放等心灵体验，而"异域作为一个不同于本土

---

① 李怡：《日本体验与中国现代文学的发生》，南京：江苏凤凰文艺出版社，2018年，第96页。

② 赵园：《北京：城与人》，北京：北京大学出版社，2002年，第5—6页。

③ 顾城：《城·序言》，《顾城全集》，南京：江苏凤凰文艺出版社，2010年，第836页。

的历史语境，一个与自我相对的他者，这之中必然会反映自我的某些意识"。①

　　最后，是文化危机中自我的消解。在中西方文化中对关于生死的不同体验与认知，可以说构成了文化危机的核心存在。自古以来人类所面临的思考都是从自身出发而展开，诸如"认识你自己"的哲学目标或如"你是谁？你从哪里来？你到哪里去？"的哲学追问，具体化到个体的认知则多是从生死问题的哲学讨论开始。孔子认为"未知生，焉知死"，更多地强调生对于现实的重要性，至于死则是"子不语怪力乱神"式的"存而不论"，但是西方对于死亡的观念最倾向于海德格尔式的"向死而生"，以一种决绝的姿态来面对现实人生。所以，在中西文化碰撞中，顾城生发出的生与死的思考，更多偏向人类精神层面的进一步探求。顾城由于个体的独特生存体验，其诗歌和散文中时常隐现着他对于生命的看法，其中关于生死的认知体现了顾城对自我的现实观感，是那种由生到死的自然生命状态。但是，由于受西方现代主义观念的影响，如黑格尔所言："死亡，如果我们愿意这样称呼那种非现实的话，它是最可怕的东西，而要保持住死亡了的东西，则需要极大的力量。……但精神的生活不是害怕死亡而幸免于蹂躏的生活，而是敢于承担死亡并在死亡中得以自存的生活。"② 使得顾城的诗歌中多了一些西方式的哲学思辨，对于生死问题的讨论不再是简单的自然生命观的直接感受，而是有了一层浓烈的思想意蕴。如顾城曾在《老人》中写道："死亡是暖和的"，在他的眼中生存和死亡一样，都是生命存在的一种状态，而死亡则是对生命的一种体认，是其诗意美之终结。在经历英儿的背叛，谢烨的拒绝之后，顾城最终也将触角伸向了死亡，"在街上奔跑的落叶，碎裂的大字报，……取代了我心上闪出的雨滴，我开始想到无限和有限，自然和社会，生的意义，开始想到，死亡——那扇神秘的门……"③。但是，在过多的异域体验与文化碰撞后，使得顾城在观念上更进一步，他认为西方的宗教文化和人文主义及其衍生的文化形态都是强调实有的，对于未知是有期待的，比如关于"上帝"存在与否的问题，"他们觉得人有理性与万物不同，必有一个原因，因此应

---

① 李春：《异域体验与文学书写》，硕士论文，辽宁师范大学，2020 年，第 14 页。

② ［德］黑格尔：《精神现象学》（上卷），贺麟，王玖兴译，北京：商务印书馆，1979年，第 24 页。

③ 顾城：《最美的永远是明天》，《顾城散文选集》，天津：百花文艺出版社，1993 年，第86 页。

当有一个发现彼岸和得救的可能。"① 而中国的古文化类似于太极或者终极这样一种虚无的状态，即"云在青天水在瓶"，各有各的归属，最终都倾向于"无"，无为而无所不为。因而在这样的思想碰撞下，顾城用死亡与墓床来承担自己最后的倔强，回归到追寻已久的自然的怀抱，是顾城生命体验中永恒的归宿，"现在/我卸下了一切/卸下了我的世界"（顾城《最后》），最终归于虚无的"我"。关于生与死的问题，顾城最终也还是不可避免地选择了后者。换句话说，从作为一个人的终极意义上来讲，对于生死问题的哲学思考是跨域中西，跨越语言和文化，自我观念的生成与流变，也逃不过终极意义的追问。所以，无论是顾城选择对西方实有的期待还是中国对虚无的追逐，生与死不过都是生命存在的一种状态，人生只不过是一场虚无，人犹如此，诗歌更如是。

　　作为诗人个体的顾城，从童年时期的农村生活感受到青年时期的文化参与活动再到新西兰的异域文化体验，他的诗歌观念的流变无不与他的个体体验密不可分。在这个过程中，外部环境的影响与塑造到内在精神品性的训练与锻造，在自然之我中寻找到既属于个体童年应有的自然生态又生成自然作为人生底色的自由情态。此后的人生无论是从文化自我的养成还是反文化自我的生成都是自然之我的延续，不同的是，经验的丰富与经历的多样使得在时代与年纪双重作用下的观念呈现出流变的同时拥有了文化与反文化的矛盾体验，催生诗人强烈的创作欲望与大量的诗歌文本，也遮蔽了被文化掩盖之下自我的迷失与找寻，形成矛盾冲突的复合体。这种矛盾与冲突，在异域文化的语境中被逐步放大，无论是语言的生存实验还是生活的实体体验，都明确地指向精神层面的谈论。在这个过程中，顾城的自我逐渐上升到文化的反思，尤其是对于中西生死哲学的体悟，最终实现自我的消解。当努力呈现顾城"自我"观念流变的历史轨迹之时，不应该忘记的是，作为个体的顾城，他同样是一个浑圆的整体，他的内在的不可分割与矛盾冲突，既是一个个体文化观念与自我体验的独特标识，也是一个文化样本在时代与社会中流动不居的价值意义。

---

① 顾城：《中西》，《顾城哲思录》，重庆：重庆出版社，2005 年，第 110—112 页。

第三节　顾城诗学观念中的主体间性

顾城以其诚实的自我秉性，在其诗学散论与诗歌创作中为我们探寻诗歌发生的冥冥过程提供了一个近乎完美的范本。他的诗歌中有广阔的自然和社会世界，"我"对于两个世界中外在客体的认识，体现了一种主体间性。面对外在之物，诗人主观上消弭了其客体属性，而将其视为另一重"主体"，自我主体之于他物，不再是机械生硬的认识与被认识、反映与被反映，而是贯注了诗人的情感，达到一种"对视"的境界，从而更好地认识物。面对他人，诗人寻求共同视野下的对话，既不做唯诺的服从之姿，亦不做盛气凌人的支配之态，而是一种发乎情的欣赏、同情。通过这种沉浸的对视、平等的对话，诗人在他物、他人的两面镜子前，通过想象产生与之"同构"的理解，这种"同构"的理解启发了诗人对自我的认识——在自在行走中找寻意义。当然，这种对视、对话以及达到的自我认识，大部分时候都处于理想状态，我们可以在顾城诗歌中窥见到这几种理想境界的发生条件，进而透视其诗歌肌理的生成机制。

一、现实体验与他物的视界融合

在顾城的诗歌中，他物不是无情的、等待被认识的对象，而是作为主体情感的生发者、倾听者乃至有情感的生命本体。通过调动自己作为人的感知力量，顾城走进他物的世界，成为昆虫、飞鸟、草木等，去感受他物的召唤，寻找一种人与物的共性，即万物的枯荣变化与人之寻常生死所潜藏的一种自在的、同律的、和谐的生存状态。同时，诗人并非必然地去采取"共情"的方式，而是从自我本性出发，从主体性的共同情感出发去体察同为生命的"物"的"倾诉渴求"，去体认自己同为生命的真实感受，以及为其代言的责任感。语言，人与物通过通感实现对话，消弭了主体与客体的审美距离，进而达成了一种主体与主体共在的视界融合。顾城的诗歌，也因这种"对话"形式所延伸的生命空间，具有了一种广阔而紧密的联系。

从"城到乡"的落差体验，顾城对于"现实"之体验又有了新的维度。1969 年冬天，顾城跟随下放的父母，来到了更北的北方村落——火道村。"第一个乡村之夜，是悲惨的，东西散在土院里、村道上，全家排列在一张小土炕上，一切静极了，黑极了，好像世界不复存在。我们开始思考人类最早发明的几个字——水、火、光……""没有烧的没有吃的，从远处挑来的水也是那样苦涩……书呢？自然没有，我的幻想和我，都变得像枯枝那样脆弱。"① 当顾城远离城市进入乡村的生存空间时，在城市的运行体系中行之有效的知识权威、工具理性，以及由其导致的傲慢和自尊感全都失效，作为异乡的外来者的"无言"处境，无疑带给顾城以寂寞。从前作为城市人赖以自证身份的知识与理性失效的后果，在给顾城带来落差与寂寞之感时，另一方面也迫使或者说启发顾城从主体性的另一端寻找宣泄口。在火道村这个极具节气反差的地理空间里，诗人在经历了落寞、荒芜的心境后，在知识与理性无处可使后，却发现感性得到最大程度的涨满。初到火道村时，诗人满目是死寂的意象：荒滩、旷野、薄雪、土村落、宏伟的天空。这些意象多具有一种"旷远""宏大""飘渺""寥落"的联想性，个体之"渺小"与"脆弱"在这时就尽显无疑了，和此前失落的知识与理性一起，加深了顾城的寂寞。冬季的火道村里巨大的荒芜感与空旷感对应着诗人的心境时，也在不断打磨着诗人对外界的感知力，在这样一种"陌生化"的策略中，诗人"感物"的需要所产生的激情正在积蓄。当另一个季节到来时，诗人的感受力于是蓬勃生长，无微不至。此时，诗人满目皆是归来的大雁、小草、小花、炽热的太阳、和风与温热的流沙……在火道村中，对于万物的感受，或许从未如此敏锐过，情感从未如此真挚、充沛过，于是，冬去春回，诗人在主体性的理性一极的寥落后，找回了主体性的另一极：感性世界。诗人找到了与万物"共适"的方法，即体认生命之真实，通过一种同情之理解达到人与物的对话。在人与物"对话"的视界融合中，此前无言的寂寞也就荡除了。可见，"在地"的身体体验为诗人与自然之物对视提供了得天独厚的渠道。

现实环境的变动为顾城的与物体验提供了得天独厚的客观环境，在物质极匮乏、生活极单调、环境极纯粹的空间里，一切无聊的、自娱的、消闲的行为都能产生价值感，以此冲抵物质虚无与生活落魄对精神的损毁，一切近乎"游戏"的形式在成为日常后，也就被赋予了意义本身。此时正处于孩童时期的顾城，孩童的善良、同情、好奇的本性与天性，与他超越常人的感受力、想象力

---

① 顾城：《顾城文选·卷一：别有天地》，哈尔滨：北方文艺出版社，2005年，第13页。

一起，融汇成他极具泛灵色彩的诗情想象。"现实体验"从而超出了肉身感官的浅陋、直白，也超越诗人神秘兮兮的自我标榜或好事者矫情的神话叙事，成为一件真实可信的"体验"。从这一层次而言，"现实体验"之"实"不仅在于"在此地"的身体体验之真实，还在于一种情感的"真实"与精神的"真诚"，用顾城自己的话而言，在于找到"生命的真实"。少年时期跟随父母下放时于火道村创作的诗歌，后来被收录到《无名的小花》诗集中，其中的《生命幻想曲》，被顾城念兹在兹。

与喧闹的外界社会隔绝、封闭的自然环境，加之诗人单纯的童年视角，使得自然成为诗人这一时期的诗歌创作中最亲密的对象。作为对象的自然之物之于诗人，不是无名的冰冷河石，诗人自陈法布尔的《昆虫记》对他的启发：

> 所有的东西都有名字，我也有名字；所有东西都有它们的死亡和命运，我也有；这使我感到了一种同病相怜，一种惺惺相惜，一种含着凄凉的亲切与融合。①

"所有的东西都和我一样有名字"暗示着顾城对自然之物的主体性确认，即物我之间，看到物，产生一种同情，感到亲切，而不是一种怜悯，亦不是一种感伤时事、触景生情的被动感伤。

诗人通过"现实体验"与物的关系，超脱出表面的审视，实现了情感上的"对视"，呈现出与物沉浸式的"对话体验"：主体以接近纯白的无知进入，通过感官的直接体验，通过横向的转喻，完成对自然之物的诗性赋予。从诗人早期的诗歌看到，处于青少年时期的诗人表露出一种简洁的诗性思维，对身边的自然之物多呈现为万物互相干涉的联想性认识：视觉上，露珠是铃铛、松枝是宝塔、烟囱成了吸着烟卷的巨人；听觉上，马车行走的乐章，风的呼啸声，蟋蟀的歌唱声灌入耳内。这种联想不是"荷香像高楼渺茫的声音"式的通感，而是一种质朴的、最原始的想象，通过本体与喻体之间的相似性而得以成立。诗人通过想象、置换来获得这种"对视"的体验，而"对视"所获的情感回馈，或是同情，或是激情，或是空洞，或是空白，有时仍是一种"由物溯我"的联想。而这种典型最突出体现在顾城在咏物诗中所呈现的"生死观"，即通过万物的荣枯变化来体悟人之寻常生死。有时是万物撩动下激情，一种忘乎所以，忘

---

① 顾城：《顾城文选·卷一：别有天地》，哈尔滨：北方文艺出版社，2005 年，第 36 页。

却时代下个人使命的激情。万物正得其时，本应在正常的工作、学习、生活轨道上运作的人们，如今却只能在烈日下虚度年华，浪费旺盛的生命力，这一激情的狂欢背后，浸满了落寞的现实。诗，成了一个决堤的泄口。

随着人生阅历的丰富，诗人的诗歌世界也不断丰富，他逐渐向抽象的物——人生理想舒展怀抱，理想指向的是精神自由与生命激情。当诗人从自然回归社会后，直视了一群人的理想，并产生了共鸣：

我看到了舒婷的诗，北岛的诗，芒克的诗。我震惊不已，我发现还有人在渴望，在用心灵发出声音……芒克说："我所有的情感都被太阳晒过。"我忽然明白，一个人真正需要的，所有人都需要。①

诗人毫不抗拒诗的社会意义，甚至，他为此不懈奋斗，不过呈现在诗歌中的，却与北岛一类的严肃完全不同。诗人的诗歌理想在于寻找自我，表达自我：

他的眼睛，不仅仅是在寻找自己的路，也在寻找大海和星空，寻找永恒的生与死的轨迹。②

顾城心内预设着共同理想以及个人理想，这个共同理想与世界所有的生命有关——一种超越物象与肉体，穿过死亡围墙的生命的永恒性，而诗人的个人理想在于，希望通过诗歌所能到达的意义极限，来表达"共同理想"，并通过个体生命不断追寻。于是，我们在《门前》看到理想境界下的宁静："风在结它的种子，草在结它的叶子，我们站着，不说话，就十分美好"；我们也能在《一代人》中，看到诗人孤寂却又坚决的姿态："黑夜给了我黑色眼睛，我却用它来寻找光明。"

从火道村回到城市后，诗歌的物之世界的拓展，让顾城的诗情变得饱满起来，然而，诗人感觉从前的话语方式已不能够驾驭甚至承载这种亟待发泄的诗情，他开始寻找理论的帮助，过程却十分受挫。即便顾城找到了今天派，即便诗人的"物"之认知在不断拓展，但以往那种"简洁的诗性思维"却无法解决诗人与物的关系深入的现实，甚至更加重了诗人因诗情上的晦涩造成的诗歌的难产。诗人向理论敞开怀抱，以期能找到合适的言说方式，却感到隔膜：有的

---

① 顾城：《顾城文选·卷一：别有天地》，哈尔滨：北方文艺出版社，2005年，第274页。
② 顾城：《顾城文选·卷一：别有天地》，哈尔滨：北方文艺出版社，2005年，第241页。

时候就很绝望。我觉得我在学会说话的时候，说的不是自己的话。① 对于冰冷的理论，诗人没有选择"寻门而入，破门而出"的接受方式，使其诗情受到了遮蔽，而是选择一种视界融通的生存体验。如果此前对自然之物的联想式认识还只是诗人一种朦胧模糊的视物方式，在接触到洛尔迦和惠特曼的诗歌及诗艺理论后，诗人对物的视界融合关系就更加明朗，而那种"丰富的痛苦"也找到了一个纾解的有效路径。他终于找到了那个他将一生相随的诗歌话语方式——通感，物具化成了"物化的生命"，这一生命形式包括外在的物象与内在的生命本体。

自然万物不但都是有生命的，而且具有各种感官，有自己的语言动作，可以和人进行交流对话，同人一样是诗歌的主体。②

万物以生命歌唱自己，"我"听到了歌声，感受到了它们的召唤，于是，"我"看到它们，与它们对视、对话。这种通感，不仅包括视觉、嗅觉、听觉、触觉等知觉转换，还有了更广义的去处——从抽象到具体，从虚幻不可拾取的静态概念到鲜活的动态形象……诗人亦不需要用理性去收束感觉的狂想，只要等待：

他是在一瞬间以电一样的本能，完成这种联系的——众多的体验，在骚动的刹那创造了最佳的通感组合。③

这种神悟一般的感受通过通感，变得可感，最终到达语言层面："你可以去写具象的、具体的，到宏观的、永恒的、长久的事物，感受到人的命运、人的本质、人的心灵。"④ 自然与理想，诗人与二者的关系，呈现在诗歌中，不是一种文胜质的可饰雕琢，也不是言不胜意的诗情晦涩，而是从直觉到直觉的灵性思维闪现。于是，通感成为联系二者最紧密的话语方式，一种主体间性的，人与物的视界融合形成了：一个花生长了，鸟歌唱了，"我"听到了，"我"写下了的过程。诗歌的物也有了一种广阔且紧密的联系：生命的热情、个体的感受

① 萧夏林：《顾城弃城》，北京：团结出版社，1994年，第94页。
② 顾城：《顾城文选·卷一：别有天地》，哈尔滨：北方文艺出版社，2005年，第262页。
③ 顾城：《顾城文选·卷一：别有天地》，哈尔滨：北方文艺出版社，2005年，第266页。
④ 张捷鸿：《童话的天真——论顾城的诗歌创作》，《当代作家评论》1999年第1期，第68—81页。

变成物的一呼一吸，一种花香，一片叶子，将生命从有限的形体中释放出来，趋于无限。

当然，从孩童时期开始的封闭的记忆与体验，某种程度上也造成了诗人的一种困境。此前与外界通感的路径变得理想化，诗人逐渐形成了一种"不愿长大的心理定势"，诗人在成年之时回到社会后诗情的遮蔽与诗歌短暂的失语与此也不无关系。

二、理想构建与他人的距离消解

顾城在现实世界的受挫使他开始在诗歌中搭建一个理想世界，在其中，自我与他人不再陷入貌合神离、形同陌路的无言处境。如同凌宇对沈从文构建"人性小庙"的两种理想生命形态——"个体自为"与"群体自为"的理解，[①]顾城的诗学世界也向我们展示了两种理想的生命形态：一种是生命形态中的"个体自为"，个体内部精神已经有了摆脱蒙昧的觉醒，虽然无法改变外部的客观环境，但对现实能有理性的认识，也能自主把握自己的人生命运；一种是比"个体自为"更高层级生命形态的"群体自为"，它是个体自为生命形态的一种超越，个体不仅对自我认识有认识和把握，并且还能将这种认识和把握用在使民族向上的努力之中。顾城对这个封闭世界的构建，是其为了打破生存与自由的两难困境的折中尝试：在无法预料能否到达一种"群体自为"的理想社会境界时，先躬耕于一个完全的"个体自为"的世界的建构。这不仅源于诗人对于自身理想的极端坚守，也是其对现实人性、人与人关系的回应，即便这个世界，仅仅在诗人的诗行中呈现。

诚如顾城所言，诗人的创作需要必不可缺的物质来供养，因此就不能完全脱离生产的社会。自1974年离开火道村回到北京后，顾城开始作为一个社会的人去体验生活。他尝试各项工作，积极参加社会活动。对"文革"的种种表象，诗人自然是排斥的，然而，疯狂行为背后所表露的精神状态却隐隐地对他有着神秘的吸引力——一种支撑无所不为的毁灭行为的强力意志与伟大精神让"顾城欣赏且怀念革命领袖所具有的强大精神"。[②] 诗人在诗歌中保留了对这种强力

---

① 凌宇：《从边城走向世界》，长沙：岳麓书社，2006年，第440页。
② 郭帅：《太阳的诱惑——理解顾城的精神世界》，《当代作家评论》2020年第6期，第183—193页。

意志的认同与崇拜，将其作为生命的一部分。顾城在亲历几个政治事件后，产生了一种归于革命与文化的热情，他的诗歌理想似乎有了更清晰的形态。"顾城的诗学取向，尽管已经表现出了对个体立场、个体价值的强调，但是客观地讲，他们那一代诗人的尝试仍然处在有所节制的范畴内。具体说来，朦胧诗人在创作中的站位，还不是完全的'自我'，而是站在'一代人'的立场上歌唱。"①顾城在诗歌中给予埋葬在歌乐山上的红卫兵们以同情即是一例：

书里有不同的人、灵魂，给我信心，在短短的三年里，这信心竟意外地膨胀起来，变成一种混杂不清的社会热情……这种决绝的热情一直发挥到七九年底，我在四川看到了大片红卫兵的墓地，在荒草和杂木中，我才知道历史上已经有过很多种这种天真的冲动，最初的呼号和血是美丽的，但最后浮现出来的依旧是无情的天牢——天道无情，尘世的运行，轻轻地压碎了它，我在《永别了，墓地》里说"我是去寻找爱，寻找相近的灵魂，因为我的年龄"。②

个体能力的有限，生命年华的短暂，都是历史的荒烟衰草，但在理想之路上奔跑的无限激情对于不同个体而言却是相通的。《永别了，墓地》组诗由六个段落组成，分别讲述了"我"来到墓地的契机，"我"与埋葬在这片墓地上的年轻的人们即"你们"的联系。在看到"你们"的坟墓时，"我"突然想起，"我"曾与"你们"一样，"含着愉快的泪水""握着想象的枪"，满怀"发声"的热忱。诗人抛弃了对这些追求极端正确的人们的偏见，反而生发出一种切身的同情。这种同情在于，"我"为"你"卸下历史语境的武装，"你"呈现出一个个新鲜活泼的面容来：从孩童长大的你们，身上不只有那些沉重的使命，也有各种儿童的纯真天性为了理想可以付诸无限的生命激情的信念感，既善良又多情。"在喜欢的一刻死，或许是至高的幸福了"，③"我"对"你们"的早逝既感到遗憾，亦为"你们"永永远远倒在了追寻理想的一瞬感到高兴。但强力意志的目标指向是不同的，顾城终于还是感到了乏味。

而在物质之外的文学活动中，顾城与他人的交互，亦并不见得完全无间。

---

① 张江：《当代诗歌的"断裂"与成长：从顾工到顾城》，《文艺研究》2013年第7期，第42—51页。
② 萧夏林：《顾城弃城》，北京：团结出版社，1994年，第388页。
③ 顾城：《顾城哲思录》，重庆：重庆出版社，2015年，第24页。

《今天》对于顾城的接纳，并不完全以诗论诗，而是呈现出一种暧昧的姿态。据研究者统计，只刊发了九期的《今天》，顾城也不过以 7 首诗的数量现身，这与诗刊所刊载的芒克、食指、北岛等人的诗歌数量相比相形见绌。《今天》追求面向现代性与先锋性的诗歌，显然顾城诗歌并不完美符合。有研究者指出，顾城进入今天派的原因，其个人化的写作特色是其一，更多的是今天派为了规避诗歌直露的"政治指向性"所带来的风险。① 顾城诗歌向无边的自然敞开，很少出现对特定的人群以及社会现象的看法与评价。"顾城也是朦胧诗人中孤独的个例……他不像北岛江河们那样具有强烈的启蒙主义情结，诗歌写作也不追求社会性，他几乎完全生活在个人的内心世界里，局外人式的孤独感与错位感使他更接近一个纯粹的诗人。"② 从现实指征看，顾城某种程度上与北岛、舒婷、芒克等诗人并不持有相同的立场，北岛的诗歌写作看似是个人化的，但是却有着面对现实的开放性，而顾城的诗歌，是完完全全指向内心的。这种貌合神离的亲密接触，一边推动顾城对今天派的话语模式的维护，一边却让他更加清楚地认识到，他与今天派这些诗人之间，有着不可言说的割裂性。一方面，顾城显示出对伟大精神与强力意志的皈依，他将这种伟大精神与强力意志投入到对一种"群体自为"社会的建构热情中。然而另一方面，顾城与现实的政治革命以及诗人的距离，以及对诗歌目的的分歧让他生活在一个毫无目的、享受并活在一瞬的激情与灵感中。对确定的意义追求不怠直接导致了顾城与他人沟通的困难，让顾城只能将这种对"群体自为"社会的建构放置于个人的想象中，诗人开始了对这个理想却封闭的世界的构建。"所以我说我喜欢革命，不喜欢政治，喜欢写诗，不喜欢当诗人。"③

在顾城的封闭诗性世界中，人的身上有一种合乎主体双方理想的人性。这种人性有二：孩童性与女儿性。孩童性呼吁的是自由天性、生命激情，女儿性指向一种无欲无求的自洽与淡泊心境。顾城用尽半生追寻的女儿性，与字面的性别归属无关，强调的是一种共性的特征：一种自洽、淡泊、无欲无求的境界，

---

① 陈唯：《朦胧诗的经典化历程研究》，硕士学位论文，华中师范大学，2012 年，第 32 页。
② 张清华：《朦胧诗：重新认知的必要和理由》，《当代文坛》2008 年第 5 期，第 33—39 页。
③ 顾城：《顾城哲思录》，重庆：重庆出版社，2015 年，第 25 页。

追求"质本洁来还洁去"。"这样女性的感觉，既不是女孩儿，也不是女人，她是一个非常微妙而难以言传的事物，洁净、无求。它不是一个性别的生活方式，而是一种心境。"① 诗人通过诗歌中主体的"我"与"他人"的关系转换来表现对这种女儿性的追求，"在顾城的诗歌世界，与他人的情感关联成为诗人的一个重要的表现领域，诗人致力于以'我'与'你'的沟通和靠近来取代将他人作为'他'或'她'的疏远和隔膜"。② 顾城诗歌中，"我"与"你"的关系，忽远忽近，随着对话形式变动。诗人不常在诗歌中揭示"你"的身份，但是却常常将"你"等待、盼望、追寻。在《远和近》中，"你/一会看云/一会看我/我觉得/你看我时很远/你看云时很近"，你、我、云三者的位置变换，显示了人与人之间的距离感以及人与自然的亲近感，隐含着"我"对于人性复归自然的愿望，此时的自然，是一种无为自在的处境："自然不是狭隘的自然界，不是树林，不是一个'有'的观念。'自'是自己，万物都有它的自己。"③ 在 1983 年以后创作的《颂歌时代》组诗中，"我"与"你"再次一起现身。这一系列组诗，与此前以往的任何诗歌风格都不同，具体而言，如果说早期顾城的诗歌是用确切的连贯的诗意想象，带来一种轻松惬意的观感，那么《颂歌时代》所代表的后期诗歌，则以一种跳脱的、天马行空的无序的思维方式将意象分解、重构，将诗引向纯诗的世界。诗歌的题目，开始不再与诗歌内容呼应，抛弃了解释的意图。《童话》一诗只有简短的三句"大地平稳的坠毁/月亮向上升去/金属锅里的水纹"，童年不再是一个具体的可想象的实物，诗人开始了抽象的总结。平稳与毁灭共存，暗示着诗人内心稳定的状态，月亮向上升去，可以说一种久远的记忆，一种压抑的诗性回归，刚硬的金属与柔软的水，在互相回应着。在这首诗中，一切本应该激烈对立的、矛盾的，此时却安然地共在着，安然无恙的对立昭示了诗人内心的和谐，一种物与境谐的境界。而此时的"我"，在《来源》一诗中：

泉水的台阶/铁链上轻轻走过森林之马/我所有的花，都是从梦里来的/我的火焰/大海的青颜色/晴空中最强的兵我所有的梦，都是从水里来的/一节又一节

---

① 萧夏林：《顾城弃城》，北京：团结出版社，1994 年，第 187 页。
② 张冠夫：《顾城前期诗歌对新型主客体关系的建构》，《郑州大学学报》（哲学社会科学版）2016 年第 1 期，第 99—102 页。
③ 萧夏林：《顾城弃城》，北京：团结出版社，1994 年，第 422 页。

阳光的铁链/小木盒带来的空气/鱼和鸟的姿势/我低声说了你的名字。①

　　森林之马走过阳光的链条，我从水里获得花的启示，在大海和晴空中我获得鱼和鸟的姿势，在"我"以鱼和"鸟"的姿势低语你的名字时，我早已做好准备。他为自己的创作观念正名："对我来说，创作并不是一个反映的过程，不是外界有什么东西触动了我，我就做一个简单的描摹，好像一种反射。"② 此时的"你"在诗歌中单纯无害，常常带给"我"慰藉。"你总在看外边的世界/你的脚在找鞋/你结婚了/你在梦里透过东西/你又看看外边的台阶。"③ 《从犯》中，"你"是"你"，也是"我"，是被婚姻连接的双方，是双方的从犯，在梦里偷走了爱人的心，但却单纯无知地凝视这个世界。隐喻让位给诗歌中不可理解的事件，呈现一种非逻辑现象。

三、超越主体的灵性存在

　　顾城以倔强且单薄的姿态，带着一种自足的"自在"行走于世间。他认为概念之上的"灵"能穿越肉身、穿越性别，在人间走来走去，将所有关于万物、生命、人的同律的梦通过瞬时的凝眸，穿越死亡的限度，到达灵魂的永恒。通过"灵"的穿梭，消除人与万物的隔膜，从而在根本意义上超出了主体与客体之间相互缠绕的关系，直抵灵作为一种超越主体存在的生活方式或思考方式。在这之中，"诗是理想之树上，闪耀的雨滴"，④ 成为其超越主体的中介，透过闪烁的雨滴所折射的纯美世界，诗人看到了自己。

　　在"诗"中，他想象"灵"的存在，以"自我"阐释的方式，通过中介来抵达自我的存在，"我是一个灵，向外看，我知道时间不多，同样美丽的花，她们不知道我。她们像天一样，除非变成人才能看见。她们看见我的时候，我已经看了很久，从春天看起，她们都走过去了。"⑤ 自我的存在，不再以单薄的躯体，而是以具有透视眼光的灵魂，诗人体认他物也有灵的存在，而"自我"只有以灵与灵的方式才能看见它们，走入它们。所以"写诗是人与灵的事，而非

---

① 顾城：《顾城诗全集》（下卷），南京：江苏文艺出版社，2021年，第126页。
② 顾城：《顾城文选·卷一：别有天地》，哈尔滨：北方文艺出版社，2005年，第228页。
③ 顾城：《顾城诗全集》（下卷），南京：江苏文艺出版社，2021年，第134页。
④ 顾城：《顾城文选·卷一：别有天地》，哈尔滨：北方文艺出版社，2005年，第244页。
⑤ 顾城：《顾城文选·卷一：别有天地》，哈尔滨：北方文艺出版社，2005年，第291页。

人与人的事……特别是我对人说话的时候，我考虑到语言；那是因为我感到人是有灵的，可以用语言穿过人达到，而使人在灵下醒来"。①

诗歌成为了达到灵的通道，而灵性自我的存在方式，便在于带着想象不断行走，而自在行走与否的状态，亦决定了诗歌的语言。如前所述，当诗人初次到达火道村的时候，感受到了万物对他的召唤，他在那个自然天地间恣意行走，发散自己的认知热情。然而，回到城市后，他感受到的是一种诗情的暗哑。

在城里的生活是规划好的，城里的一切都是规定好的。城里有许多好东西，有食物、博物馆、书，有信息，可就是没有那种感觉，没有棕色大平原的注视，没有气流变幻的《生命幻想曲》，城里人很注意别人的看法，常用时装把自己包裹起来。②

从自然乡野到城市，生活环境的变化，带来了身体体验的变化，顾城的诗质也随之发生了变化。与"自然之物"的隔断，让诗人的诗情受到折损，他不得不寻找诗歌的另一种话语方式。

现实世界中，诗人在这个阶段中显得有些被动，他与外物的关系逐渐变得紧张。一方面，诗人远离了自然的环境，失去了原先那种自如地与万物对话的姿态；另一方面，诗人努力在不自适的"客体"全面包围的困境下找寻自我的位置。不可避免的，一种相对早期诗歌较为激进且张扬的对话方式就显现出来。诗歌中的"我"多数处于一种"无言"的沉默中，"我"处于动态的漂泊、游走状态，位于远方，常常无声渴望。《水乡》中，"我"是一块在最后才被揭示身份的礁石，我在呼唤海对我的爱，这揭示了作为主体的"我"陷入一种"不在此地"或追寻心中理想境界却无所获的困境。而我是一个"孩子"时，可能是一个黑夜孩子，在夜里眺望星星，用纯的语言问候天宇，逃到妈妈的怀抱里。与外界环境不适的"我"无处遁逃，甚至要向"妈妈的怀抱"寻求慰藉。"妈妈"这个语词常常在顾城的诗歌中出现，很大程度上反映了顾城在脱离自适的环境后一种无处皈依的空虚与不安状态。总之，这时的顾城，陷入到一种钢筋水泥的困境中，诗歌展现出一种与此前在火道村时的创作完全不同的气质，一种忧郁的、脆弱的、紧张的，迥异于此前梦幻的、温暖的、摇曳的小花气质。

---

① 顾城：《顾城哲思录》，重庆：重庆出版社，2015年，第69页。
② 廖议武：《沉沦的圣殿》，乌鲁木齐：新疆青少年出版社，1999年，第475页。

然而，只需要一朵小花，诗人的诗情就能如泉涌一般复苏："当我走在想象的路上的时候，天地间只有我，和一种淡紫色的草……他们告诉我春天，告诉我诗的责任。"① 顾城仍然用着旧有的主体交换的方式去打量世界和理解世界，无疑，客观世界使得灵性的存在显得虚无缥缈，也一再碰壁，很难抵达主体与客体的交换所达到的灵性存在。因此，顾城在进一步的思考下，透过个人主体的灵与世界客体的灵之间的交互来实现主体性的超越。诗人以人的灵去体悟物的灵，即便是处于最宏观与最微观、最伟大与最渺小的对立中，也能发现他们之间冥冥的联系，并以不断的热情，将这样的联系布满人间。于是，一个诗的世界，通过诗人之灵的行走、想象、热情，热热乎乎地诞生了。

去国之后，顾城及其诗歌世界有了更确切的呈现形式——自然，一种根植中国传统信仰的，在此间万物清晰明丽、心如止水的自然。"自然不再是树林，自然是你的心——你心中的自然状态，你的语言的自然状态，你的感觉的自然状态。这自然状态有时候是思想的，更多时候是不思想的。"② 自然之境下的灵具有"自身在万物中无尽流变的光明"，③ 于是生命具有存在的无限可能性。

如果说此前"灵"的存在作为一种生活思考方式是以具体的物象为写作对象，那么，此后物象的抽象化指向一种更为虚幻的精神存在，而死亡作为一个中西哲学共同关注的话题，不可避免地进入诗人的视界，其所具有的精神性的情思，更加将"灵"与"死亡"的关系书写带向一种宗教情绪。

顾城诗歌的死亡意象，贯穿其整个创作生涯，历来被研究者们所重视。"顾城诗歌中的'死亡意识'是朦胧诗人中最强烈的一位，他思考'死亡'，书写'死亡'……死亡是顾城诗歌中具有贯穿性的主题。"④ 顾城后期的诗歌通过倾情"死亡"来打破生死之现实界限，力求证明超越肉体的灵魂的一种永恒性。"在他生命的最后阶段，他越来越喜欢这个话题，坚信死亡可以拯救生命，可以解决一切生之悖论……生即是死，死即是死，大有一种无所谓的达观。"⑤ 在诗歌中，倾情死亡成为常态。

① 顾城：《顾城文选·卷一：别有天地》，哈尔滨：北方文艺出版社，2005 年，第 244 页。
② 顾城：《顾城文选·卷一：别有天地》，哈尔滨：北方文艺出版社，2005 年，第 291 页。
③ 顾城：《顾城文选·卷一：别有天地》，哈尔滨：北方文艺出版社，2005 年，第 30 页。
④ 张厚刚：《论顾城诗歌的"恐惧情结"》，《文艺争鸣》2016 年第 8 期，第 169—174 页。
⑤ 张捷鸿：《童话的天真——论顾城的诗歌创作》，《当代作家评论》1999 年第 1 期，第 68—81 页。

在这宽大明亮的世界上/人们走来走去/他们围绕着自己像一匹匹马/围绕着木桩/在这宽大明亮的世界上/偶尔，也有蒲公英飞舞/没有谁告诉他们/被太阳晒热的所有生命/都不能远去/远离即将来临的黑夜/死亡是位细心的收获者/不会丢下一穗大麦。①

当认识到死亡的必然性和普遍性时，诗人反而变得理智与坦荡：

我知道永逝降临/并不悲伤/松林间安放着我的愿望/下边有海，远看像水池/一点点跟我的是下午的阳光、人时已尽，人世很长/我在中间应当休息/走过的人说树枝低了/走过的人说树枝在长。②

可以看到的是顾城面对死亡的态度，通过死亡这一个行动，验证主体永恒性的可能限度，进而使肉身以外的灵，达到一种与"物"共在的境界，即一种不间断的主体间性关系，"像一个'你'那样自行讲话。一个'你'不是对象而是与我们发生关系。"③ 人的存在被消解，而关系成为永恒。

生存或死亡也并不意味着终结，反而是另一层次的灵的永在，人处在关系之中，人背后的"灵"也处在关系中，死如果存在只是一种关系的断裂，但此刻的断裂有可能意味着另一种关系的联结，因此"他并没有把死看作简单的死，而是看成转生，看成另一种价值的实现"。④ 于是，自在主体就这样间性生成，以灵的方式，以诗的中介，穿越肉体，穿越死亡，到达永恒，成为了自己的主人，在这个世界上走来走去。

顾城的诗歌以及诗论给我们呈现了其自然哲学观的审美倾向，以及他在追寻这种纯粹的自然美学时所表露的主体间性的认知方式，关于这一事实是毋庸置疑的。但问题在于顾城这种主体间性的认知方式，指向诗人理想的维度，因而也就显示出诗人在认知上的狭隘。正如诗人自陈："我在现实里做着文字里的事。我在文字里做，他们也就笑笑，我在现实里做，他们就不笑了。"⑤ 事实

---

① 顾城：《顾城诗全集》（上卷），南京：江苏文艺出版社，2021年，第732页。

② 顾城：《顾城诗全集》（下卷），南京：江苏文艺出版社，2021年，第390页。

③ ［德］汉斯·格奥尔格·伽达默尔：《真理与方法》，洪汉鼎译，上海：上海译文出版社，1999年，第460页。

④ 许艳：《顾城的死亡意识》，《河南科技大学学报》（社会科学版）2003年第3期，第74—76页。

⑤ 顾城：《顾城哲思录》，重庆：重庆出版社，2015年，第148页。

上，与物的视界融合中的"物"是经过诗人主观净化的产物，并且，诗人力求建构的理想诗性世界，也并不完全自洽，而显现出现实与理想的割裂。诗人在理想的诗歌世界中践行这种与物、与人的间性认识，力求使生命达到"自然"即纯净淡泊、无欲无求的状态，但是支撑起建构这个世界的精神力量，源自一种不可控制的，甚至带有无所不为的毁灭性的强者意志，所以诗人自信地沉浸在自己的诗歌世界中，但只要他所认定的、已经被他的强者意志所规训的事物表露出任何"有所为"的行动，都会造成他的强者意志的轰然倒塌。这也就不难理解，为何他能理所当然地实施李英、谢烨与他三人之间的反常理关系，并对李英和谢烨二人和谐的状态感到不可名状的愉悦与满足，但又在被他那认为是被自己打造、与他同一的谢烨背叛后，做出一系列的疯狂举动了。此外，顾城与朦胧诗、今天派的关系依然有待理清，包括今天派对顾城的接受动机，顾城如何看待自己诗歌中的这种现代化的元素，以及当顾城被半推半就作为朦胧诗之代表带到大众面前时，他是如何接受自己的这一身份，他又如何去解释他的诗歌？尼采的强大意志与道家的自然美学，无所不为与无为在他身上又是怎样的一番融合，还有待探究。

第四节　文学史编纂与顾城童话诗人形象建构

二十世纪八十年代，朦胧诗人顾城以一系列清新明净、自然童趣的诗歌赢得了"童话诗人"的美称，但是考察顾城一生所创作的 2000 余首诗歌，其中不止有童话诗歌，还存在诸多"非童话"诗歌因素，如对自然生命的思考、对现实世界的审视、对自我精神的追问等。"童话诗人"或许可以概括顾城某些诗歌的特点，但如果用它涵盖顾城的全部诗歌创作不免有简化和片面的嫌疑。综观二十世纪八十年代到新世纪第一个十年的文学史著作，如张钟等主编的《当代中国文学概观》（1986）、陈其光主编的《中国当代文学史》（1992）、孔范今主编的《二十世纪中国文学史》（1997）、於可训编的《中国当代文学概论》（1998）、陈思和主编的《中国当代文学史教程》（1999）、洪子诚著的《中国当代文学史》（1999）、吴秀明主编的《中国当代文学史写真》（2002）、王庆生主编的《中国当代文学史》（2003）、孟繁华和程光炜编的《中国当代文学发展史》（2004）、董健等主编的《中国当代文学史新稿》（2005）、朱栋霖等主编的《中国现代文学史（1917—2000）》（2007），它们为读者提供历史史料的同时，也呈现出将顾城归纳为"童话诗人"的评价。在普通读者的认知中，文学史书写代表着一种牢固的、无可辩驳的事实描述，"童话诗人"成为顾城不容置疑的身份标识。而事实上这种评价是对顾城及其诗歌的一种遮蔽和误读，既简化了顾城的多元性格，也掩盖了顾城诗歌的全貌。"一切真历史都是当代史"，① 在纷繁复杂的顾城史料面前，文学史通过剪裁、编排和描述，又予以恰当的解释和评价，最终建构起顾城"童话诗人"形象。对历史材料的梳理和对顾城形象问题的追问理应成为"重写文学史"的题中应有之义。

一、史的追求与童话诗人的身份认同

提起朦胧诗人顾城，人们往往会想到"童话诗人"这一形象。事实上这一称谓的出场经过了舒婷的提出、顾城本人的默认、顾城诗集的凸显以及评论家的归纳等几个环节。1980 年舒婷写了一首名为《童话诗人——给 G.C》的诗，高度肯定了顾城编写童话的能力，她认为顾城不仅是童话的编写者，还是童话中的一部分，他"集合起星星、紫云英和蝈蝈的队伍""自己就成了童话中幽蓝的花"。随着朦胧诗声誉日隆、影响扩大，这一名号逐渐被更多人知晓。1981 年，顾城在《希望的回归——赠舒婷》一诗中对舒婷的看法做了回应，"最后，怕黑的孩子/为了恐怖发出一声怪叫/他们逃回家了/把火石藏在揉皱的梦里"，他解释写童话是由于"怕黑的孩子"为了逃避"恐怖"。顾城还在《小诗六首》的序中写道，"我总是长久地凝望着露滴、孩子的眼睛、安徒生和韩美林的童话世界，深深感到一种净化的愉快。"② 可见顾城并不反对舒婷的说法，他承认了自己诗歌中的童话特质，并且留给读者一种印象，他是一位热爱童话世界、营造童话世界、想要进入童话世界的童话诗人。其后，各种诗集开始有意放大顾城"童话诗人"形象。1985 年阎月君主编的《朦胧诗选》正式出版，诗集共选录顾城诗作 33 首，且有意向地将《我是一个任性的孩子》《生命幻想曲》等童话风格的诗作放在前面，以此突出"童话诗人"形象；1993 年海燕出版社出版

① ［意］贝奈戴托·克罗齐：《历史学的理论和实际》，傅任敢译，北京：商务印书馆，1997 年，第 13 页。
② 顾城：《小诗六首》，《诗刊》1980 年第 10 期，第 28—29 页。

了《顾城童话寓言诗选》，诗集编选了顾城的 50 首童话寓言诗，这些诗歌均以小动物为主，以浅白清新的语言讽刺生活中的不良现象，直接塑造着"童话诗人"形象。再有，一些评论家也将顾城视为"童话诗人"。文学研究者陈其光指出，顾城"以'净化'和'童心'标立自己是一位天真的'童话诗人'"；① 评论家张捷鸿认为，"舒婷不愧为顾城的知音，'童话诗人'是一个最恰当的称号"；② 诗友伊人也表述，顾城是"天生的'童话诗人'"，③ 由此"童话诗人"得以顺利出场。

　　然而，文学史对顾城"童话诗人"形象的接受却经过了曲折的发展阶段，这里既有文学史对顾城诗歌内在文学价值和思想价值的考量，又有撰史者出于展现自我历史观念的需要而主动认同"童话诗人"称谓的外在原因。顾城得以顺利进入中国当代文学史，源于他的诗歌创作符合文学史对"文学性"和"思想性"的价值追求。一方面，顾城的诗歌艺术新颖奇特，为其进入文学史提供了可能。他长于使用通感手法，如《安慰》一诗凭借心灵将视觉和味觉互换，使红太阳变成为"一枚甜甜的太阳"；他具有奇特的想象和联想，如《我是一个任性的孩子》，"画下一只永远不会/流泪的眼睛/一片天空/一片属于天空的羽毛和树叶/一个淡绿的夜晚和苹果"。诗歌由眼睛联想到天空，由天空联想到天空边缘的合欢树和树上的鸟巢，由鸟巢联想到天黑后群鸟归来时身体变绿的样貌，再联想到青苹果，积极调动着读者的审美想象。此外，顾城还采用象征、隐喻、暗示等现代主义手法，这些艺术新质形成了诗歌的魅力，也成功吸引了文学史家的注意。另一方面，顾城的诗在思想上能引起一代人的深刻共鸣。他的早期诗歌创作十分"巧合"地融进了当时盛行的人道主义思潮，这不仅仅在于他关注现实、探索时代问题，如《一代人》《结束》，更为重要的是他对"自我"的肯定与突出，如《摄》《眨眼》《泡影》融入了诗人强烈的自我感受，《我是一个任性的孩子》《生命幻想曲》肯定了自我梦想和自我价值。当代诗歌中的"自我"很长一段时间都被放逐，诗中的"我"是一个不会思考、不会怀疑，

---

① 陈其光：《中国当代文学史》，汕头：广东高等教育出版社，1992 年，第 480 页。
② 张捷鸿：《童话的天真——论顾城的诗歌创作》，《当代作家评论》1999 年第 1 期，第 68—81 页。
③ 伊人：《童话诗人》，陈子善编《诗人顾城之死》，上海：上海人民出版社，1993 年，第 113 页。

没有七情六欲的机器；而顾城诗歌中的"自我"却是一个鲜活的个体，"我"会怀疑、会批判、会憧憬、会幻想，也会徘徊沉思。正是因为顾城的诗由社会主体话语转向个人主体话语，展现出对自我价值的确认，所以更能引起读者普遍的共情，加之彼时文学家都秉持开放的文学观，大力扶持新生力量，因而顾城在1985年便被公仲写进了《中国当代文学史新编》中。

文学史对顾城"童话诗人"形象的认同是因为编纂者出于展现自我历史观念的需要而主动接纳了"童话诗人"这一称号。二十世纪八十年代中后期文坛掀起了一股"重写文学史"热潮，学界纷纷呼吁通过对既有文学现象和作家作品进行再解读、再评价，重新挖掘过去被掩盖的"历史本相"。基于这样的时代背景，文学史编纂也从集体写作向个人写作转型，出现了洪子诚的《中国当代文学史》和陈思和的《当代文学史教程》这样具有鲜明学者个性的文学史，并形成了新的历史观念：一是重新梳理文学发展的历史脉络，二是根据自身对历史的理解重新确立文学史的分期和座次排位。在新思潮的影响下，编者不约而同地从"文学"的角度重新梳理文学发展的历史脉络，强调"把文艺思潮和作家作品自身发展演变的过程与历史作为文学史研究的主要对象和范畴"。① 如洪子诚的《中国当代文学史》用第二十章写新潮诗，第一节叙述"朦胧诗"及其论争，记述了《今天》的创刊、朦胧诗的争论以及"三个崛起"对青年诗人的维护；第二节再介绍"朦胧诗"的主要作者——舒婷、顾城、江河和杨炼、北岛。这种编排体例体现着编者对史的追求，既有利于廓清朦胧诗的发展流变，又易于突出每位诗人的独特之处，如北岛的诗侧重理性的怀疑和批判，舒婷的诗偏于温婉的人性探寻，江河的诗侧重浑重的民族主题，杨炼的诗偏于构筑宏大的文化史诗。但是同样作为朦胧诗人的顾城区别于其他朦胧诗人的典型特征在哪？文学史何以彰显顾城的独特性？此时舒婷提出的"童话诗人"称号进入了文学史编纂者的视野，并得到一致认同。除此之外，编者强调摆脱社会政治历史分期，根据自己对历史的理解重新确立文学史的分期和座次排位，重构当代文学历史图景。如孔范今以"新文学整体观"打通现代和当代的时间界限，用"二十世纪中国文学"来描述中国新文学的发展；陈思和不以体裁划分章节，而是将不同体裁的创作归入同一思潮中，启发学习者进一步思考各种思潮流派

① 金汉、冯云青、李新宇：《新编中国当代文学发展史》，杭州：浙江大学出版社，1997年，第2页。

的特点，呈现出文学史写作的多元局面；洪子诚强调"回到历史语境"中探究文学产生和发展的情貌，提供相关的材料以增加读者"靠近""历史"的可能性。这些个体文学史写作不仅彰显了学者的研究个性，也使文学史编纂的政治性淡化而文学性凸显，此前受到政治意识形态"牵连"和"压抑"的"历史"渐渐浮出地表。因而朦胧诗的文学史排位被提到了更高的位置，顾城的重要程度也随之上升，现下流传较广、影响较大的文学史著作都采用专章专节来论述朦胧诗潮，"童话诗人"便顺势成为顾城区别于其他朦胧诗人的独特标识。

由此，无论是集体写作还是个体写作的文学史都达成了对顾城"童话诗人"形象的一致认同。最初认同这一说法的是陈其光主编的《中国当代文学史》（1992），其后孔范今主编的《二十世纪中国文学史》（1997）、於可训编的《中国当代文学概论》（1998）、洪子诚著的《中国当代文学史》（1999）、吴秀明主编的《中国当代文学史写真》（2002）、王庆生主编的《中国当代文学史》（2003）、孟繁华和程光炜编的《中国当代文学发展史》（2004）等文学史都强调顾城"被称为""被认为""被当作"童话诗人。文学史的认同使得顾城"童话诗人"的身份更加合理，让读者觉得顾城的独特之处在于，他开辟了一个全新的不同于北岛、舒婷、杨炼、江河等人的诗的氛围和语言环境，他侧重编织梦幻般的童话世界。

在"重写文学史"思潮的影响下，文学史家呈现出新的历史观念，文学史编纂也从集体写作向个人写作转型。在重评和再发现的过程中朦胧诗被提到了更高的位置，顾城的重要程度也随之上升。进而，撰史者在梳理朦胧诗历史脉络时，为了彰显出顾城区别于其他朦胧诗人的典型特征，认同了舒婷提出的"童话诗人"这一说法，并把它当成了顾城的独特标识。

二、文学史之"选"与童话诗人的形象塑造

如果说文学史对顾城"童话诗人"身份的认同是出于编者历史观念呈现的需要，那么对顾城有关史料和作品的筛选，体现的则是文学史对"童话诗人"形象的有意识塑造。一部文学史需要论述的内容很多，篇幅有限，不可能面面俱到，也不可能每个作家的作品都般般涉猎。因而，"选"在文学史编纂过程中就成为了十分关键的环节，它直接影响了文学史的历史呈现，决定了选本的目的与倾向，顾城"童话诗人"形象正是在文学史的"选"与"不选"中有意建

构出来的。

对于顾城的 2000 多首诗歌，现下比较通行的文学史教材选录的多是顾城早期的诗歌，而且童话诗歌居多。例如，文学史选取了顾城技法上以幻想和通感为主的《生命幻想曲》《我的幻想》，视角上以儿童视角为主的《我是一个任性的孩子》《游戏》，内容上以大自然为主的《早晨的花·四》，风格上以清新明净风格为主的《给我的尊师安徒生》《冬日的温情》《梦痕》。值得注意的是，《生命幻想曲》被选录和分析的次数最多，金汉、孔范今、於可训、田中阳、吴秀明、王庆生、朱栋霖等文学史家在编纂过程中均选录了《生命幻想曲》，"这首诗以美妙新奇的感觉，建造了一个远离尘嚣的童话天国，表达了童话诗人对纯净的自然世界亲密无间的融合与神往"，[1] 最能代表顾城的童话诗风。文学史的录诗情况直接决定着作品的地位和作家的风格，在读者的印象中，顾城"是一个梦的诗人，一个做梦和写梦的诗人"，[2] 童话诗风是他最典型的创作风格。"选录"童话诗歌是文学史有意识塑造顾城"童话诗人"形象的一种方式。

然而，顾城的诗歌中还存在一些"非童话"因素，它们与"童话诗歌"构成了两种悖论。文学史最先面临的是诗歌内容上的悖论，"童话诗歌"不足以概括顾城早期批判现实、反思历史的作品，如《一代人》对不人道的年月与环境进行批判，流露出青年一代想要透过阴暗寻找光明的期望；《结束》指责"文革"把"秀美的绿树"扭弯了身躯，宣告"一切已经结束"；《远和近》利用"你""我""云"主观距离的变换，来揭露人与人之间的隔膜与戒惧；《弧线》展现了对"鸟儿转向""葡藤延伸触丝""海浪耸起脊背"等自然现象的赞美，而表露出对"少年去捡拾分贝"的社会现象的嘲讽。对于与"童话诗歌"相矛盾的"批判之作"，文学史将其解释为顾城创造童话世界的推动力，正是因为对现实十分失望，顾城才去构建童话世界的彼岸。程光炜认为，"那场历史的浩劫，导致了一代人信仰的坍塌，对社会历史的恐惧和厌倦，使他们很自然地把精神寄托转向了自我、大自然。"[3] 吴秀明认为，"出于对幻想的耽爱，也出于

① 王庆生：《中国当代文学史》，北京：高等教育出版社，2003 年，第 516 页。
② 钟文：《一个本真的诗人无法逃避的悲剧》，北岛编《鱼乐：忆顾城》，北京：中信出版社，2015 年，第 156 页。
③ 孟繁华、程光炜：《中国当代文学发展史》，北京：人民文学出版社，2004 年，第 183 页。

对世俗生活的厌弃，顾城很快就离开了直接关照社会现实的立场……去建造一个与世俗世界对立的彼岸世界。"① 洪子诚认为，顾城"早期的短诗有明显的社会批判意念。但他很快离开了直接关照社会现实的视点，而以一个'任性的孩子'的感受，在诗中创造一个与城市、与世俗社会对立的'彼岸'世界"②。自然和社会在顾城诗中完全是两个对立世界，在揭露现实的过程中，顾城更加觉得，"这个世界不好，我们再造一个。"③ 在顾城看来，现实世界的矛盾、分裂的痛苦都将在诗中得以解决，他要在布满"齿轮"的灰色城市里执拗地讲他的绿色的故事。顾城的童话世界里，不仅有鱼、鸟、山、海、树、草等明朗的意象，而且也有很多坟墓，这与曾经的压迫是有关系的，"文革"给顾城留下了太多"冰川的擦痕"（顾工语）。

　　"非童话"诗歌因素与"童话诗歌"之间的悖论还呈现在诗歌风格中，与早期诗歌清新明净的童话诗风不同，顾城的后期创作转向了晦涩阴沉的风格。他后期大致创作了两种风格的诗，第一种为批判性和讽刺性极强的诗歌，如组诗《布林的档案》，"布林"是个任性而为、打破常规秩序、反抗世界的"坏孩子"，他代表的是一种"反文化的人"，诗人对现实的讽刺不言而喻。第二种是极具"死亡色彩"的诗作，如《颂歌世界》《水银》《鬼进城》等。《颂歌世界》描写迷离虚幻之境，涉及很多死亡；在《水银》里人的意义则进一步消失，诗歌逐渐沉浸在无秩序、无目的的鬼蜮之中；《鬼进城》全诗则描写了"鬼"从星期一到星期天的游历。文学史解决悖论的一种方式是"忽略"，孔范今《二十世纪中国文学史》、陈思和《中国当代文学史教程》、王庆生《中国当代文学史》、孟繁华和程光炜《中国当代文学发展史》、朱栋霖《中国现代文学史（1917—2000）》等均没有提及顾城后期创作，后期那些晦涩难解而又带有神秘象征主义的诗歌熔化销匿于各种文学史之间，它们的价值也随之消弭。文学史解决悖论的另一种方式是"否定"，洪子诚认为顾城出国之后"诗变得越来越不自然"；④ 於可训指出，顾城后期"倾向于表达一些抽象的观念，而这些观念又

① 吴秀明：《中国当代文学史写真》（中），杭州：浙江大学出版社，2002年，第522页。
② 洪子诚：《中国当代文学史》，北京：北京大学出版社，1999年，第299页。
③ 顾城：《神明留下的痕迹》，《顾城文选·卷一：别有天地》，哈尔滨：北方文艺出版社，2005年，第310页。
④ 洪子诚：《中国当代文学史》，北京：北京大学出版社，1999年，第300页。

大都是来源于纯粹个人的生存感受，有些甚至是一些病态的、反常的心理经验"；① 吴秀明也持否定态度，认为顾城"后期诗作脱离现实一味沉溺于个人感觉世界的转变，艰难晦涩"。② 文学史家通过忽略后期创作或否定后期创作来弱化顾城的多元化，以突出童话诗风来塑造"童话诗人"形象。

具体而论，文学史选录顾城早期诗歌而忽略后期创作的背后其实有更深层次的现实指向。其一，这暗示出文学史与政治的关系始终难以截断。文学史作为大学文科教育的基础性教材，它不仅仅要向大众普及文学知识，更是担负着"通过文学经典的确立，培养新人，树立风尚，推动潮流"③ 的重任。这一使命决定了文学史必然要在蓬勃向上的时代中宣扬正能量，而顾城后期那些弥漫着晦涩阴沉氛围、流露出残忍灰暗意识的诗作显然不适合传播。其二，这说明顾城后期的诗歌没有引起大众读者的关注。在市场经济时代，文学早已失去轰动效应，诗歌更是走向了边缘，紧锣密鼓的生活节奏致使读者不愿花更多精力去体悟的那些"费解"的诗歌，去进行"形而上"的思索，更愿意接受表现灵魂和自然美的具有创造性的抒情诗。其三，这还反映出文学史编纂的某种局限。文学史想要尽可能地还原文学历史现场，但编者又必然会根据自身倾向性对史料进行筛选和剪辑，史料难免有所偏颇遗漏，致使二十世纪八十年代至今的一代代学者不断"重写文学史"。文学史一次又一次的"重写"，表达的正是文学史家再现历史的信念与冲动，但是在文学史料广而难全、杂而难选、新而难弃的编纂困境面前，真正的历史又很难被还原。

上述现象说明，文学史家选择哪些入史、不选哪些入史，哪些为重点哪些为次要，体现出了编写者的价值评析尺度和倾向性，它"联系着选家的认定、选择的标准、编选意图及其时代社会的限制等种种语境上下文"。④

三、评价的文学性倾向与童话诗人的定型

文学史认同了"童话诗人"的说法，并有意建构起一个"童话诗人"形象，但不容忽略的一个客观事实是：1993 年，顾城杀妻自缢事件在国内外引起

---

① 於可训：《中国当代文学概论》，武汉：武汉大学出版社，1998 年，第 186 页。
② 吴秀明：《中国当代文学史写真》（中），杭州：浙江大学出版社，2002 年，第 522 页。
③ 陈平原：《文学史的形成与建构》，南宁：广西教育出版社，1999 年，第 70 页。
④ 徐勇：《选本编纂与八十年代文学生产》，北京：人民文学出版社，2017 年，第 1 页。

了轩然大波。犁青、洁民、毛时安、孙犁等人先后发文抨击顾城的"残忍行凶"行为，1994 年《华夏诗报》还专门刊登《犁青〈论顾城〉一文的强烈反响》一文进行总结。顾城"童话诗人"形象因此受到质疑，人们无法将残暴的"非童话行为"与一个"童话诗人"相联系。如何解决"童话诗人"与"诗人杀人犯"① 之间的悖论？这成为了文学史面临的难题。

顾城以自身的反童话行为打碎了他所制造的那个"童话"，于是诗人的复杂性开始被文学史触及。第一，文学史提到顾城并不健全的人格。孔范今在其所写的《二十世纪中国文学史》一书中认为，"人性和心理上的某些扭曲，最终导致了他的悲剧结局"；② 孟繁华和程光炜也保持这种看法，"过于对虚幻的'纯洁'的向往，恰恰反映了作者精神人格扭曲的严重程度"。③ 第二，文学史对顾城脱离现实而耽于幻想的一面做了评价。张志忠认为"顾城将诗境与生活完全混淆，甚至用前者取代了后者"。④ 董健也在《中国当代文学新稿》中提及，"顾城是喜欢走极端的梦幻型诗人……在他的梦幻王国里，这些百般呵护他的女孩子，既是'母亲'又是'家'，当有一天，'母亲'与'家'都欲学鸟儿展翅飞翔时，就难免会发生杀妻自戮的暴力举动"。⑤ 顾城幻想在大洋彼岸的岛屿上营造一个童话王国，幻想一个男子拥有两个妻子，而且她们能和睦相处。然而这种设想在现代社会中根本不可能实现，英儿的不辞而别让他精神崩溃，谢烨的离开更是彻底地击溃了他的全部精神自我，杀妻自缢举动成了一个"亡国者"的自我了结。

但值得注意的是，顾城之死并没有打破人们对"童话诗人"的整体感观，这得益于文学史评价的倾向性。在"重写文学史"思潮的影响下，当代文学史的编纂开始从社会政治史的简单比附中独立出来，编者强调从"文学"的角度重新写史，并以文学性标准来评价作家作品，为的是突出文学史的文学性意义。

---

① 刘春：《生如蚁，美如神：我的顾城与海子》，南京：南京译林出版社，2015 年，第 69 页。
② 孔范今：《二十世纪中国文学史》（下），济南：山东文艺出版社，1997 年，第 1390 页。
③ 孟繁华、程光炜：《中国当代文学发展史》，北京：人民文学出版社，2004 年，第 183 页。
④ 张志忠：《中国当代文学 60 年》，北京：高等教育出版社，2009 年，第 105 页。
⑤ 董健、丁帆、王彬彬：《中国当代文学史新稿》，北京：人民文学出版社，2005 年，第 390 页。

就顾城而言，这种评价的文学性倾向体现在两个方面：其一，文学史从诗意追求上肯定顾城的诗歌贡献，如金汉评价，"顾城的诗歌多用象征、隐喻和暗示，曲折隐晦而不直说，这构成了顾城诗歌的魅力。"① 於可训也对顾城的诗艺表示肯定，他认为"顾城为当今诗艺革新做出了可贵的贡献"。② 顾城摒弃了政治抒情诗的书写套路，大胆移植和借用西方象征主义，采用直觉、象征、暗示等手段，为当代诗歌提供了象征主义新质。其二，文学史在具体评价中不断强化"童话诗人"形象。王庆生认为"他的诗是梦想的世界、幻想的王国，具有鲜明的童话色彩"。③ 张志忠将顾城的诗歌元素概括为三点，即"从儿童的视角和眼光出发去打量世界，具有孩童般的思维和异想，表现童话似的画面和景象"。④ 程光炜的看法也基本一致，"'幻想'是诗人创作的主要情节""他喜欢选取这样一些富有童话特征的诗歌意象入诗，如月亮、土地、雪人……"⑤ 评价的倾向性强化了诗人层面的顾城，道德层面的顾城相对被淡化，这使得"童话诗人"形象再次合理化而成功入史。究其根本，是因为文学史要满足高等学校中文系教学所需，为了弘扬正确的价值观，从而更强调对人性"善"的突出。同时，这种评价方式侧面展现出了一种尊重事实、不"因人废文"的文学史观。中国读者向来有"因人废文"的现象，比如因周作人的叛国行为而否定他的文学创作，这是一种道德审判。事实上，文学研究者不是道德家，文学史也不是刑事判决书，它关注的应该是文学自身的发展，而不是具体的社会事件，不能用某种道德污点来解构一个作家的全部审美创造。

由此，通行文学史教材上的顾城形象被成功建构：顾城是一个"童话诗人"，他耽于幻想，极爱创造，具有童话般的性格。他诗歌风格如童话般自然、清新、澄澈；诗歌的意象多为自然意象；诗歌语言简洁、单纯，"其诗的语言环境是童话式的，浅显、简单之中又透出一种机智、深沉和宁静"；⑥ 在艺术方式上往往采用幻觉、通感、超现实的梦想等方式。"童话诗人"的形象建构也加速

① 金汉、冯云青、李新宇：《新编中国当代文学发展史》，杭州：浙江大学出版社，1997年，第349页。
② 於可训：《中国当代文学概论》，武汉：武汉大学出版社，1998年，第186页。
③ 王庆生：《中国当代文学史》，北京：高等教育出版社，2003年，第515页。
④ 张志忠：《中国当代文学60年》，北京：高等教育出版社，2009年，第103页。
⑤ 程光炜：《中国当代诗歌史》，北京：中国人民大学出版社，2003年，第268—269页。
⑥ 麦可：《我所理解的顾城和他的文学》，《当代文坛》1994年第3期，第49—51页。

推进了顾城及其诗作的传播范围和影响力。2005 年，北京燕山出版社联合"新浪网·读书频道"推出了华文"世纪文学 60 家"评选活动，在此次全民网络大评选中，顾城的读者评分高达 95 分，仅次于鲁迅、钱钟书、金庸、张爱玲和沈从文，可见广大读者对顾城诗歌的认可与喜爱。"黑夜给了我黑色的眼睛/我却用它寻找光明"（《一代人》）；"我是一个任性的孩子/我想涂去一切不幸/我想在大地上/画满窗子/让所有习惯黑夜的眼睛/都习惯光明"（《我是一个任性的孩子》）；"闭上眼睛/世界就与我无关"（《生命幻想曲》），这些都成为了广为流传的经典名句。

　　但如果仅仅只是用童话诗人、童话诗风、童话性格归纳顾城，显然对多元立体的顾城产生了一定的遮蔽。首先，"童话诗人"简化了顾城的多元化性格。顾城确实有"耽于幻想"的一面，但他骨子里其实有种"宁为玉碎，不为瓦全"的偏激。在凤凰网文化频道出品的纪录片《流亡的顾城》中，肖全和杨炼回忆了顾城的两件事：据肖全回忆，1987 年顾城作为获奖诗人去成都参加朗诵活动，活动结束后这些诗人仍然被热情的观众堵在后台，顾城却极不耐烦地带头冲了出去；据杨炼回忆，顾城在激流岛上养鸡超标而受到岛民举报，他一个晚上杀死了几百只鸡，并在第二天将 200 多只鸡脑袋扔到地区政府的检察官面前。可见，顾城的性格是比较暴烈偏激的，其中不全是"童话性格"，也有阴暗面存在。诚如顾城自己所言，他是一种"堂·吉诃德式的性格，不太合乎潮流的好心、勇敢和在根本愿望上的不屈服"。①　其次，"童话诗人"掩盖了顾城诗歌的全貌。顾城早期很多作品专注于传达自然界的美好明媚，他捧着一颗童心观察世界、感受世界，并用"幻想"的方式来表达这些观察和感受，但在后期，他的诗歌风格发生了巨大的变化，诗歌中完全看不到澄澈透明的童心，也看不到他对自然的热爱和对童话世界的追求，反而十分阴森恐怖。如在《鬼进城》中，顾城以一个局外人的身份讲述了一个鬼的故事，中间七节按照星期一到星期天的时间进行分段，写了"鬼"进城后七天的见闻和感受。表面上，《鬼进城》的诗歌语言零散、跳跃、拼贴，构成了一座语言的迷宫，晦涩难解，而实际上顾城关注的是人的存在问题。诗中的"城"可以代表顾城本人，"鬼进城"这一标题也可理解为"鬼已经进入顾城自身"。鬼是一个幽灵，它永远"无信无

---

　　①　顾城：《我的一张调查表》，《顾城文选·卷一：别有天地》，哈尔滨：北方文艺出版社，2005 年，第 7 页。

义、无爱无恨、没爹没妈、没子没孙、不死不活、不疯不傻"，这表现的恰恰是顾城本人的精神困境，他如同幽灵一样孤助无援，却没办法用死来解脱。《颂歌世界》《水银》以及《城》组诗等后期诗作都展示出了对自我灵魂的拷问、对人类精神困境的终极关怀，具有深刻的哲理和独特的艺术价值。这些诗歌远非用"童话诗风"可以概括，"'童话诗人'的称谓对顾城诗歌在总体上构成了某种遮蔽。"①

　　文学史通过评价的文学性倾向，强化了诗人层面的顾城，弱化了道德层面的顾城，使得"童话诗人"形象合理化而成功被建构。这也说明任何文学史或文学选本，呈现的都不是"原态历史"，而是"评价态历史"。②

　　顾城进入中国当代文学史有其历史必然性，这不仅源于他拥有朦胧诗派"代表诗人"的身份，同时也源于他的早期诗歌创作符合文学史对"文学性"和"思想性"的价值追求，但顾城的"童话诗人"形象却是文学史在认同、筛选和评价中有意建构出来的。首先，文学史家因受到"重写文学史"思潮的影响而试图呈现出新的历史观念，他们在重新梳理朦胧诗历史脉络之时，为了彰显出顾城区别于其他朦胧诗人的典型特征，主动认同了舒婷提出的"童话诗人"这一说法，并把它当成顾城的独特标识。其次，文学史以"选录"早期创作的方式强化了顾城的童话诗风，突出了他作为童话诗人的一面，而用"忽略"或"否定"后期创作的方式弱化掉顾城的其他方面。最后，在处理有污点的诗人如何入史问题上，文学史通过评价的文学性倾向，强化了诗人层面的顾城，弱化了道德层面的顾城，使得"童话诗人"形象合理化而被成功建构。其间对具体史料的选择与处理，则体现出编写者的价值评析尺度和倾向性。事实上，童话诗人的形象建构过程也是对多元立体的顾城遮蔽的过程，它在建构中简化了顾城的多元性格，也掩盖了顾城诗歌的全貌。其实，"童话诗人"不足以概括顾城其人其诗，顾城不止是"一个被幻想妈妈宠坏的孩子"，他既关注现实的不公正也关注人的存在问题，他既相信童话世界也摆出"我不相信"的姿态，当然他性格中也具有阴暗的一面，更为关键的是顾城留下的 2000 余首诗歌风貌各异，远不是一个"童话"可以概括的。顾城对自然生命的思考、对现实世界的审视以及对自我精神的追问极其复杂，这些都是解读顾城的角度和路径。

----

① 　张厚刚：《"童话诗人"对顾城诗歌全貌的遮蔽》，《齐鲁学刊》2013 年第 4 期，第 152—156 页。
② 　黄修己：《中国新文学史编纂史》，北京：北京大学出版社，2007 年，第 497 页。

结　语

证明或收割

　　朦胧诗的产生距今已有四十多年了，随着时代的发展渐渐走向历史的尘埃之中。回望二十世纪八十年代，这是一群年轻人热血沸腾、青春洋溢的激情时代。追慕文学先贤，这一股不可遏制的诗歌精魂以论辩姿态向历史的深处走去；探索历史的遗迹，这也是一个个不屈的灵魂与时代共振、与社会共命运的真实写照。当我们在重返历史现场，重回二十世纪八十年代那个白衣飘飘的时光之时，我们不禁要问的是，我们到底在寻找着什么？谢冕在为《朦胧诗选》写序时强调"历史将证明价值"，证明朦胧诗终将成熟，成熟为一代诗风的引领者。徐敬亚在为《中国现代主义诗群体大观》的序言中强调"历史将收割一切"，收割传统，收割历史的荣光。毋庸置疑，当处于历史的风陵渡口，朦胧诗的崛起意味着一种新的美学原则和价值标准的诞生，历史所做的只不过是将其恰如其分地凸显出来。同样，在历史已然前进，内部的分化与崛起派理论家的分歧早就昭然若揭。当谢冕还为朦胧诗摇旗呐喊时，徐敬亚已经转向第三代诗的崛起，留给朦胧诗一个孤绝的背影。巧合的是，他们都选择"历史"来作为这一总结的突破口。历史的风尘掩盖不住时代的留痕，当历史成为一切的借口时，我们或许能够体味北岛"结局或开始"的慨叹。

　　抛却当时缠绕的政治干预和人事纠纷，回过头再来梳理关于朦胧诗的一些争鸣的文章，似乎已经感受不出对于朦胧诗那种苛刻甚至政治批判的成分，更多的是对于新诗问题诚恳的关切，甚或有些痛心疾首的担忧。与此同时，一种价值重估的意味就愈发地凸显，也开始怀疑这一政治的标杆到底是谁树立起来的。至少在我看来这是一个假想敌，一种将文学的敌我双方设立在对政治与文学的关系中，而忽略了文学本身在创作之中对其他外在因素的规避，这不仅仅是当时出版传媒机构的一种宣传的策略，似乎不这样不足以引起公众的关注，更重要的是处在二十世纪八十年代理论激情的狂飙突进与人们所希望的求新求变的政治文化氛围而缺少真正的理性规劝。可以说争论的双方都是围绕着共同的文化背景展开的,具体而言也就是新时期新诗所面临的现状。不同的是支持朦胧诗的一方契合了当时的社会文化思潮,在理论上求新求变,虽然后来受到政治的干预而偃旗息鼓,但不可否认,其在现实社会的传播中已经产生了实际影响。而对朦胧诗持怀疑或者反对的一方大多是老一辈诗人,不管是从诗歌的现实创作经历还是社会活动经历来看,他们都较年轻一代更为丰富,也从诗歌长远发展的角度提出了一些批评性的意见或建议,尤其是经历"文革"十年惨痛教训所进行的反思使他们不得不站出来对朦胧诗进行"引导"。这不光是诗歌观念的一种分歧,我想更长远的是一种内在的诗歌责任或诗歌精神。在某种程度上,批评者所拥护的文学理论和文学观念陈旧且落伍,并不能及时的反映时代的风云突变,但是"崛起派"所持有的理论激情也明显地带有文革中"左"的思想的印迹,虽然崛起派的理论最终为历史所证明,但是对于遗留的毒素却是需要警惕。本书一直试图去描述、解释、理清朦胧诗中两者的争论,然而在一番探究之后似乎又回到最初的起点。面对纷繁复杂的二十世纪八十年代诗歌环境,不是简单的谁是谁非、谁进步谁落后所能概括得了的,而是应该一方面对既有的诗歌现状进行深刻的探究和反思,另一方面也应回到诗歌本体去阅读诗歌、品味诗歌。

当然,历史往往并不是建立在对旧有秩序的同情上的,某些时候甚至带有一种循环的怪圈。今天当"第三代"诗人和一系列"后"诗歌崛起的同时,朦胧诗人和批评家也不可遏制地表达了同样的愤慨和恼怒,循环的圈这一次套在了先前的激情主义者的脖子上。是荣光?是悲哀?一切都无可知晓。是时候该回过头去看来时的路,虽然有可能道路仍在迷雾中。

主要参考文献

报刊类

《安徽文学》《当代文艺思潮》《飞天》《福建文学》《光明日报》《河北师院学报》《今天》《启蒙》《青春》《青年文学》《人民日报》《人民文学》《上海文学》《诗刊》《诗探索》《文汇报》《文学报》《文学评论》《文艺报》《文艺研究》《星星》《中国》《作品》

著作类

［1］北岛、李陀等：《七十年代》，北京：生活·读书·新知三联书店，2009年。

［2］［美］布鲁姆：《影响的焦虑：一种诗歌理论》，南京：江苏教育出版社，2006年。

［3］程光炜：《文学讲稿："八十年代"作为方法》，北京：北京大学出版社，2009年。

［4］戴燕：《文学史的权力》，北京：北京大学出版社，2002年。

［5］公仲主编：《中国当代文学史新编》，南昌：江西教育出版社，1985年。

［6］洪子诚、刘登翰：《中国当代新诗史》，北京：人民文学出版社，1993年。

［7］姜涛：《新诗集与中国新诗的发生》，北京：北京大学出版社，2005年。

［8］刘禾：《持灯的使者》，桂林：广西师大出版社，2009年。

［9］廖亦武：《沉沦的圣殿：中国20世纪70年代地下诗歌遗照》，乌鲁木齐：新疆青少年出版社，1999年。

［10］李怡：《中国新诗讲稿》，北京：中国人民大学出版社，2014年。

［11］刘小枫：《诗化哲学》，北京：华夏出版社，2007 年

［12］孟繁华：《1978 激情岁月》，济南：山东教育出版社，1998 年。

［13］田志伟：《朦胧诗纵横谈》，沈阳：辽宁大学出版社，1987 年。

［14］温儒敏等：《中国现当代文学学科概要》，北京：北京大学出版社，2005 年。

［15］杨健：《"文化大革命"中的地下文学》，北京：朝华出版社，1993 年。

［16］中国社会科学院文学研究所、当代文学研究室编：《新时期文学六年》，北京：中国社会科学出版社，1985 年。

［17］钟鸣：《旁观者》，海口：海南出版社，1998 年。

［18］查建英：《八十年代访谈录》，北京：生活·读书·新知三联书店，2006 年。

论文类

［1］陈思和：《编写当代文学史的几个问题》，《郑州大学学报》（哲学社会科学版），2001 年第 2 期。

［2］程光炜：《〈文艺报〉"编者按"简论》，《当代作家评论》，2004 年第 5 期。

［3］董健、丁帆、王彬彬：《〈中国当代文学史新稿〉绪论》，《当代作家评论》，2006 年第 5 期。

［4］段宏鸣、罗岗：《〈当代文艺思潮〉与"朦胧诗论争"》，《南方文坛》，2011 年第 2 期。

［5］郜元宝：《作家缺席的文学史——对近期三本"中国当代文学史"教材的检讨》，《当代作家评论》，2006 年第 5 期。

［6］管中卫：《〈当代文艺思潮〉杂志二三事》，《扬子江评论》，2012 年第 4 期。

［7］谷鹏、徐国源：《"朦胧诗"：矛盾重重的文学史叙述——兼论当代诗歌流派的解读方式》，《江苏社会科学》，2010 年第 1 期。

［8］洪子诚：《当代诗歌史的书写问题——以〈持灯的使者〉〈沉沦的圣殿〉为例》，《郑州大学学报》（哲学社会科学版）2005 年第 5 期。

［9］霍俊明：《当代新诗史写作问题研究》，博士学位论文，首都师范大

学，2006 年。

　　[10] 黄曼君：《回到经典、重释经典——关于 20 世纪中国新文学经典化问题》，《文学评论》，2004 年第 4 期。

　　[11] 姜涛：《叙述中的当代诗歌》，《诗探索》，1998 年 2 期。

　　[12] 李杨：《当代文学史写作：原则、方法与可能性》，《文学评论》，2000 年第 3 期。

　　[13] 李润霞：《以艾青与青年诗人的关系为例重评"朦胧诗论争"》，《中国现代文学研究丛刊》，2005 年第 3 期。

　　[14] 李怡：《艾青的警戒与中国新诗的隐忧——重新审视艾青在"朦胧诗论争"中的姿态》，《北京师范大学学报》，2011 年第 3 期。

　　[15] 梁艳：《〈今天〉（1978—1980 年）研究》，博士学位论文，华东师范大学，2010 年。

　　[16] 罗振亚、李宝泰：《朦胧诗的争鸣与价值重估》，《北方论丛》，1996 年第 2 期。

　　[17] 牛汉：《诗的新生代》，《中国》，1986 年第 3 期。

　　[18] 孙基林：《崛起与命名——再论新诗潮》，《山东社会科学》，2004 年第 12 期。

　　[19] 王尧：《"三个崛起"前后——新时期文学口述史之二》，《文艺争鸣》，2009 年第 6 期。

　　[20] 王晓明：《一份杂志和一个"社团"——重识"五·四"文学传统》，《上海文学》，1993 年第 4 期。

　　[21] 王爱松：《朦胧诗及其论争的反思》，《文学评论》，2006 年第 1 期。

　　[22] 王学东：《朦胧诗：中国现代诗歌的新传统》，《南方文坛》，2010 年第 3 期。

　　[23] 王士强：《1960—70 年代"前朦胧诗"研究》，博士学位论文，首都师范大学，2009 年。

　　[24] 徐国源：《论朦胧诗对中国现代诗的贡献》，《文艺争鸣》，2009 年第 1 期。

　　[25] 张闳：《北岛，或关于一代人的"成长小说"》，《当代作家研究》，1998 年第 6 期。

［26］张立群：《论"新诗史的写作"——以洪子诚、刘登翰〈中国当代新诗史〉（修订版）为个案》，《南方文坛》，2006 年第 3 期。

［27］张志国：《〈今天〉与朦胧诗的发生》，博士学位论文，暨南大学，2009 年。

［28］郑敏：《世纪末的回顾：汉语语言变革与中国新诗创作》，《文学评论》，1993 年第 3 期。

［29］朱国华：《文学"经典化"的可能性》，《文艺理论研究》，2006 年第 2 期。

后 记

　　转眼匆匆十二年，想起当年毕业论文选题的场景，如在昨日。那是 2011 年"西川论坛"在云南红河学院召开第一届年会，从昆明转车去往蒙自的路上，李怡老师拉住我和他同坐，并且询问我毕业论文选题的意向。我当时报了两个方向，一个是鲁迅《野草》的研究，一个是关于朦胧诗的研究。李老师迅疾严肃起来，否决了第一个选题，并且意味深长地说太难了，前人研究成果丰硕，以你目前的学力很难有所创新。我当时的沮丧可想而知，为了做《野草》研究前期已经做了整整一大本笔记，虽然有着个人独特的体会，但是明显较为稚嫩，完全是一腔孤勇的喜爱和为赋新词的刻意。对于"朦胧诗研究"这个题目，李老师沉思了半会儿，说可以尝试一下，我内心稍稍安稳了。从读大学时毕业论文选择顾城作为研究对象，这种情感慢慢地传递了下来，尤其是在作为第三代诗歌重镇的四川，选择诗歌作为研究对象于我而言似乎成为一种必然。

　　至今还记得写完毕业论文的最后一天，打印、封装、提交，然后转身跳上开往南京的列车，去南京大学考博。年少的心总有些疯狂，有些骄傲，但也有着很明媚的忧伤。不出意外，考博失利，最后落居承德。每天过着喝酒、写诗的生活，好不恣意，但心里也感到深深的失落。转过头再也没有想再写一篇关于诗歌论文的冲动，吃过的亏和经历的跌宕最后都转化成对理论的偏爱，所以博士转向做学术史的探究。

　　再一次重新捡拾起当年的旧作已经到了 2019 年，因为课题申报的需要，也因为本科和研究生课程教学的需要。重读旧作，虽然稚嫩，但是并不妨碍它裹挟着青春的记忆奔涌而来。在四川大学图书馆里奋笔疾书的日子，和师兄师姐喝酒品茗畅聊人生的日子，还有第一次将初稿交给李怡老师时，他回复了六个字"比我想象的好"那种激动历历在目。可想而知，在读研究生的那几年，作为学生的我在老师眼里是有多差劲，但是这并没有影响李老师一如既往对我的关照——从工作到读博，从生活到学术。我想今天我能再一次有勇气去面对当年的自己，少不了李怡老师在此中持续不断的关照。用杨华丽师姐的话来说，李老师是"扶上马，再送一程"。人生得遇良师，夫复何求。也由此，我学着老师当年指导我的方法亦步亦趋地开始带学生再一次进入朦胧诗。

年少有年少的好，青春、勇气、粗粝，与诗歌的心同脉相连、同步共振。人到中年，历经沧桑后对于事物的认知也有自己的"风暴"。随着技术的发展，在这十年间，大量的资料涌现，除了研究成果佳作频出之外，大量一手资料的"出土"和发现都为研究提供了不少的便捷和基础，使得再一次着手研究有了持续性和创造性的可能。因为现实生活的磋磨，对于纠缠在当年的人事关系也有了不同的观感，少了初作简单明快的"判词"，而多了暧昧徘徊的犹疑。当我的研究生将自己的思考呈现在我面前时，我好像看到了当年的自己——谨慎、惶恐、局促不安。我用微笑告诉他们，也告诉我自己，不要急，慢慢来。恍惚间我又看到李老师大笑的面容，听到那标志性爽朗的笑声。在不断地切磋琢磨中，本书渐具雏形，其中第四章关于"顾城及其诗歌的经典化"就是这一讨论的结果。本书写作出版，见证了我自身的蜕变，也见证着我的学生们的成长。如今宋敏、颜光洁已经考上博士继续深造；陈如也在努力备战考博，希望能早日听到她捷报传来的消息；粟芳、张丽笃定地寻找自己理想的彼岸。希望她们最终都能得偿所愿。

2019年我申请出版资助时，易瑛老师劝我三思，慎重对待自己在学界的第一部专著，所以出版暂缓了下来。暂缓出版并没有缓解我的焦虑，也没有带来多少成熟的论见，有的只是老树发新芽般的"旧事重提"。停滞的思想如同凝滞的空气，平庸而稀薄，流向哪里，无凭无依。论著写成这样，是我多不愿见的。标准的学位论文体式，规范和严谨的学术表达，似乎总觉得少了点什么。那感觉如同武侠小说中体内的真气，想要冲破理性的牢笼，却始终寻不到出路。模模糊糊能感觉到，但当一触及实质的时候，那颗悬荡的心又退缩下来，也许这就是所谓的成熟吧。时至今日，在本书出版之际，内中仍有许多错缪和不足，限于个人学力，全由我文责自负，也提请方家多多指正。

以上是本人关于朦胧诗研究的心路历程，路正长，梦也正长。